ALLY CONDIE

Juntos

Ally Condie ha sido profesora de educación secundaria
en los estados de Utah y Nueva York. Actualmente se
dedica exclusivamente a escribir libros para niños y
adolescentes, entre los cuales se encuentran la serie
Juntos. Vive en Utah con su esposo y sus tres hijos.

Juntos

Juntos

ALLY CONDIE

Traducción de Rosa Pérez

Vintage Español
Una división de Random House, Inc.
Nueva York

Para Scott,
cuya fe es inquebrantable

Capítulo 1

«Ahora que he descubierto la forma de volar, ¿en qué dirección debería adentrarme en la noche? Mis alas no son blancas ni plumosas; son de seda verde; vibran al viento y se ondulan cuando me muevo, primero en círculo, después en línea recta y, por último, en una trayectoria de mi invención. La negrura que queda atrás no me preocupa, ni tampoco las estrellas que me aguardan.»

Me río de mí, de la insensatez de mi imaginación. Las personas no vuelan, aunque, antes de la Sociedad, la gente creía que algunas lo hacían. En una ocasión las vi en un cuadro. Alas blancas, un cielo azul, círculos dorados sobre sus cabezas, la mirada sorprendida, hacia arriba, como si no pudieran creerse que el artista las hubiera pintado volando, que sus pies no tocaran el suelo.

Aquellas historias no eran ciertas, lo sé. Pero esta noche resulta fácil olvidarlo. El tren aéreo surca la noche con tanta suavidad y el corazón me late tan deprisa que tengo la sensación de que podría alzar el vuelo de un momento a otro.

—¿De qué te ríes? —me pregunta Xander mientras me aliso las arrugas del vestido de seda verde.

—De todo —respondo, y es cierto.

Llevo mucho tiempo esperando mi banquete. Donde veré, por primera vez, la cara del chico que será mi pareja. Será la primera vez que oiré su nombre.

Estoy impaciente. El tren es veloz, pero no lo bastante para mí. Surca la noche en silencio, acompañando con un discreto susurro los murmullos de nuestros padres y los latidos de mi corazón.

Es posible que Xander también haya oído mi corazón palpitante, porque me pregunta:

—¿Estás nerviosa?

Junto a él, su hermano mayor comienza a explicar a mi madre la historia de su banquete. Ya queda poco para que Xander y yo tengamos nuestra propia historia que contar.

—No —respondo. Pero Xander es mi mejor amigo. Me conoce demasiado bien.

—Mentira —dice en tono chistoso—. Sí que lo estás.

—¿Tú no?

—No. Estoy preparado. —Lo dice sin vacilar, y le creo. Xander es la clase de persona que sabe lo que quiere.

—Es normal que estés nerviosa, Cassia —añade, ahora con dulzura—. Casi el noventa por ciento de las personas que asisten a su banquete manifiestan alguna señal de nerviosismo.

—¿Has memorizado toda la información oficial sobre los emparejamientos?

—Prácticamente —responde. Me enseña las palmas de las manos como diciendo: «¿Qué esperabas?».

El gesto me hace reír; en realidad, yo también he memorizado la información. Es fácil hacerlo cuando la lees tantas veces, cuando la decisión es tan importante.

—Entonces, tú perteneces a la minoría —digo—. Al siete por ciento que no muestra el menor nerviosismo.

—Por supuesto —conviene él.

—¿Cómo has sabido que estaba nerviosa?

—Porque no paras de abrir y cerrar ese chisme. —Xander señala el objeto dorado que sostengo en las manos—. No sabía que tuvieras una reliquia. —Entre nosotros circulan unos cuantos objetos antiguos de valor. Aunque la Sociedad permite a sus ciudadanos poseer una sola reliquia, es difícil conseguirlas. A menos que se hayan tenido antepasados que se hayan asegurado de transmitirlas en herencia a lo largo de los años.

—No la tenía hasta hace unas horas —respondo—. Mi abuelo me la ha regalado para mi cumpleaños. Era de su madre.

—¿Cómo se llama? —pregunta Xander.

—Polvera —respondo.

Me encanta su forma. Es pequeña, igual que yo. También me gusta cómo suena su nombre: «polvera», fuerte al principio y suave al final, como el chasquido de la tapa al cerrarse.

—¿Qué significan las iniciales y los números?

—No estoy segura. —Paso los dedos por las letras «ACM» y los números «1940» inscritos en la superficie dorada—. Pero, mira —digo, y abro la polvera para enseñársela por dentro: un espejito, hecho de cristal auténtico, y una pequeña concavidad, donde su antigua dueña llevaba los polvos de maquillaje, según mi abuelo. Yo la utilizo para guardar las tres pastillas de emergencia que todos llevamos, una verde, una azul y una roja.

—Qué práctico —observa Xander. Estira los brazos y me fijo en que también él tiene su reliquia: dos relucientes gemelos de platino—.

Me los ha prestado mi padre, pero no se puede guardar nada dentro. No sirven para nada.

—Pero son bonitos.

Mi mirada se posa en su cara, en sus brillantes ojos azules y sus cabellos rubios. Siempre ha sido guapo, incluso de pequeño, pero nunca lo había visto tan elegante, vestido con traje oscuro y camisa blanca. Los chicos no tienen tanta libertad como las chicas en la elección de vestuario. Todos los trajes son muy parecidos. Aun así, pueden elegir el color de la camisa y la corbata, y la calidad del tejido es muy superior a la tela utilizada para la ropa de diario.

—Estás guapo. —La chica que descubra que es su pareja se pondrá contentísima.

—¿Cómo? —se sorprende Xander enarcando las cejas—. ¿Solo guapo?

—Xander… —dice su madre, que está junto a él, con un tono entre divertido y censurador.

—Tú estás radiante —añade Xander, y, a pesar de que lo conozco desde pequeña, me ruborizo un poco. Me siento bien con este vestido: verde botella, vaporoso, con mucho vuelo… La desacostumbrada suavidad de la seda en mi piel hace que me sienta ágil y delicada.

A mi lado, mis padres respiran hondo cuando aparece el ayuntamiento, iluminado en blanco y azul, con las luces de las ocasiones especiales encendidas. No veo la escalinata exterior de mármol, pero sé que estará encerada y reluciente. He esperado toda mi vida a subir por esos limpios peldaños de mármol y cruzar las puertas del ayuntamiento, un edificio que he visto de lejos, pero en el que jamás he entrado.

Quiero abrir la polvera y mirarme en el espejito para asegurarme de que mi aspecto es inmejorable. Pero no quiero parecer vanidosa, de manera que me miro con disimulo en su dorada superficie.

El canto redondeado me deforma un poco las facciones, pero continúo siendo yo. Los ojos verdes. El pelo castaño dorado, que parece más dorado en la polvera de lo que es en realidad. La nariz recta y menuda. El mentón con un pequeño hoyuelo como el de mi abuelo. Todos los rasgos físicos que me convierten en Cassia María Reyes a mis diecisiete años recién cumplidos.

Doy la vuelta a la polvera y me fijo en que ambos lados encajan a la perfección. Mi emparejamiento está siendo igual de perfecto, empezando por el hecho de que me halle aquí esta noche. Como mi cumpleaños cae en 15, el día en que el banquete se celebra todos los meses, siempre había tenido la esperanza de que me emparejaran el mismo día de mi cumpleaños, pero sabía que era una posibilidad remota. Una vez que has cumplido los diecisiete, pueden convocarte para el banquete en cualquier mes del año. Por eso, cuando hace dos semanas llegó la notificación a través del terminal de que, en efecto, iban a emparejarme el día de mi cumpleaños, casi me pareció oír el chasquido de las piezas al encajar, justo como llevaba tanto tiempo soñando.

Porque, aunque no he tenido que esperar ni un día entero, en cierto sentido llevo esperando toda la vida.

—Cassia —dice mi madre sonriéndome.

Yo la miro sorprendida. Mis padres se levantan, listos para apearse del tren. Xander también lo hace y se estira las mangas. Lo oigo respirar fuerte y me sonrío. Quizá, después de todo, también esté un poco nervioso.

—Andando —me dice.

Su sonrisa es tierna y agradable. Me alegro de que nos hayan convocado el mismo mes. Tras compartir gran parte de nuestra infancia, parece lógico que compartamos también el final.

Le devuelvo la sonrisa y le ofrezco la mejor expresión de buena voluntad que tenemos en la Sociedad.

—Te deseo buenos resultados —digo.

—Y yo a ti, Cassia —responde él.

Cuando nos apeamos del tren y nos dirigimos al ayuntamiento, mis padres me cogen cada uno por un brazo. Estoy rodeada, como siempre he estado, de su amor.

Esta noche solo estamos nosotros tres. Mi hermano, Bram, no puede asistir a mi banquete porque es menor de diecisiete años, demasiado joven. El primer banquete al que se asiste siempre es el de uno mismo. No obstante, yo podré ir al de Bram porque soy mayor que él. Sonrío, preguntándome cómo será su pareja. Dentro de siete años lo sabré.

Pero esta noche es mi noche.

Es fácil identificar a los que vamos a ser emparejados: no solo somos menores que el resto, sino que también lucimos vestidos de gala y trajes entallados mientras nuestros padres y hermanos mayores se pasean con ropa de diario, un telón de fondo sobre el que nosotros destacamos. Los funcionarios nos sonríen con orgullo y mi corazón se hincha cuando entramos en la sala circular.

Aparte de Xander, que me dice adiós con la mano antes de dirigirse a su mesa, veo a otra chica conocida que se llama Lea. Ha escogido el vistoso vestido rojo. Ha elegido bien, porque es muy guapa y ese color realza su belleza. No obstante, parece preocupada y no deja de manosear su reliquia, una pulsera de piedras rojas. Me sorprende un poco ver a Lea. Pensaba que decidiría quedarse soltera.

—Fíjate en esta vajilla de porcelana —dice mi padre cuando encontramos nuestros sitios en una de las mesas del banquete—. Me recuerda la vajilla antigua que encontramos el año pasado…

Mi madre me mira divertida y pone los ojos en blanco. Ni siquiera en mi banquete mi padre puede dejar de fijarse en estas cosas. Se pasa meses trabajando en barrios viejos que están siendo rehabilitados y transformados en distritos nuevos de uso público. Hurga entre los vestigios de una sociedad que no está tan alejada en el tiempo como parece. En este momento, por ejemplo, dirige un proyecto de restauración especialmente interesante: una vieja biblioteca. Separa las cosas que la Sociedad considera valiosas de las que no lo son.

Pero, justo después, se me escapa la risa cuando mi madre tampoco puede evitar hacer observaciones acerca de las flores, que forman parte de su trabajo en el arboreto.

—¡Oh, Cassia! Fíjate en los centros de flores. Lirios. —Me aprieta la mano.

—Tomen asiento, por favor —nos dice un funcionario desde el podio—. La cena está a punto de servirse.

La rapidez con que nos sentamos es casi cómic̶ ̶-̶-̶que, aunque admiremos la vajilla y las flores y hayamos venid⟨

nen pareja, también estamos impacientes por p⟨

—Dicen que las futuras parejas siempre ⟨

—observa un hombre de aspecto jovial senta⟨

y sonriendo a toda la mesa—. Están tan emocionados que no prueban bocado.

Y es cierto: una de las chicas, la que lleva un vestido rosa, está mirando su plato, sin tocar nada.

Sin embargo, yo no tengo ese problema. Aunque no me doy un atracón, como un poco de todo: las hortalizas asadas, la carne guisada, las crujientes verduras, el cremoso queso. El esponjoso pan caliente. La cena parece una danza, como si esto fuera un baile además de un banquete. Los camareros sirven los platos con estilo; los alimentos, aderezados con finas hierbas y guarniciones, son tan elegantes como nosotros. Alzamos las servilletas blancas, los tenedores de plata, las relucientes copas de cristal como al compás de la música.

Mi padre sonríe de felicidad cuando un camarero le sirve una porción de tarta de chocolate con nata.

—Deliciosa —susurra tan bajo que solo lo oímos mi madre y yo.

Mi madre se ríe cariñosamente de él, y él le coge la mano.

Comprendo el entusiasmo de mi padre cuando pruebo la tarta, que es sustanciosa, pero no en exceso, intensa, oscura y exquisita. Es lo mejor que he comido desde la cena tradicional de las fiestas de invierno, que fue hace meses. Me habría gustado que Bram pudiera probar la tarta y, por un momento, pienso en guardarle un trozo de la mía. Pero no tengo forma de llevárselo. No cabe en mi polvera. Estaría mal visto esconderlo en el bolso de mi madre aunque ella accediera, y no lo haría. Mi madre nunca infringe las normas.

No puedo guardar la tarta para después. Es ahora o nunca.

Acabo de meterme el último trozo en la boca cuando el presentador dice:

—Estamos listos para anunciar las parejas.

Me trago la tarta de la sorpresa y, por un instante, un inesperado ataque de ira se apodera de mí; no he podido paladear el último pedazo.

—Lea Abbey.

Lea se pone de pie y retuerce violentamente su pulsera mientras espera a que aparezca una cara en la pantalla. Pero tiene cuidado de esconder las manos bajo la mesa para que el chico que la vea desde algún otro ayuntamiento del país solo vea una hermosa muchacha rubia y no sus manos inquietas retorciendo la pulsera.

Es curioso cómo nos aferramos a los objetos del pasado mientras aguardamos nuestro futuro.

Por supuesto, los emparejamientos siguen un sistema. En ayuntamientos de todo el país tan concurridos como este, las parejas se anuncian por orden alfabético según el apellido de las chicas. Me dan un poco de lástima los chicos, que no tienen la menor idea de cuándo van a pronunciar su nombre, momento en el que deben levantarse para que sus parejas los vean desde otros ayuntamientos. Como mi apellido es Reyes, seré de las últimas. El principio del fin.

En la pantalla aparece la cara de un chico rubio y guapo. Sonríe al ver la cara de Lea en la pantalla de su ayuntamiento y ella también lo hace.

—Joseph Peterson —anuncia el presentador—. Lea Abbey, has sido emparejada con Joseph Peterson.

La azafata que preside el banquete lleva una cajita plateada a Lea; lo mismo ocurre con Joseph Peterson en la pantalla. Cuando Lea toma asiento, mira la cajita con expresión anhelante, como si deseara abrirla enseguida. La entiendo perfectamente. Dentro hay una microficha con información general acerca de su pareja. Nos las dan a todos. Más adelante, las cajitas servirán para guardar las alianzas del contrato matrimonial.

En la pantalla vuelve a aparecer la imagen por defecto: un chico y una chica, sonriéndose, con luces trémulas y un funcionario vestido de blanco a sus espaldas. Aunque la Sociedad sincroniza los emparejamientos con la máxima eficacia posible, todavía hay momentos en los que la pantalla vuelve a mostrar esta imagen, lo cual significa que hay que esperar mientras algo sucede en otra parte. El proceso es complicadísimo, y eso me hace recordar los complejos pasos de las danzas que antaño solían bailarse. No obstante, esta danza solo puede coreografiarla la Sociedad.

La imagen desaparece.

El presentador pronuncia otro nombre; una chica se pone de pie.

Enseguida, cada vez más chicas tienen su cajita plateada. Algunas las dejan sobre el mantel blanco, pero la mayoría las asen con cuidado, reacias a soltar el futuro que acaban de entregarles.

No veo a nadie más que lleve un vestido verde. No me importa. Me gusta pensar que, por una noche, no me parezco al resto del mundo.

Aguardo con la polvera en una mano y la mano de mi madre en la otra. Tiene la palma sudorosa. Por primera vez, me doy cuenta de que ella y mi padre también están nerviosos.

—Cassia María Reyes.

Es mi turno.

Suelto la mano a mi madre, me pongo de pie y miro la pantalla. Noto cómo me late el corazón y estoy tentada de retorcerme las manos como ha hecho Lea, pero me quedo como una estatua, con el mentón levantado y los ojos clavados en la pantalla. Miro y espero, decidida a que la chica que mi pareja vea en la pantalla de su ayuntamiento esté serena, calmada y preciosa, la mejor imagen de Cassia María Reyes que soy capaz de dar.

Pero no sucede nada.

Sigo mirando la pantalla y, conforme transcurren los segundos, todo lo que puedo hacer es quedarme quieta y seguir sonriendo. Oigo susurros a mi alrededor. Por el rabillo del ojo, veo que mi madre alarga la mano como si quisiera volver a coger la mía, pero la retira.

Una chica vestida de verde espera con el corazón en un puño. Yo.

La pantalla está oscura, y así se queda.

Eso solo puede significar una cosa.

Capítulo 2

A mi alrededor, los susurros aumentan de volumen como si hubiera pájaros aleteando bajo la cúpula del ayuntamiento.

—Tu pareja está aquí esta noche —dice la azafata sonriendo. La gente que me rodea también sonríe y sus murmullos se redoblan. Nuestra Sociedad es tan grande, hay tantas ciudades, que la probabilidad de que tu pareja ideal sea alguien de tu ciudad es remota. Hace muchos años que no sucedía nada igual.

Con todas estas cosas en mente, cierro por un momento los ojos cuando reparo en lo que esto significa, no en abstracto, sino en concreto para mí, la chica del vestido verde. «A lo mejor conozco a mi pareja.» Puede ser alguien que va al mismo centro de segunda enseñanza que yo, alguien a quien veo todos los días…

—Xander Thomas Carrow.

En su mesa, Xander se pone de pie. Un mar de rostros expectantes y de manteles blancos con relucientes copas de cristal y brillantes cajitas plateadas se extiende ante nosotros.

No me lo puedo creer.

Esto es un sueño. Los asistentes vuelven la mirada hacia mí y el apuesto muchacho del traje oscuro y la corbata azul. Nada me parece real hasta que Xander me sonríe. Pienso: «Conozco esa sonrisa», y, de pronto, yo también estoy sonriendo, y el torrente de aplausos y el olor de los lirios terminan de convencerme de que todo esto está sucediendo de verdad. Los sueños no huelen tan fuerte ni hacen tanto ruido. Me salto un poco el protocolo para saludar a Xander con un leve movimiento de la mano y su sonrisa se ensancha.

—Podéis volver a sentaros —dice la azafata. Parece alegrarse de que estemos tan contentos; ¿cómo no habríamos de estarlo? Al fin y al cabo, somos la pareja ideal.

Cuando me trae la cajita plateada, la cojo con cuidado, a pesar de que conozco gran parte de lo que contiene. Xander y yo no solo estudiamos en el mismo centro de segunda enseñanza, sino que también vivimos en la misma calle; somos buenos amigos desde que me alcanza la memoria. No necesito que la microficha me muestre fotografías de Xander cuando era pequeño porque ya tengo muchas en la cabeza. No necesito descargarme una lista de sus cosas favoritas para memorizarlas porque ya las sé. Color favorito: verde. Actividad de ocio favorita: natación. Actividad lúdica favorita: juegos.

—Enhorabuena, Cassia —me susurra mi padre con cara de alivio.

Mi madre no dice nada, pero está radiante y me estrecha entre sus brazos. Detrás de ella, otra chica se pone de pie y mira la pantalla.

El hombre sentado al lado de mi padre susurra:

—Qué suerte para su familia, no tener que poner el futuro de su hija en manos de alguien de quien no saben nada.

Me sorprende el descontento que percibo en su voz; el modo en que su comentario parece rayar en la insubordinación. Su hija, la muchacha nerviosa del vestido rosa, también lo oye; parece incómoda y se remueve un poco en la silla. No la conozco. Debe de estudiar en algún otro centro de segunda enseñanza de nuestra ciudad.

Vuelvo a mirar hacia Xander de soslayo, pero hay demasiadas personas entre él y yo y no consigo verlo. Se van levantando otras chicas. La pantalla se ilumina para todas. Nadie más se queda con una pantalla oscura. Yo soy la única.

Antes de irnos, la azafata nos pide a nuestras familias, a Xander y a mí que nos quedemos a hablar con ella.

—Esta situación es insólita —dice, pero se corrige de inmediato—. Insólita, no. Disculpen. Solo es poco frecuente. —Nos sonríe a los dos—. Como ya os conocéis, vuestro proceso será distinto. Ya conocéis gran parte de la información general el uno sobre el otro. —Señala nuestras cajitas plateadas—. Vuestras microfichas incluyen unas cuantas instrucciones nuevas para el cortejo, así que deberíais familiarizaros con ellas en cuanto tengáis ocasión.

—Las leeremos esta noche —promete Xander con sinceridad. Divertida, tengo que contenerme para no poner los ojos en blanco, porque ha hablado exactamente igual que cuando un profesor le manda un trabajo. Leerá las instrucciones nuevas y las memorizará. De igual forma que se ha leído y ha memorizado la información oficial sobre los emparejamientos. Vuelvo a ruborizarme cuando me viene a la memoria parte de un fragmento:

Si optáis por ser emparejados, formalizaréis vuestro contrato matrimonial cuando cumpláis veintiún años. Los estudios han demostrado que la fecundidad de hombres y mujeres es óptima a los veinticuatro años.

El sistema de emparejamientos se ha concebido para que las parejas tengan a sus hijos en torno a esa edad, lo cual garantiza una mayor probabilidad de que la descendencia nazca sana.

Xander y yo formalizaremos un contrato matrimonial. ¡Tendremos hijos!

No voy a tener que pasarme los próximos años aprendiéndolo todo de él porque le conozco tan bien como a mí misma.

El leve sentimiento de pérdida me sorprende. Mis iguales pasarán los próximos días extasiados ante las fotografías de sus parejas, alardeando de ellas en el comedor escolar, esperando a conocer cada vez más retazos de información. Soñando con su primer encuentro, su segundo encuentro, etcétera. Ese misterio no existe para nosotros. Yo no me preguntaré cómo es Xander ni soñaré con nuestro primer encuentro.

Pero Xander me mira y pregunta:

—¿En qué piensas?

Y yo respondo:

—En que somos afortunados. —Y lo digo en serio. Aún nos queda mucho por descubrir. Hasta el día de hoy, solo conozco a Xander como amigo. Ahora es mi pareja.

La azafata me corrige con delicadeza.

—Afortunados, no, Cassia. En la Sociedad no existe la suerte.

Asiento. «Por supuesto.» Ya debería saber que no es correcto utilizar un término tan arcaico e impreciso. Ahora solo existe la probabilidad. Cuán probable o improbable es que algo suceda.

La azafata vuelve a hablar.

—La velada ha sido larga y se está haciendo tarde. Podéis leer las instrucciones otro día. Hay tiempo de sobra.

Tiene razón. Eso es lo que la Sociedad nos ha dado: tiempo. Vivimos más y mejor que cualquier otro ciudadano de la historia de la humanidad. Y eso se debe, en gran parte, al sistema de emparejamientos, que genera una descendencia física y emocionalmente sana.

Y yo formo parte de él.

Mis padres y los Carrow no pueden dejar de hablar de lo estupendo que es esto y, mientras bajamos la escalinata del ayuntamiento, Xander se acerca a mí y me dice:

—Cualquiera diría que lo han montado ellos.

—No me lo puedo creer —digo, y me siento pletórica y un poco mareada. No me puedo creer que la chica ataviada con un hermoso vestido verde, con oro en una mano y plata en la otra, caminando junto a su mejor amigo, su pareja, sea yo.

—Pues yo sí —dice Xander en tono chistoso—. De hecho, ya lo sabía. Por eso no estaba nervioso.

Le devuelvo la broma.

—Yo también lo sabía. Por eso lo estaba.

Nos reímos tanto que tardamos un rato en darnos cuenta de que ha llegado el tren aéreo. Y, por un instante, nos sentimos incómodos cuando Xander me tiende la mano para ayudarme a subir.

—Vamos —dice con voz seria, y me siento un poco desubicada. Tocarnos ya no me parece igual que antes, y tengo las manos ocupadas.

Xander me envuelve la mano en la suya y me ayuda a subir.

—Gracias —digo cuando las puertas se cierran.

—No hay de qué —responde.

No me suelta; la cajita plateada que llevo en la mano crea una barrera entre nosotros mientras otra se rompe. No íbamos cogidos de la mano desde que éramos pequeños. Al hacerlo esta noche, cruzamos la línea invisible que separa la amistad de algo más. Noto un cosquilleo en el brazo; que mi pareja me toque es un lujo que no tienen el resto de las parejas formadas esta noche.

El tren aéreo nos aleja de las luces blancas del ayuntamiento y pone rumbo hacia las luces amarillas más atenuadas que alumbran los distritos. Mientras las calles pasan como un rayo camino de nuestras casas, miro a Xander. El color de su cabello es similar al de la luz dorada de las farolas y su cara es hermosa, firme, bondadosa. Y es familiar, en su mayor parte. Si siempre has sabido cómo mirar a alguien, resulta extraño tener que hacerlo de un modo distinto. Xander siempre ha sido alguien a quien yo no podía tener, y lo mismo he sido yo para él.

Ahora todo es distinto.

Bram, mi hermano de diez años, nos espera en el porche. Cuando le explicamos lo sucedido, no da crédito a sus oídos.

—¿Estás emparejada con Xander? ¿Ya conozco a la persona con la que vas a casarte? Qué raro…

—Tú sí que eres raro —le digo en broma, y él se escabulle cuando hago ademán de agarrarlo—. Quién sabe. Puede que tu pareja viva en esta misma calle. Puede que sea…

Bram se tapa los oídos.

—No lo digas. No lo digas…

—Serena —remato, y él se aleja, fingiendo que no me ha oído. Serena vive justo al lado. Ella y Bram se pasan la vida fastidiándose.

—Cassia —me reprende mi madre mientras mira a su alrededor para cerciorarse de que no me ha oído nadie. No debemos menospreciar a otros miembros de nuestra calle ni de nuestra comunidad. El distrito de los Arces es famoso por estar muy unido y ser un ejemplo de civismo. «No gracias a Bram», pienso.

—Era una broma, mamá. —Sé que mi madre no puede enfadarse conmigo. No en la noche de mi banquete, donde ha recordado lo deprisa que estoy creciendo.

—Entrad —dice mi padre—. Están a punto de dar el toque de queda. Podemos hablar de todo esto mañana.

—¿Había tarta? —pregunta Bram cuando mi padre abre la puerta. Todos me miran, esperando.

No me muevo. No quiero entrar todavía.

En cuanto haga, esta noche terminará y no quiero que lo haga. No quiero quitarme el vestido y volver a ponerme la ropa de diario; no quiero retomar mi rutina, que está bien pero no es nada especial como esto.

—Entro enseguida. Solo unos minutos más.

—No tardes —dice mi padre con dulzura. No quiere que me salte el toque de queda. No es una imposición suya sino del gobierno, lo sé.

—No lo haré, te lo prometo.

Me siento en los escalones del porche con cuidado para no estropear mi vestido prestado. Miro los pliegues del hermoso tejido. No me pertenece, pero puede decirse que esta noche de primavera sí, en la oscuridad luminosa, llena de tantas cosas inesperadas como familiares. Alzo la vista y vuelvo el rostro hacia el cielo estrellado.

No me quedo mucho rato fuera porque mañana, sábado, es un día de mucha actividad. Tendré que presentarme a trabajar en el centro de clasificación temprano por la mañana. Después de eso, dispondré de unas cuantas horas lúdicas por la noche, una de las pocas ocasiones que tengo de alternar con mis amigos fuera del centro de segunda enseñanza.

Y Xander estará allí.

En mi dormitorio, saco las pastillas de la pequeña concavidad de la polvera. Las cuento —una, dos, tres; azul, verde, roja— cuando vuelvo a meterlas en su pastillero metálico habitual.

Sé para qué sirven las pastillas azul y verde, pero no conozco a nadie que sepa con seguridad para qué sirve la roja. Corren rumores sobre ello desde hace años.

Me acuesto y me quito la pastilla roja de la cabeza. Por primera vez en mi vida, puedo soñar con Xander.

Capítulo 3

Siempre me he preguntado qué aspecto tienen mis sueños en papel, en cifras. Alguien lo sabe en algún lugar, pero yo no. Me arranco los identificadores de sueños, con cuidado de no tirar demasiado fuerte cuando me quito el que llevo pegado detrás de la oreja. La piel es delicada en esa zona y siempre me hago daño, sobre todo si se me ha quedado algún mechón de pelo atrapado bajo el adhesivo. Los meto en su caja. Esta noche le toca ponérselos a Bram.

No he soñado con Xander. No sé por qué.

Pero se me han pegado las sábanas y voy a llegar tarde al trabajo si no me doy prisa. Cuando entro en la cocina, con el vestido de anoche en los brazos, veo que mi madre ya ha servido el desayuno que acaban de repartir. Avena color pardusco, como siempre. Comemos para estar sanos y para tener un óptimo rendimiento, no por placer. Las fiestas y celebraciones son una excepción. Como nos redujeron las calorías durante toda la semana anterior, anoche pudimos comer todo lo que nos sirvieron sin mayores consecuencias.

Bram, todavía en pijama, me sonríe con malicia.

—¿Qué? —dice metiéndose una última cucharada de avena en la boca—. ¿Has soñado con Xander?

28

No quiero que sepa lo cerca que está de la verdad: aunque no he soñado con Xander, quería hacerlo.

—No —respondo—. ¿Y tú no deberías estar preocupado por no llegar tarde a clase? —Mi hermano todavía va a la escuela los sábados en vez de ir a trabajar y, si no espabila, llegará tarde una vez más. Espero que no lo citen.

—Bram —dice mi madre—, haz el favor de ir a vestirte. —La pobre respirará aliviada cuando mi hermano vaya a un centro de segunda enseñanza, donde las clases empiezan media hora más tarde.

Cuando Bram sale cabizbajo de la cocina, mi madre coge mi vestido y lo despliega.

—Anoche estabas preciosa. Odio tener que devolverlo. —Nos quedamos mirándolo. Yo admiro el modo en que la seda capta la luz y la refleja, casi como si ambas estuvieran vivas.

Las dos suspiramos al mismo tiempo y mi madre se ríe. Me da un beso en la mejilla.

—Te enviarán un retal, ¿recuerdas? —dice, y yo asiento.

Cada vestido tiene un doble forro que puede cortarse en trozos, uno para cada chica que lleva el vestido. El retal, así como la cajita plateada que contenía mi microficha, serán los recuerdos de mi banquete.

Pero, aun así, no volveré a ver este vestido, mi vestido verde, nunca más.

En cuanto lo vi, supe que era el que quería. Cuando fui a buscarlo, la mujer del centro distribuidor de ropa sonrió después de introducir el número, el setenta y tres, en el ordenador.

—Era el que tenías más probabilidades de elegir —dijo—. Es lo que indicaban tus datos personales, y también la psicología general.

Ya habías elegido cosas poco corrientes con anterioridad, y a las chicas les gusta que sus vestidos les resalten los ojos.

Sonreí mientras observaba cómo su asistente iba a buscar el vestido a la trastienda. Cuando me lo probé, vi que tenía razón. El vestido estaba hecho a mi medida. El bajo me quedaba a la altura justa; la cintura se me ceñía a la perfección. Me di la vuelta delante del espejo admirándome.

—Por ahora —observó la mujer—, eres la única chica que va a llevar este vestido en el banquete de este mes. El que ha tenido más éxito es uno de los rosa, el número veintidós.

—Bien —dije—. No me importa destacar un poco.

Bram reaparece en el umbral de la puerta, con la ropa de diario arrugada y el pelo revuelto. Casi alcanzo a oír lo que está pensando mi madre: ¿es mejor peinarlo y que llegue tarde o mandarlo tal como está?

Bram toma la decisión por ella.

—Hasta la noche —dice, y sale de casa corriendo.

—No va a llegar. —Mi madre mira por la ventana hacia la parada del tren aéreo, donde las vías se iluminan para indicar que se acerca un tren.

—A lo mejor sí —digo cuando veo que Bram se salta otra norma, la que prohíbe correr en público. Oigo amortiguadas sus pisadas en la acera mientras corre calle abajo, con la cabeza gacha y la mochila rebotando contra su huesuda espalda.

Justo cuando llega a la parada, aminora el paso. Se aplasta el pelo y sube sin prisas las escaleras de acceso a las vías. Por suerte, nadie más lo ha visto correr. Al cabo de un momento, el tren aéreo parte con Bram a bordo.

—Ese crío va a acabar conmigo. —Mi madre suspira—. Tendría que haberlo levantado antes. Nos hemos quedado todos dormidos. Anoche fue fantástico.

—Sí —convengo.

—Tengo que coger el próximo tren a la ciudad. —Mi madre se cuelga el bolso—. ¿Qué haces esta noche en tus horas lúdicas?

—Estoy segura de que Xander y los demás querrán ir al centro recreativo —respondo—. Ya hemos visto todas las proyecciones, y la música... —Me encojo de hombros.

Mi madre se ríe y termina la frase por mí.

—... es para viejos como yo.

—Y aprovecharé la última hora para hacer una visita al abuelo. —Los funcionarios no suelen permitir que nos desviemos de nuestras opciones lúdicas habituales; pero, en la víspera de la cena final de una persona, no solo nos permiten visitarla, sino que nos animan a hacerlo.

Mi madre dulcifica la mirada.

—Le encantará.

—¿Le ha contado papá lo de mi emparejamiento?

Mi madre sonríe.

—Tenía intención de pasar a verlo de camino al trabajo.

—Bien —digo, porque quiero que el abuelo se entere lo antes posible. Sé que ha estado pensando en mí y en mi banquete tanto como yo en él y en el suyo.

Después de acabar el desayuno a toda prisa, cojo el tren aéreo por los pelos y me siento. Quizá no haya soñado con Xander mientras dormía, pero puedo hacerlo ahora despierta. Mientras miro por la ventanilla y pienso en lo guapo que estaba anoche con su traje, contemplo las casas que vamos dejando atrás de camino a la ciudad. El verde aún no ha dado paso a la piedra y al asfalto cuando veo copos blancos cayendo del cielo.

El resto de los pasajeros también los ven.

—¿Nieve? ¿En junio? —pregunta la mujer sentada a mi lado.

—Es imposible —masculla un hombre al otro lado del pasillo.

—Pero mírela —insiste ella.

—Es imposible —repite el hombre. La gente se vuelve a mirar por las ventanillas con inquietud. ¿Puede ser que algo esté fuera de lugar?

En efecto, pequeñas borlas blancas se precipitan al suelo. La nieve tiene algo extraño, pero no estoy segura de qué es. Me contengo para no sonreír mientras miro las caras de preocupación que me rodean. ¿Debería estar yo también preocupada? Quizá. Pero es tan bonito, tan inesperado, y, de momento, tan inexplicable...

El tren aéreo se detiene. Las puertas se abren y entran unas cuantas borlas. Cojo una, pero no se disuelve. Sí lo hace, en cambio, su misterio, cuando veo una semillita marrón en el centro del copo.

—Es una semilla de álamo de Virginia —digo a todos con seguridad—. No es nieve.

—Por supuesto —observa el hombre que parece alegrarse de tener una explicación. La nieve en junio sería atípica. Las semillas de álamo de Virginia, no.

—Pero ¿por qué hay tantas? —pregunta todavía preocupada una mujer.

Al cabo de un momento, obtenemos la respuesta. Uno de los nuevos pasajeros se sacude el blanco del pelo y la ropa al sentarse.

—Estamos derribando la alameda del río —explica—. La Sociedad quiere plantar árboles mejores en las riberas.

Todos los demás lo creen; no entienden de árboles. Murmuran que se alegran de que esto no sea una señal de otro calentamiento: menos mal que la Sociedad lo tiene todo bajo control, como de costumbre. Pero, gracias a mi madre, que no puede evitar hablar de su trabajo en el arboreto, yo sé que su explicación es razonable. Los álamos de Virginia no producen frutos comestibles ni sirven como combustible. Y sus semillas son un fastidio. Se desplazan a mucha distancia, se adhieren a todo, y crecen por doquier. «Malos árboles», dice mi madre. Aun así, les tiene especial simpatía por sus semillas, que aunque son pequeñas y marrones están recubiertas de belleza, de estos finos zarcillos algodonosos. Diminutos paracaídas esponjosos para frenar su caída, para ayudarles a volar, a aprovechar el viento y trasladarse hasta algún lugar donde puedan crecer.

Miro la semilla que tengo en la palma de la mano. De hecho, sigue conservando su misterio en su pequeño núcleo marrón. No estoy segura de qué hacer con ella, de modo que me la meto en el bolsillo donde llevo el pastillero.

La nieve ficticia me trae a la memoria un verso de un poema de Robert Frost que hemos estudiado este curso en Lengua y Literatura: «Alto en el bosque en una noche de invierno». Es uno de mis poemas favoritos de los Cien Poemas que la Sociedad decidió conservar cuando, hace ya años, decretó que nuestra cultura estaba sobresaturada. Formó comisiones para elegir los cien mejores de todo: las Cien Canciones, los Cien Cuadros, los Cien Relatos, los Cien Poemas. El resto fue eliminado. Para siempre. «Por nuestro bien», adujo la Sociedad, y todos lo creímos porque parecía lógico. ¿Cómo podemos apreciar algo plenamente cuando hay demasiadas cosas en que fijarnos?

Mi propia bisabuela fue una de las historiadoras culturales que ayudó a seleccionar los Cien Poemas hace casi setenta años. Mi abuelo me ha contado mil veces la historia de cómo su madre tuvo que ayudar a decidir qué poemas conservar y cuáles perder para siempre. Ella solía arrullarlo cantándole algunos versos. «Susurraba, los cantaba —me explicó—, y yo intenté recordarlos cuando ella nos dejó.»

«Cuando ella nos dejó.» Mañana, mi abuelo nos dejará.

Cuando ya no se ve ni una sola semilla de álamo de Virginia, pienso en el poema y en cuánto me gusta. Me gusta el final, cómo rima y se repite; y me digo que el poema sería una buena canción de cuna si se diera más importancia al ritmo que a las palabras. Porque, si se da más importancia a las palabras, resulta imposible relajarse: «Y mucho que andar antes de dormir…».

—Hoy toca clasificar números —dice Norah, mi supervisora.

Suspiro, pero Norah no reacciona. Escanea mi tarjeta y me la devuelve. No me pregunta por mi banquete, aunque tiene que saber, ahora que ha actualizado mi información, que se celebró anoche. Pero eso no es ninguna novedad. Norah apenas se relaciona conmigo porque soy una de sus mejores clasificadoras. De hecho, han pasado casi tres meses desde mi último error, la última vez en que mantuvimos una verdadera conversación.

—Espera —dice Norah cuando me dirijo a mi puesto—. Tu tarjeta digital indica que ya te queda poco para examinarte y obtener el título oficial de clasificadora.

Asiento. Llevo meses pensando en esto; no tanto como he pensado en mi banquete, pero sí a menudo. Aunque algunas de estas clasificaciones de números son aburridas, si eres clasificador puedes acceder a puestos de trabajo mucho más interesantes. Quizá podría ser supervisora de restauración, como mi padre. Cuando él tenía mi edad, su actividad laboral también era clasificar información. Y la de mi abuelo y, por supuesto, la de mi bisabuela, que participó en una de las clasificaciones más importantes de todas cuando formó parte del Comité de los Cien.

Las personas que supervisan los emparejamientos también comienzan clasificando, pero a mí no me interesa eso. Me gusta mantener cierta distancia. No quiero dedicarme a clasificar personas de carne y hueso.

—Asegúrate de estar preparada —dice Norah, pero las dos sabemos que ya lo estoy.

Una luz amarilla se cuela por las ventanas del centro de clasificación próximas a nuestros puestos. Yo proyecto una sombra en los puestos de los otros empleados cuando paso por delante. Nadie alza la vista.

Me meto en mi diminuto cubículo, donde solo caben una mesa, una silla y una pantalla clasificadora. Finas paredes grises se alzan a ambos lados y no veo a nadie más. Somos como las microfichas de la biblioteca de investigación del centro de segunda enseñanza: cada uno insertado en su ranura. Por supuesto, el gobierno tiene ordenadores que clasifican más deprisa que nosotros, pero aún somos importantes. Nunca se sabe cuándo puede fallar la tecnología.

Es lo que sucedió en la sociedad anterior a la nuestra. Todos disponían de tecnología, de un exceso de ella, y las consecuencias fueron catastróficas. Hoy día solo disponemos de la tecnología básica que necesitamos —terminales, lectores, calígrafos— y la información a la que tenemos acceso es mucho más específica. Los especialistas en nutrición no necesitan saber programar trenes aéreos, por ejemplo, y los programadores, a su vez, no necesitan saber cocinar. Esta clase de especialización impide que nos saturemos. No necesitamos saberlo todo. Y, tal como nos recuerda la Sociedad, hay una gran diferencia entre conocimiento y tecnología. El conocimiento nunca falla.

Inserto mi tarjeta digital y comienzo a clasificar. Aunque prefiero la asociación de palabras o la clasificación de imágenes o frases, los números también se me dan bien. La pantalla me dicta qué series debo encontrar y los números comienzan a desplazarse por la pantalla como soldaditos blancos en un campo negro a la espera de que los derribe. Los toco y los clasifico colocándolos en apartados distintos. El tamborileo de mis dedos en la pantalla es tan suave que parece nieve al caer.

Y creo una tormenta de nieve. Los números vuelan a sus apartados como copos llevados por el viento.

Cuando estoy a la mitad, la serie que buscamos varía. El sistema registra la rapidez con que advertimos los cambios y adaptamos nuestras clasificaciones. Nunca sabes cuándo va a ocurrir un cambio. Al cabo de dos minutos, la serie vuelve a variar y, una vez más, me doy cuenta en la primera línea de números. No sé cómo, pero siempre anticipo el cambio de serie antes de que suceda.

Cuando clasifico, solo tengo tiempo para pensar en lo que veo en la pantalla. De modo que aquí, en mi reducido cubículo gris, no pienso en Xander. Ni recuerdo la caricia del vestido verde en mi piel, ni el sabor de la tarta de chocolate en mi lengua. Tampoco pienso en mi abuelo disfrutando por última vez mañana por la noche de su cena final. Ni en la nieve en pleno junio, ni en otras cosas que no pueden ser pero que de algún modo son. Ni imagino el sol deslumbrándome, ni la luna refrescándome, ni el arce de nuestro patio tornándose dorado, verde, rojo. Pensaré en todas esas cosas y en otras muchas después. Pero no mientras clasifico.

Sigo clasificando hasta que ya no me quedan datos. Todo está despejado en mi pantalla. Y soy yo quien la obliga a vaciarse.

Cuando me monto en el tren aéreo de regreso al distrito de los Arces, ya no queda rastro de ninguna semilla de álamo de Virginia. Quiero hablar de ellas a mi madre, pero, cuando llego a casa, ella, mi padre y Bram ya se han ido a disfrutar de sus horas lúdicas. Un mensaje dirigido a mí parpadea en el terminal: «Sentimos no haberte visto, Cassia —leo—. Que duermas bien».

Oigo un pitido en la cocina; ha llegado mi cena. El envase de papel de aluminio emerge por la ranura de reparto. Lo cojo enseguida, a tiempo de oír el vehículo repartidor alejándose por la vía que recorre los patios traseros de las casas del distrito.

Mi cena humea cuando la abro. Deben de haber cambiado al director de personal de nutrición. Antes, la comida siempre estaba tibia cuando llegaba. Ahora está ardiendo. Me la como a toda prisa y me escaldo un poco la boca, porque sé qué quiero hacer con este excepcional rato libre en una casa casi vacía. Nunca estoy del todo sola, porque el terminal nunca descansa de tomar nota, de vigilar. Pero ahora me va bien. Lo necesito para lo que voy a hacer. Quiero mirar la microficha sin que mis padres o Bram metan la nariz. Quiero saber más cosas de Xander antes de verlo esta noche.

Cuando inserto la microficha, el terminal se pone manos a la obra. La pantalla se ilumina y la expectación me acelera el pulso, pese a conocer a Xander como lo conozco. ¿Qué ha decidido la Sociedad que debo saber de él, de la persona con la que voy a pasar el resto de mi vida?

¿Lo sé todo de él como creo o se me ha pasado algo por alto?

«Cassia Reyes, la Sociedad se complace en presentarte a tu pareja.»

Sonrío cuando aparece Xander en la pantalla del terminal justo después del mensaje grabado. Sale favorecido en la foto. Como de costumbre, su sonrisa es radiante y franca; sus ojos, azules, amables. Examino su cara con detenimiento, simulando que no lo conozco; que solo lo he visto fugazmente una vez, en el banquete de anoche. Estudio sus facciones, sus labios. No cabe duda de que es guapo. Por supuesto, jamás me había atrevido a pensar que podía ser mi pareja, pero ahora que ha sucedido, estoy interesada. Intrigada. También un poco asustada por cómo puede afectar a nuestra amistad, pero sobre todo feliz.

Voy a tocar las palabras «Instrucciones para el cortejo» en la pantalla, pero, antes de hacerlo, la cara de Xander se oscurece y desaparece. El terminal emite un pitido y la voz repite: «Cassia Reyes, la Sociedad se complace en presentarte a tu pareja».

El corazón deja de latirme y no puedo dar crédito a mis ojos. Ha vuelto a aparecer una cara en la pantalla.

No es la de Xander.

Capítulo 4

«¿Qué?» Estupefacta, toco la pantalla y la cara se disuelve bajo las yemas de mis dedos, fragmentándose en motas que parecen polvo. Aparecen palabras, pero, antes de que pueda leerlas, la pantalla se vacía. ¡Otra vez!

—¿Qué pasa? —digo en voz alta.

La pantalla se ha quedado en blanco. Como mi mente. Esto es mil veces peor que la pantalla vacía de anoche. Entonces sabía qué significaba. Ahora no tengo la menor idea. Nunca he oído que sucediera nada semejante.

«No lo entiendo. La Sociedad no comete errores.»

Pero ¿qué otra cosa puede ser si no? Nadie tiene dos parejas.

—¿Cassia? —Xander me llama desde la puerta.

—Ya voy —respondo, sacando la microficha del terminal y metiéndomela en el bolsillo. Respiro hondo y abro la puerta.

—He visto en tu microficha que te encanta la bicicleta estática —comenta Xander muy serio cuando salgo y cierro la puerta, lo cual me hace reír pese a lo que acaba de ocurrir. De todos los ejercicios entre los que podemos elegir, el que más detesto con diferencia es la bicicleta estática. Y él lo sabe. Siempre discutimos sobre eso. Me parece absurdo montarte en algo que no se mueve y tener que pedalear continuamente. Él arguye que si me gusta correr en la pista dual, es casi lo mismo. «Es muy distinto», le digo, pero no sé explicar por qué.

—¿Te has pasado todo el día contemplando mi cara en la pantalla del terminal? —pregunta. Solo está bromeando, pero de pronto se me corta la respiración. Él ya ha echado un vistazo a su microficha. ¿Habrá visto alguna otra cara además de la mía? Qué extraño se me hace ocultar algo, sobre todo a él.

—Pues claro que no —respondo, intentando seguirle la corriente—. Es sábado, ¿recuerdas? He tenido que trabajar.

—Y yo, pero eso no me ha impedido echarle un vistazo. He leído todos tus datos estadísticos y he repasado todas las instrucciones para el cortejo.

Sin saberlo, con esas palabras me arroja un salvavidas. La preocupación ya no me ahoga. Me llega al cuello, y sigue azotándome en frías oleadas, pero ya puedo respirar. Xander cree que estamos emparejados. No le ha sucedido nada extraño cuando ha mirado su microficha. Eso ya es algo…

—¿Te has leído todas las instrucciones?

—Claro. ¿Tú no?

—Todavía no. —Me siento estúpida al confesarlo, pero Xander vuelve a reírse.

—No son muy interesantes —observa—. Excepto una. —Me guiña el ojo.

—Ah, ¿sí? —digo distraída.

Veo a otros jóvenes de nuestra edad que se reúnen en nuestra calle y se dirigen al centro recreativo como nosotros. Se saludan, se llaman, y llevan la misma ropa que nosotros. Pero esta noche hay una diferencia. Unos observan. Y otros somos observados: Xander y yo.

Todas las miradas nos escrutan, se detienen en nosotros, se apartan, vuelven a observarnos.

No estoy habituada a esto. Xander y yo no somos forasteros; somos ciudadanos sanos y normales, formamos parte de este grupo.

Pero ahora me siento distinta, como si un fino muro transparente se alzara entre quienes me miran y yo. Nos vemos, pero no podemos atravesarlo.

—¿Estás bien? —pregunta Xander.

Me doy cuenta demasiado tarde de que debería haber reaccionado a su comentario y haberle preguntado qué instrucción le parece interesante. Si no me sereno pronto, sabrá que me ocurre algo. Nos conocemos demasiado bien.

Xander me coge por el brazo cuando doblamos la esquina y salimos del distrito de los Arces. Al cabo de unos pasos, desliza la mano por mi brazo y entrelaza sus dedos con los míos. Se acerca a mi oído.

—Una de las instrucciones decía que podemos expresar afecto físico si queremos.

Y yo quiero. Pese a toda la tensión que siento, notar su mano en la mía sin nada que nos separe me resulta grato, y también nuevo. Me sorprende que Xander lo haga con tanta naturalidad. Mientras caminamos, reconozco la emoción que percibo en las caras de las chicas que nos miran. Son celos, simple y llanamente. Me relajo un poco, porque sé la razón. Ninguna de nosotras pensaba que podría tener al rubio, al carismático y al inteligente de Xander. Estábamos seguras de que lo emparejarían con otra chica de otra ciudad, de otra provincia.

Pero no ha sido así. Lo han emparejado conmigo.

Mantengo los dedos entrelazados con los suyos mientras nos dirigimos al centro recreativo. Puede que, si no le suelto la mano, eso demuestre que estamos destinados a ser pareja. Que la otra cara que he visto en la pantalla no significa nada, que únicamente ha sido un fallo momentáneo de la microficha.

Solo que a la persona que he visto, la persona que no era Xander, también la conozco.

Capítulo 5

—Aquí hay un hueco —dice Xander deteniéndose junto a la mesa verde que ocupa el centro de la sala. Parece que este sábado los demás jóvenes de nuestro distrito han decidido pasar sus horas lúdicas igual que nosotros, porque el centro recreativo está abarrotado de gente, entre la que se encuentran casi todos nuestros amigos—. ¿Quieres jugar, Cassia?

—No, gracias —respondo—. Esta partida prefiero mirar.

—¿Y tú? —pregunta a Em, mi mejor amiga.

—Juega tú —responde ella, y las dos nos reímos cuando él sonríe de oreja a oreja y se da rápidamente la vuelta para entregar su tarjeta digital al funcionario que supervisa la partida. Xander siempre es así cuando se trata de jugar: enérgico y entusiasta. Me acuerdo de nuestras partidas cuando éramos pequeños, de que los dos nos empleábamos a fondo y ninguno se dejaba ganar.

¿Cuándo dejaron de gustarme los juegos? Me cuesta recordarlo.

Xander se incorpora a la partida y dice algo que hace reír al resto. Sonrío. Me divierto mucho más viéndolo jugar que participando. Y este juego, el Jaque, es uno de sus favoritos. Es un juego de habilidad, la clase de juegos que más le gustan.

—Oye —dice Em tan bajo que solo la oigo yo en medio de las risas y las conversaciones—, ¿cómo es eso de conocer a tu pareja?

Sabía que me lo iba a preguntar; soy consciente de que es lo que todos querrían saber. Y respondo de la única manera que sé, diciendo la verdad.

—Se trata de Xander —respondo—. Es maravilloso.

Em asiente.

—En todo este tiempo, ninguno de los dos pensábamos que podríamos acabar juntos —observa—, y mira ahora.

—Lo sé —digo.

—¡Y Xander! —exclama—. Es el mejor.

Alguien la llama y se dirige a otra mesa.

Observo a Xander mientras coge las fichas grises y las coloca en los cuadrados grises y negros del tablero. Casi todos los colores del centro recreativo son apagados: paredes grises, ropa de diario marrón para los estudiantes, ropa de diario azul oscuro para los que ya tienen su puesto de trabajo permanente. Cualquier nota de alegría proviene de nosotros: del color de nuestros cabellos, de nuestras risas. Cuando Xander coloca su última ficha, me mira y dice delante de sus oponentes:

—Voy a ganar esta partida para mi pareja.

Todos me miran y él sonríe con picardía.

Yo pongo los ojos en blanco, pero sigo ruborizada cuando, al cabo de un rato, alguien me da un golpecito en el hombro y me doy la vuelta.

Una funcionaria aguarda detrás de mí.

—¿Cassia Reyes? —pregunta.

—Sí —respondo mientras lanzo una mirada a Xander, que, absorto en la partida, no ve lo que sucede.

—¿Puedes acompañarme afuera? No tienes de que preocuparte, solo será un momento. Se trata de un simple trámite.

«¿Sabe qué ha pasado cuando he intentado mirar mi microficha?»

—Claro —digo, porque no hay otra respuesta posible cuando un funcionario te pide algo. Miro a mis amigos, que están pendientes de la partida y de los jugadores. Nadie advierte mi marcha. Ni tan siquiera Xander. El gentío me engulle y salgo de la sala detrás del uniforme blanco de la funcionaria.

—Te aseguro que no tienes nada de que preocuparte —dice la funcionaria sonriendo. Su voz parece amable. Me conduce al reducido espacio verde que rodea el centro recreativo. Aunque su compañía me pone nerviosa, salir del concurrido centro recreativo me sienta bien.

Cruzamos la hierba perfectamente cortada hacia un banco metálico situado debajo de una farola. No veo a nadie más.

—Ni siquiera tienes que explicarme lo que ha pasado —dice la funcionaria—. Lo sé. La cara de la microficha no era la correcta, ¿verdad?

No cabe duda de que es amable: no me ha obligado a decirlo yo. Asiento.

—Debes de estar muy preocupada. ¿Has contado a alguien lo ocurrido?

—No —respondo. Me indica que me siente en el banco y lo hago.

—Excelente. Deja que te tranquilice. —Me mira a los ojos—. Cassia, no ha cambiado nada. Sigues siendo la pareja de Xander Carrow.

—Gracias —digo, y estoy tan agradecida que no me basta con decirlo una vez—. Gracias. —La confusión me abandona y por fin, por fin, por fin, puedo relajarme. Suspiro y la funcionaria se ríe.

—Y deja que te felicite por tu emparejamiento. Ha levantado mucho revuelo. La gente lo está comentando en toda la provincia. Quizá incluso en toda la Sociedad. Hacía muchos años que no pasaba. —Se queda callada antes de proseguir—. Imagino que no habrás traído tu microficha.

—La verdad es que sí. —Me la saco del bolsillo—. Estaba preocupada. No quería que nadie más la viera...

La funcionaria alarga la mano y yo dejo la microficha en su palma.

—Perfecto. Yo me ocuparé de ella. —La guarda en su pequeño maletín. Alcanzo a ver su pastillero y advierto que es más grande que el modelo estándar. Se da cuenta—. Los altos funcionarios llevamos pastillas de sobra —explica—. Por si hay una emergencia. —Afirmo con la cabeza y ella continúa—: Pero no es nada de lo que debas preocuparte. Ten, para ti. —Saca otra microficha de un bolsillo interior del maletín—. La he comprobado yo misma. Todo está en orden.

—Gracias.

Me meto la nueva microficha en el bolsillo y nos quedamos un rato calladas. Al principio, miro la hierba, los bancos metálicos y la pequeña fuente de hormigón situada en el centro del espacio verde, que lanza chorros de agua plateada al aire cada pocos segundos. Después miro de soslayo a la mujer que está sentada a mi lado, intentando distinguir la insignia que lleva en el bolsillo de la camisa. Sé que es funcionaria porque lleva ropa blanca, pero no estoy segura de a qué ministerio de la Sociedad representa.

—Pertenezco al ministerio de Emparejamientos, autorizado para ocuparse de los fallos en la transmisión de información —explica al percatarse de mi mirada—. Por suerte, no tenemos mucho trabajo. Dada su importancia para la Sociedad, los emparejamientos están muy bien regulados.

Sus palabras me recuerdan un párrafo de la información oficial: «El objetivo de los emparejamientos es doble: generar futuros ciudadanos con la mejor salud posible y brindar las mejores oportunidades para que tengan una vida en familia satisfactoria. Es de suma importancia para la Sociedad que los emparejamientos se realicen con la máxima eficacia».

—Nunca había oído hablar de un error como este.

—Por desgracia, no pasa a menudo, pero sí de vez en cuando. —La funcionaria se queda callada antes de hacerme la pregunta que no quiero oír—. ¿Has reconocido la otra cara?

Súbita e irracionalmente, estoy tentada de mentir. Quiero decir que en absoluto, que no la había visto en mi vida. Vuelvo a mirar la fuente y, mientras observo cómo el agua sube y baja, sé que mi silencio me delata. Así que respondo:

—Sí.

—¿Sabes cómo se llama?

Por supuesto, ella ya está al corriente de todo, de manera que no tengo más remedio que decir la verdad.

—Sí. Ky Markham. Eso es lo más raro. Que se cometa un error ya es extraño, pero que además ocurra con otra persona que conozco…

—Es cierto que es totalmente imposible —admite ella—, lo cual nos lleva a preguntarnos si el error ha sido intencionado, si se trata de una broma. Si encontramos al autor, lo castigaremos con severidad. Ha sido cruel. No solo por el disgusto y el desconcierto que te ha causado a ti, sino también por Ky.

—¿Lo sabe?

—No. No tiene ni idea. Y es muy cruel elegirlo para esta broma teniendo en cuenta su estatus.

—¿Su estatus? —Ky Markham vive en nuestro distrito desde que tenía diez años. Es guapo y callado. Muy tranquilo. No se mete en líos. Ya no lo veo tanto como antes. Desde que le asignaron su puesto de trabajo permanente a principios del año pasado y ya no va al centro de segunda enseñanza con los demás jóvenes de nuestro distrito.

La funcionaria se acerca un poco más a mí, aunque no haya nadie que pueda oírnos. La luz de la farola me da calor y me remuevo un poco en el banco.

—Es información confidencial, pero Ky Markham nunca podría ser tu pareja. Nunca será la pareja de nadie.

—Entonces, ha decidido quedarse soltero.

No estoy segura de por qué esta información es confidencial. Muchos chicos de nuestra escuela han elegido quedarse solteros. Incluso hay un párrafo sobre eso en la información oficial sobre los emparejamientos. «Por favor, piénsate bien si eres un buen candidato para tener pareja. Recuerda que los solteros son igual de importantes en la Sociedad. Como bien sabrás, el actual líder de la Sociedad se ha quedado soltero. Tanto los ciudadanos emparejados como los solteros tienen una vida plena y satisfactoria. No obstante, solo los ciudadanos que decidan tener pareja pueden procrear.»

La funcionaria se acerca todavía más a mí.

—No ha decidido quedarse soltero. Ky Markham es un aberrante.

¿Ky Markham es un aberrante?

Los aberrantes viven entre nosotros; no son peligrosos como los anómalos, que tienen que estar separados de la Sociedad. Aunque los aberrantes suelen adquirir este estatus por culpa de una infracción, están protegidos; sus identidades no suelen ser de dominio público. Solo los funcionarios del Ministerio de Clasificación Comunitaria y otros ámbitos relacionados tienen acceso a esta clase de información.

No hago mi pregunta en voz alta, pero ella sabe qué pienso.

—Eso me temo. No es culpa suya. Pero su padre cometió una infracción. La Sociedad no podía ignorar ese hecho, aunque permitió que los Markham lo adoptaran. Él conservó la clasificación de aberrante y, como tal, quedó fuera del sistema de emparejamientos. —Suspira—. No confeccionamos las microfichas hasta unas horas antes del banquete. Es probable que el error sucediera entonces. Estamos comprobando quién tuvo acceso a tu microficha, quién pudo haber insertado la imagen de Ky antes del banquete.

—Espero que averigüen quién lo hizo —digo—. Tiene razón. Es cruel.

—Lo averiguaremos —me asegura ella sonriéndome—. Te lo prometo. —Consulta su reloj—. Tengo que irme. Espero haberte tranquilizado.

—Sí, gracias.

Intento quitarme de la cabeza todo lo que ha sucedido. Debería estar pensando en lo estupendo que es que todo se haya arreglado. Pero, en vez de eso, pienso en Ky, en cuánto lamento su suerte, en que ojalá no tuviera que saber esto sobre él y pudiera seguir pensando que ha elegido quedarse soltero.

—No hace falta que te recuerde que debes mantener esta información en secreto, ¿verdad? —me pregunta la funcionaria sin levantar la voz, aunque percibo la severidad de su tono—. Solo te la he dado para que no te quedara ninguna duda de que Ky Markham no estaba destinado a ser tu pareja.

—Claro. No diré nada a nadie.

—Bien. Probablemente, lo mejor es que no lo cuentes. Podríamos convocar una reunión, por supuesto, si tú quieres. Yo podría explicar a tus padres, a los padres de Xander y a él lo que ha pasado…

—¡No! —exclamo—. Por favor, no quiero que nadie lo sepa, excepto…

—¿Excepto quién?

No respondo y, de pronto, noto su mano en mi brazo. No me agarra con fuerza, pero sé que no me soltará hasta que responda a su breve pregunta:

—¿Quién?

—Mi abuelo —confieso—. Tiene casi ochenta años.

Ella me suelta.

—¿Cuándo es su cumpleaños?

—Mañana.

Reflexiona un momento y asiente.

—Si tienes necesidad de hablar con alguien sobre lo que ha pasado, él es la persona ideal. ¿No hay nadie más?

—No —respondo—. No quiero que nadie más lo sepa. No me importa que mi abuelo lo sepa porque… —No termino la frase. Ella sabe por qué. Al menos, una de las razones.

—Me alegro de que pienses así —dice asintiendo—. Debo admitir que eso facilita mucho las cosas. Obviamente, cuando hables con tu abuelo, le dirás que, si se lo menciona a alguien más, recibirá una citación. Y, desde luego, eso no le conviene nada en este momento. Podría perder sus privilegios en lo que respecta a conservar su tejido.

—Comprendo.

La funcionaria sonríe y se levanta.

—¿Hay algo más en lo que pueda ayudarte esta noche?

Me alegro de que la entrevista haya terminado. Ahora que todo vuelve a estar en orden en mi mundo, quiero regresar al concurrido centro recreativo. De pronto, me siento muy sola fuera.

—No, gracias.

La funcionaria señala el sendero que conduce al centro.

—Te deseo lo mejor, Cassia. Me alegra haber podido ayudarte.

Le doy las gracias por última vez y me alejo. Ella se queda y me observa. Aunque sé que es absurdo, tengo la sensación de que no deja de hacerlo hasta que cruzo la puerta, recorro los pasillos, entro de nuevo en la sala y me dirijo a la mesa donde Xander sigue jugando. Alza la vista y me sostiene la mirada. Ha advertido mi ausencia. «¿Va todo bien?», me preguntan sus ojos, y yo asiento. Ahora sí, todo va bien.

Todo vuelve a ser normal. Mejor que normal: ya puedo volver a disfrutar del hecho de estar emparejada con Xander.

Aun así, ojalá la funcionaria no me hubiera hablado de Ky. Ya no podré mirarlo de la misma forma, ahora que sé tantas cosas de él.

El centro recreativo está abarrotado. En la sala hace un calor húmedo, lo que me recuerda la simulación de un mar tropical que proyectaron una vez en clase de ciencia, la que trataba sobre los arrecifes de coral que estaban repletos de peces antes de que el calentamiento los matara a todos. Noto un regusto de sudor y respiro agua.

Alguien choca conmigo cuando un funcionario habla por el altavoz principal. La multitud guarda silencio para escuchar: «Alguien ha perdido su pastillero. Por favor, no os mováis ni habléis hasta que lo encontremos».

Todos nos quedamos quietos de inmediato. Oigo repiqueteos de dados y un golpe sordo cuando alguien, quizá Xander, deja una ficha en el tablero. Luego se instaura el silencio. Nadie se mueve. Un pastillero extraviado es un asunto serio. Me fijo en una chica que está cerca de mí; me sostiene la mirada boquiabierta, con los ojos como platos, petrificada. Vuelvo a pensar en la simulación del mar tropical, en que la instructora la interrumpió para explicar algo y los peces proyectados por la sala se quedaron mirándonos sin parpadear hasta que ella volvió a pulsar el interruptor.

Todos esperamos a que pulsen el interruptor, a que un instructor nos diga qué toca hacer. Comienzo a abstraerme, a escapar de este lugar en el que nadie se mueve. ¿Hay otros aberrantes en esta sala, nadando en esta agua? «Agua.» Me asalta otro recuerdo relacionado con el agua, esta vez auténtica, de cuando Xander y yo teníamos diez años.

Por aquel entonces, disponíamos de más horas lúdicas y, en verano, casi siempre las pasábamos en la piscina. A Xander le gustaba nadar en aquella agua clorada y azul; a mí me gustaba sentarme en el borde de cemento granulado y chapotear un poco antes de meterme. Eso estaba haciendo cuando Xander apareció a mi lado con cara de preocupación.

—He perdido mi pastillero —me susurró.

Yo me miré el traje de baño para asegurarme de que no había perdido el mío. Seguía allí; su clip metálico estaba bien sujeto a mi tirante izquierdo. Teníamos nuestros pastilleros desde hacía unas semanas y, en esa época, contenían una sola pastilla. La primera. La azul. La que puede salvarnos; la que contiene suficientes nutrientes para alimentarnos durante varios días si disponemos de agua.

Había mucha agua en la piscina. Ese era el problema. ¿Cómo iba Xander a encontrar su pastillero?

—Debe de haberse hundido —sugerí—. Podemos pedir a los socorristas que vacíen la piscina.

—No —dijo Xander tensando la mandíbula—. No se lo digas. Me citarán por haberlo perdido. No digas nada. Lo encontraré. —Llevar nuestras propias pastillas es un paso importante hacia nuestra independencia; perderlas equivale a admitir que no estamos preparados para asumir esa responsabilidad. Nuestros padres las llevan por nosotros hasta que tenemos edad para hacernos cargo de ellas, una a una. Primero la azul, cuando cumplimos diez años. Luego, a los trece, la verde. La que nos tranquiliza si necesitamos calmarnos.

Y cuando tenemos dieciséis, la roja, la que solo podemos tomarnos cuando un alto funcionario nos lo ordena.

Al principio, intenté ayudar a Xander, pero el cloro siempre me ha irritado los ojos. Me sumergí varias veces, pero, cuando los ojos me escocían ya tanto que apenas veía nada, volví a encaramarme al borde de la piscina e intenté mirar bajo la soleada superficie del agua.

Ninguno llevamos reloj cuando somos pequeños; otros controlan nuestro tiempo. Pero, aun así, lo supe. Supe que Xander llevaba sumergido mucho más tiempo del que debía. Lo había medido en pulsaciones, y en los golpes del agua contra la pared de la piscina cada vez que un bañista se zambullía.

¿Se había ahogado? Por un momento, la blanca luz del sol reflejada por el agua me cegó y mi miedo, que también me pareció blanco, me paralizó. Pero después me puse de pie y respiré hondo para gritar al mundo: «Xander está debajo del agua, ¡sálvenlo, sálvenlo!». Antes de que mi grito surgiera, una voz que no conocía me preguntó:

—¿Se está ahogando?

—No lo sé —respondí, obligándome a apartar los ojos del agua. Había un niño a mi lado, de piel morena y pelo oscuro. Un niño nuevo. Eso fue todo lo que tuve tiempo de apreciar antes de que se tirara ágilmente a la piscina y desapareciera de mi vista.

Una pausa, unos cuantos golpes más del agua contra el cemento, y Xander asomó la cabeza, sonriéndome con aire triunfal, con el pastillero impermeable en la mano.

—Lo tengo —dijo.

—Xander —exclamé aliviada—, ¿estás bien?

—Por supuesto —respondió con su habitual brillo de confianza en los ojos—. ¿Por qué no iba a estarlo?

—Te has pasado tanto tiempo debajo del agua que creía que te estabas ahogando —admití—. Y también lo ha creído ese niño… —De pronto, me entró pánico. ¿Dónde estaba el otro niño? No había salido a respirar.

—¿Qué niño? —preguntó Xander desconcertado.

—Se ha tirado para buscarte. —Y entonces lo vi, debajo del agua azul, una sombra bajo la superficie—. Está ahí. ¿Se está ahogando?

Justo en ese momento, el niño sacó la cabeza, tosiendo, con el cabello resplandeciente. Un rasguño rojo, casi curado pero aún visible, le cruzaba la mejilla. Hice todo lo posible por no mirarlo fijamente. No solo porque las heridas no son nada frecuentes en un lugar en el que todos estamos tan sanos y protegidos, sino porque era un desconocido. Un forastero.

El niño tardó un rato en recuperar el aliento. Cuando lo hizo, me miró a mí, pero se dirigió a Xander:

—No te has ahogado.

—No —convino Xander—. Pero tú has estado a punto.

—Lo sé —dijo el niño—. Quería salvarte. —Se corrigió—. Es decir, «ayudarte».

—¿No sabes nadar? —le pregunté.

—Creía que sabía —respondió, lo cual nos hizo reír a Xander y a mí.

El niño me miró a los ojos y sonrió. La sonrisa pareció sorprenderlo; a mí también me sorprendió su calidez. Luego miró de nuevo a Xander.

—Parecía preocupada al ver no salías.

—Ya no estoy preocupada —dije aliviada de que no les hubiera sucedido nada—. ¿Estás de visita? —pregunté al niño, esperando que la visita fuera larga. Ya me caía bien porque había querido ayudar a Xander.

—No —respondió y, aunque seguía sonriendo, su voz me pareció tan tranquila y reposada como se había quedado el agua a nuestro alrededor. Me miró fijamente—. Vivo aquí.

Ahora, con la mirada fija en las personas que tengo delante, siento ese mismo alivio cuando veo una cara familiar, a una persona por la que he estado terriblemente preocupada hasta este momento. Una persona que he debido de creer que se había ahogado o hundido y quizá no volvería a ver nunca más.

Ky Markham está aquí, mirándome.

Sin pensar, doy un paso hacia él. Es entonces cuando noto que algo revienta bajo mi pie. El pastillero extraviado se ha abierto y todo lo que debe proteger está en el suelo, aplastado bajo mi pie. Azul-verde-rojo.

Me paro en seco, pero han detectado el movimiento. Un ejército de funcionarios se acerca y las personas próximas a mí respiran aliviadas mientras gritan:

—¡Aquí! ¡Está roto!

Tengo que volverme cuando un funcionario me coge del brazo y me pregunta qué ha sucedido. Cuando miro de nuevo hacia el lugar donde estaba Ky, este ha desaparecido. Igual que hizo aquel día al tirarse a la piscina. Igual que lo ha hecho su cara hace un rato en el terminal de mi casa.

Capítulo 6

—Hoy había un niño nuevo en la piscina —dije a mis padres esa noche lejana en el tiempo, después de lo sucedido mientras Xander y yo nos bañábamos.

Tuve cuidado de no mencionar que él había perdido su pastillero. No quería meterlo en ningún lío. La omisión me causó el mismo efecto que si me hubiera atragantado con la pastilla. Cada vez que tragaba saliva, me parecía que se me había quedado en la garganta y amenazaba con asfixiarme.

Pero, aun así, no lo conté.

Mis padres se miraron.

—¿Un niño nuevo? ¿Estás segura? —preguntó mi padre.

—Sí —respondí—. Se llama Ky Markham. Xander y yo nos hemos bañado con él.

—Entonces está con los Markham —dijo mi padre.

—Lo han adoptado —expliqué—. Llama mamá a Aida y papá a Patrick. Lo he oído.

Mis padres se miraron. Las adopciones eran, y son, casi inexistentes en la provincia de Oria.

Llamaron a la puerta.

—Quédate aquí, Cassia —dijo mi padre—. Vamos a ver quién es.

Esperé en la cocina, desde donde oí la voz potente y grave del padre de Xander, el señor Carrow, retumbando en el recibidor. No podemos entrar en las casas ajenas, pero lo imaginé parado en la entrada, como Xander pero en versión adulta. El mismo pelo rubio. Los mismos risueños ojos azules.

—He hablado con Patrick y Aida Markham —dijo—. He pensado que querríais saberlo. El niño es huérfano. Es de las provincias exteriores.

—Ah, ¿sí? —Percibí cierta preocupación en la voz de mi madre. Las provincias exteriores se hallan en el margen geográfico de la Sociedad, donde la vida es más dura e incivilizada. A veces, la gente se refiere a ellas como las provincias menores o subdesarrolladas, por la falta de orden y conocimientos que las caracteriza. En ellas hay una concentración mayor de aberrantes que entre la población general. E incluso de anómalos, dicen algunos. Aunque nadie conoce con certeza el paradero de los anómalos. Antes, los tenían en pisos francos, pero hoy en día muchos de ellos están vacíos.

—El niño está aquí con el beneplácito de la Sociedad —continuó el señor Carrow—. Patrick me ha enseñado el papeleo personalmente. Me ha pedido que se lo explique a quien pueda estar interesado. Sabía que estarías preocupada, Molly, y tú también, Abran.

—Bueno —dijo mi madre—, parece que todo está en regla. —Avancé pegada a la pared para asomarme al recibidor, donde vi a mis padres de espaldas y al padre de Xander parado en la entrada, con la noche detrás de él.

Entonces, el señor Carrow bajó la voz y agucé el oído para que el suave zumbido del terminal no me impidiera oír lo que decía.

—Molly, tendrías que haber visto a Aida. Y a Patrick. Parecía que hubieran vuelto a la vida. El niño es el sobrino de Aida. El hijo de su hermana.

Mi madre alzó la mano, un gesto que siempre hacía cuando se sentía incómoda. Porque todos recordábamos vivamente lo que les había sucedido a los Markham.

Era uno de los pocos casos en los que el gobierno había cometido un fallo. Un anómalo de grado uno debería haber estado identificado y, por supuesto, no debería haber podido pasearse por las calles ni colarse en la oficina del gobierno donde trabajaba Patrick y donde su hijo estaba ese día de visita. Ninguno hablábamos de ello, pero todos lo sabíamos. Que el hijo de los Markham estaba muerto, que había sido asesinado mientras esperaba a que su padre regresara de una reunión en otra parte del edificio. Que el propio Patrick Markham había tenido que pasar un tiempo recuperándose, ya que el anómalo había esperado en su oficina para atacarlo a él.

—Su sobrino —dijo mi madre en tono comprensivo—. Es natural que Aida quiera criarlo.

—Y es posible que el gobierno se sienta en el deber de hacer una excepción con Patrick —añadió mi padre.

—Abran —dijo mi madre en tono de reproche.

Pero el señor Carrow se mostró conforme.

—Es lógico. Una excepción como recompensa por el accidente. Un hijo para sustituir al que no deberían haber perdido. Así lo ven lo funcionarios.

Más tarde, mi madre entró en mi habitación para arroparme. Con la voz tan suave como las mantas que acolchó alrededor de mí, me preguntó:

—¿Nos has oído hablar?

—Sí —respondí.

—El sobrino, el hijo, de los Markham, empieza la escuela mañana.

—Ky —dije—. Se llama Ky.

—Sí —convino ella. Cuando se inclinó sobre mí, los largos cabellos rubios le cayeron por un lado del cuello y sus pecas me parecieron estrellas diseminadas por su rostro. Me sonrió—. Serás amable con él, ¿verdad? —preguntó—. Y le ayudarás a integrarse, ¿a que sí? Ser nuevo puede ser duro cuando los demás ya se conocen.

—Sí —prometí.

Su consejo resultó ser innecesario. Al día siguiente, Ky saludó y se presentó a todos los alumnos del centro de segunda enseñanza. Silencioso y veloz, fue de un pasillo a otro, explicando quién era a todos para que nadie se lo tuviera que preguntar. Cuando sonó el timbre, desapareció entre los grupos de alumnos. Fue sobrecogedora la rapidez con que se esfumó. Estaba allí, separado, diferente, nuevo, y al momento se había convertido en parte de la multitud, como si llevara toda la vida haciéndolo. Como si jamás hubiera vivido en otro lugar que no fuera aquel.

Y ahora que lo pienso, me doy cuenta de que con Ky siempre ha sido así. Siempre lo hemos visto cantar misa y repicar. Solo el primer día lo vimos tirarse a la piscina.

—Tengo que contarte una cosa —le digo a mi abuelo mientras acerco una silla a la suya. Los funcionarios no me han retenido demasiado tiempo en el centro recreativo después de pisar las pastillas; aún tengo tiempo para hacerle una visita, cosa que agradezco, porque esta es la penúltima vez que lo veré. Me siento vacía solo de pensarlo.

—Ah —dice el abuelo—. ¿Es algo bueno? —Está sentado junto a la ventana, como hace a menudo por las noches. Observa la partida del sol y la llegada de las estrellas, y a veces me pregunto si no se quedará también a ver cómo regresa el sol. ¿Acaso cuesta dormir cuando sabes que estás a punto de llegar al final? ¿Acaso no quieres perderte ni un momento, ni siquiera aquellos que, en otras circunstancias, considerarías aburridos e insulsos?

De noche, los colores se diluyen en negros y grises. De vez en cuando, hay un destello de luz cuando una farola se enciende. Las vías del tren aéreo, que a la luz del día no tienen brillo, parecen hermosos caminos flotantes ahora que las luces nocturnas se han encendido. Mientras miro por la ventana, pasa un tren que transporta pasajeros en su blanco interior iluminado.

—Es algo extraño —respondo, y el abuelo deja el tenedor en la bandeja. Se está comiendo un trozo de algo llamado hojaldre, que no he probado nunca pero que parece delicioso. Ojalá no hubiera una norma que nos prohíbe compartir la comida.

—Todo va bien. Aún estoy emparejada con Xander —continúo. La Sociedad me ha enseñado que esta es la forma correcta de comunicar una noticia: tranquilizar primero y después dar la información—. Pero en mi microficha había un fallo. Cuando la he mirado, la cara de Xander ha desaparecido. Y he visto a otra persona.

—¿Has visto a otra persona?

Asiento, intentando no mirar demasiado fijamente la comida de su plato. El modo en que la masa azucarada se desmenuza me recuerda a los cristales de una capa de hielo. Y las bayas rojas diseminadas por el plato están maduras y parecen exquisitas. Las palabras que he dicho se aferran a mi mente como el hojaldre al tenedor de plata. «He visto a otra persona.»

—¿Qué has sentido al ver la cara de otro chico en la pantalla? —me pregunta mi abuelo con dulzura, poniendo su mano sobre la mía—. ¿Te has preocupado?

—Un poco —respondo—. Me he quedado desconcertada. Porque también conozco al otro chico.

Mi abuelo enarca las cejas sorprendido.

—¿De veras?

—Es Ky Markham —digo—. El hijo de Patrick y Aida. Vive en el distrito de los Arces, en mi misma calle.

—¿Qué explicación te han dado para semejante error?

—No ha sido un error de la Sociedad —respondo—. La Sociedad no comete errores.

—Claro que no —dice mi abuelo sin alterar la voz—. Pero las personas sí.

—Eso es lo que la funcionaria piensa que ha pasado. Cree que alguien ha debido de modificar mi microficha para insertar la cara de Ky.

—¿Por qué? —se pregunta mi abuelo.

—Cree que ha sido una broma de muy mal gusto. —Bajo la voz todavía más—. Por el estatus de Ky. Es un aberrante.

Mi abuelo se levanta de golpe y tira la bandeja al suelo. Me sorprende lo mucho que ha adelgazado, pero está erguido como un árbol.

—¿Ha salido la foto de un aberrante como tu pareja?

—Solo un momento —digo intentando tranquilizarlo—. Pero ha sido un fallo. Mi pareja es Xander. El otro chico ni siquiera es un candidato válido.

El abuelo no se sienta, aunque yo me haya quedado inmóvil en mi silla con la esperanza de calmarlo, de hacerle ver que no ocurre nada.

—¿Te han dicho por qué lo han clasificado así?

—Su padre hizo algo mal —respondo—. No es culpa de Ky.

—Y ciertamente no lo es. Yo lo sé y mi abuelo lo sabe. Los funcionarios jamás habrían permitido una adopción si Ky hubiera representado una amenaza grave.

El abuelo mira el plato caído en el suelo. Hago además de recogerlo, pero me lo impide.

—No —dice con brusquedad, y se agacha con un crujir de huesos. Como si estuviera hecho de madera vieja, un árbol viejo, con rígidas articulaciones de madera. Recoge los últimos trozos de hojaldre del suelo y me mira con sus ojos claros. En ellos no hay rigidez alguna; están vivos, llenos de movimiento—. No me gusta —añade—. ¿Por qué querría alguien modificar tu microficha?

—Abuelo —digo—, por favor, siéntate. Es una broma pesada y descubrirán al autor y se ocuparán de todo. Lo ha dicho una funcionaria del Ministerio de Emparejamientos. —Ojalá no se lo hubiera contado. ¿Por qué creía que podría consolarme?

Pero entonces lo hace.

—Pobre chico —dice con tristeza—. Está marcado sin haber hecho nada. ¿Lo conoces bien?

—Tenemos una relación cordial, pero no somos buenos amigos. Lo veo alguna vez los sábados durante mis horas lúdicas —explico—. Desde que le asignaron su puesto de trabajo permanente hace un año, no lo veo mucho.

—¿Y qué puesto de trabajo es ese?

Vacilo en decírselo, porque es un puesto de trabajo precario. Todos nos sorprendimos cuando asignaron un cometido tan bajo a Ky, porque Patrick y Aida son ciudadanos respetados.

—Trabaja en una planta de reciclaje de envases alimentarios.

Mi abuelo hace una mueca.

—Es un trabajo duro y frustrante.

—Lo sé —digo. Me he fijado en que, pese a los guantes que llevan los trabajadores, Ky siempre tiene las manos enrojecidas debido a la temperatura del agua y las máquinas. Pero él no se queja.

—¿Y la funcionaria te ha dejado contármelo? —dice mi abuelo.

—Sí —respondo—. Le he preguntado si se lo podía contar a una sola persona. A ti.

Percibo un brillo malicioso en sus ojos.

—¿Porque los muertos no hablan?

—¡No! —exclamo. Me encantan sus bromas, pero no puedo seguirle el juego, al menos no con esta. Todo está sucediendo demasiado deprisa. Le echaré muchísimo de menos—. Te lo quería contar porque sabía que me entenderías.

—Ah —dice enarcando las cejas con aire irónico—. ¿Y lo he hecho?

Me río, solo un poco.

—No tan bien como esperaba. Has reaccionado como habrían hecho mis padres si se lo hubiera contado a ellos.

—Pues claro —dice—. Quiero protegerte.

«No siempre lo has hecho», pienso yo enarcando también las cejas. El abuelo es quien por fin consiguió que dejara de quedarme sentada en el borde de la piscina.

Un día de verano que fue a hacernos compañía preguntó:

—¿Qué hace mi nieta?

—Siempre hace lo mismo —respondió Xander.

—¿No sabe nadar? —preguntó el abuelo, y yo lo fulminé con la mirada, porque podía hablar por mí misma. Y él lo sabía.

—Sí sabe —respondió Xander—. Pero no le gusta.

—No me gusta saltar —informé al abuelo.

—Comprendo —observó—. ¿Qué hay del trampolín?

—Sobre todo de ahí.

—Muy bien —me dijo. Se sentó a mi lado en el borde de la piscina. Incluso entonces, cuando era más joven y fuerte, recuerdo que pensé que parecía muy viejo comparado con los abuelos de mis amigos. Mis abuelos fueron una de las últimas parejas que decidieron posponer su emparejamiento. Tenían treinta y cinco años cuando los emparejaron. Mi padre, su único hijo, no nació hasta cuatro años después. Hoy día, nadie puede tener hijos después de los treinta y uno.

El sol incidía de lleno en sus cabellos plateados, obligándome a mi pesar a ver cada pelo con detalle. Eso me entristeció, pese a estar enfadada.

—Esto es apasionante —dijo moviendo los pies en el agua—. Ya entiendo por qué no quieres hacer nada aparte de quedarte aquí sentada. —Capté su tono irónico y miré hacia otro lado.

Él se levantó y se dirigió al trampolín.

—Señor —dijo el encargado de la piscina—. ¿Señor?

—Tengo un pase recreativo —le informó mi abuelo sin detenerse—. Gozo de una salud excelente. —Comenzó a encaramarse al trampolín, y me fue pareciendo más fuerte conforme subía más arriba cada vez.

No me miró antes de saltar; se tiró sin vacilar y, antes de que tocara el agua, yo ya estaba levantada, caminando por el cemento caliente en dirección al trampolín, con las plantas de los pies y el orgullo en llamas.

Y salté.

—Estás pensando en la piscina, ¿verdad? —me pregunta ahora.

—Sí —respondo riéndome un poco—. En ese momento no me protegiste. Casi me muero del susto. —Y enseguida me encojo, porque no tenía intención de aludir a la muerte. No sé por qué le tengo miedo. El abuelo no se lo tiene. Ni la Sociedad. Yo tampoco debería tenérselo.

El abuelo no parece darse cuenta.

—Estabas lista para saltar —dice—. Solo que aún te sentías insegura.

Nos quedamos callados recordando. Intento no mirar el reloj de pared. Tengo que marcharme dentro de poco para llegar a casa antes del toque de queda, pero no quiero que el abuelo crea que cuento los minutos. Los minutos que quedan para que mi visita termine. Los minutos que quedan para que su vida termine. Aunque, si lo pienso, también yo tengo los días contados. Cada minuto que compartimos con alguien le da parte de nuestra vida y nos da parte de la suya.

El abuelo percibe mi distracción y me pregunta qué me ronda por la cabeza. Se lo explico, porque no voy a tener muchas más ocasiones de hacerlo, y él me coge la mano.

—Me alegra darte una parte de mi vida —dice, y es tan bonito y me lo dice con tanto cariño que yo también se lo digo. Aunque casi tiene ochenta años, aunque su cuerpo me ha parecido frágil hace un rato, noto la fuerza de su mano y vuelvo a entristecerme.

—Hay otra cosa que quería comentarte —digo—. He escogido las excursiones como actividad de ocio para este verano.

Parece complacido.

—¿Vuelven a hacerlas? —Un verano de hace años, el abuelo estuvo saliendo de excursión y desde entonces siempre habla de ello.

—Es una actividad nueva de este verano. Es la primera vez que veo que la ofrecen.

—¿Quién será el instructor? —se pregunta con aire pensativo. Mira por la ventana—. ¿Dónde te llevarán de excursión? —Sigo su mirada. Ya queda poca naturaleza en su estado original, aunque tenemos muchos espacios verdes: parques y campos lúdicos.

—A una de las zonas lúdicas más grandes quizá —sugiero.

—A la Loma quizá —dice él recobrando el brillo en la mirada.

La Loma es el último enclave de la ciudad donde se conserva un bosque en estado natural. La veo desde aquí, veo su espinoso lomo verde alzándose desde el arboreto donde trabaja mi madre. Antes, se empleaba principalmente para entrenar al ejército, pero, como casi todos sus efectivos están destacados en las provincias exteriores, ya no tiene mucha utilidad.

—¿Tú crees? —pregunto ilusionada—. No he estado nunca. Por supuesto, he ido al arboreto un montón de veces, pero nunca me han dado permiso para subir a la Loma.

—Te encantará si te dejan subir —dice animado el abuelo—. Subir hasta el punto más alto que ves tiene algo de especial, y nadie va a despejarte el camino, ningún simulador. Todo es real…

—¿De verdad crees que nos dejarán subir? —pregunto. Su entusiasmo es contagioso.

—Eso espero. —Mira por la ventana hacia el arboreto y me pregunto si la razón de que últimamente se pase tanto tiempo aquí sentado reside en que le gusta rememorar sus recuerdos.

Parece que me lea el pensamiento.

—Soy un pobre anciano pensando en sus recuerdos, ¿eh?

Sonrío.

—Eso no tiene nada de malo. —De hecho, al final de una vida, la Sociedad anima a hacerlo.

—No hago eso exactamente —dice.

—Ah, ¿no?

—Estoy pensando. —De nuevo, me lee el pensamiento—. No es lo mismo que recordar. Recordar forma parte de pensar, pero pensar es más que eso.

—¿En qué piensas?

—En muchas cosas. Un poema. Una idea. Tu abuela. —Mi abuela murió prematuramente a los sesenta y dos años de uno de los últimos tipos de cáncer. No llegué a conocerla. La polvera le perteneció antes que a mí, un regalo de su suegra, la madre de mi abuelo.

—¿Qué crees que diría de mi pareja? —le pregunto—. ¿Y de lo que ha pasado hoy?

Mi abuelo se queda callado mientras aguardo.

—Creo —dice por fin— que querría saber si te lo has preguntado.

Quiero pedirle que me aclare lo que acaba de decir, pero oigo la campana que anuncia que el último tren aéreo con destino a los distritos no tardará en pasar. Tengo que irme.

—Cassia —dice el abuelo cuando me levanto—, aún tienes la polvera que te he dado, ¿verdad?

—Sí —respondo sorprendida de que me lo pregunte. Es el objeto más valioso que poseo. El objeto más valioso que jamás poseeré.

—¿La llevarás mañana a mi cena final? —pregunta.

Los ojos se me llenan de lágrimas. Debe de querer volver a verla para recordar a mi abuela, y a su madre.

—Pues claro que sí, abuelo.

—Gracias.

Mis lágrimas amenazan con rodar por las mejillas cuando me inclino para darle un beso. Las contengo y no lloro. Me pregunto cuándo podré hacerlo. No será mañana por la noche en la cena final. Habrá gente observando cómo sobrelleva el abuelo su partida y cómo sobrellevamos nosotros que nos deje.

Mientras camino por el pasillo, oigo a otros residentes detrás de sus puertas cerradas hablando solos o con alguna visita. También oigo el zumbido de los terminales puestos a todo volumen porque muchos de los ancianos no oyen bien. Hay habitaciones en silencio. Algunos quizá estén como el abuelo, sentados delante de una ventana abierta pensando en personas que ya no están.

«Querría saber si te lo has preguntado.»

Entro en el ascensor y pulso el botón, sintiéndome triste, extraña y confusa. ¿Qué ha querido decir?

Sé que a mi abuelo se le está agotando el tiempo. Lo sé desde hace mucho. Pero ¿por qué, cuando se cierran las puertas del ascensor, tengo la sensación de que también se me está agotando a mí?

«Mi abuela querría saber si me he preguntado si, después de todo, no ha sido un error. Si Ky estaba destinado a ser mi pareja.»

Por un momento, lo he hecho. Cuando el rostro de Ky ha aparecido ante mí tan fugazmente que ni tan solo he visto el color de sus ojos, solo su tonalidad oscura cuando me devolvían la mirada, me he preguntado: «¿Eres tú?».

Capítulo 7

Hoy es domingo. El abuelo cumple ochenta años, de manera que esta noche morirá.

Antes, la gente se despertaba y se preguntaba si ese día sería el último o se metía en la cama sin saber si despertaría al día siguiente. Hoy sabemos qué día se extinguirá la luz y qué larga noche será la última. La cena final es un lujo. Un triunfo de la planificación, de la Sociedad, de la vida humana y su calidad.

Todos los estudios demuestran que la mejor edad para morir son los ochenta años. Son suficientes años para haber tenido una vida plena, pero no tantos como para sentirnos inútiles. Esa es una de las peores sensaciones que pueden tener los ancianos. En sociedades anteriores a la nuestra, podían desarrollar enfermedades terribles como la depresión porque ya no se sentían necesitados. Y, además, lo que la Sociedad puede hacer tiene un límite. No podemos aplazar todas las humillaciones de la vejez hasta mucho después de los ochenta años. El sistema de emparejamientos basado en la selección de genes sanos solo nos ha llevado hasta esa edad.

Las cosas no solían ser tan justas. Antiguamente, no todos morían a la misma edad y había todo tipo de problemas e incertidumbres.

Podías morirte en cualquier parte, en la calle, en un centro médico como hizo mi abuela, incluso en un tren aéreo. Podías morir solo.

Nadie debería morir solo.

Es muy temprano y el cielo tiene una desvaída tonalidad azul y rosa cuando nos apeamos del tren aéreo casi vacío y enfilamos el camino pavimentado que conduce a la puerta del edificio donde vive el abuelo. Quiero salir del pavimento, quitarme los zapatos y andar descalza por la áspera hierba fresca, pero hoy no es día para improvisaciones. Mis padres, Bram y yo estamos callados y pensativos. Ninguno tiene horas de trabajo ni de ocio. El día de hoy es para el abuelo. Mañana, todo volverá a la normalidad. Nosotros seguiremos con nuestra vida y él ya no estará.

Es algo esperado. Es justo, tengo que recordarme cuando entramos en el ascensor para subir a su apartamento.

—Da tú al botón —digo a Bram intentando bromear con él. Antes, siempre nos peleábamos por quién pulsaba el botón cuando íbamos a visitar al abuelo. Bram sonríe y pulsa el botón del décimo piso. «Por última vez», pienso en mi fuero interno. A partir de hoy, ya no habrá abuelo que visitar. No tendremos ningún motivo para regresar aquí.

La mayoría de las personas no conoce a sus abuelos así de bien. La clase de relación que tengo con mis otros abuelos de los territorios agrarios es mucho más tradicional. Nos mantenemos en contacto a través del terminal y nos visitamos cada varios años. Muchos nietos ven la cena final en la pantalla de su terminal, alejados de lo que está sucediendo. Jamás he envidiado a esos otros nietos; les tengo lástima. Incluso hoy, opino así.

—¿Cuánto tiempo tenemos antes de que se presente el comité? —pregunta Bram a mi padre.

—Una media hora —responde él—. ¿Lleváis todos los regalos?

Asentimos. Todos hemos traído un obsequio para el abuelo. No estoy segura de qué han elegido mis padres, pero sé que Bram fue al arboreto para coger una piedra de un lugar que estuviera lo más próximo posible a la Loma.

Mi hermano me sorprende mirándolo y abre la mano para enseñarme otra vez la piedra. Es redonda y marrón y todavía está un poco sucia. Guarda cierto parecido con un huevo; ayer, cuando la trajo, me explicó que la había encontrado al pie de un árbol en un montículo de finas agujas verdes de pino que parecía un nido.

—Le va a encantar —digo.

—Tu regalo también le va a encantar. —Mi hermano vuelve a cerrar la mano. Las puertas se abren y salimos al pasillo.

He compuesto una carta para el abuelo. Esta mañana me he levantado temprano y me he dedicado a recortar, pegar y copiar sentimientos con el programa para componer cartas del terminal. Antes de imprimirla, he encontrado un poema de la década en que nació mi abuelo y también lo he incluido. No muchas personas se interesan por la poesía después de terminar sus estudios, pero mi abuelo ha seguido haciéndolo. Se ha leído los Cien Poemas un montón de veces.

Una de las puertas del pasillo se abre y una anciana asoma la cabeza.

—¿Van al banquete del señor Reyes? —pregunta sin aguardar siquiera a que respondamos—. Es privado, ¿verdad?

—Sí —responde mi padre deteniéndose educadamente a hablar con ella, aunque sé lo mucho que desea ver a su padre. No puede evitar mirar la puerta cerrada del abuelo.

La mujer refunfuña un poco.

—Ojalá fuera público. Me gustaría ir para hacerme una idea. El mío es dentro de dos meses escasos. Estoy segura de que va a ser público. —Se ríe un poco, un sonido breve y áspero, y pregunta—: ¿Pueden pasar después para contármelo?

Mi madre acude al rescate de mi padre, como siempre hacen el uno por el otro.

—Tal vez —dice sonriendo. Coge a mi padre de la mano y da la espalda a la mujer.

Detrás de nosotros, oímos un suspiro de decepción y un chasquido cuando la mujer cierra la puerta. En la placa pone señora Nash, y recuerdo que el abuelo ya me ha hablado de ella. Una entrometida, dijo.

—¿No puede esperarse a que le toque a ella en vez de hablar de eso el día del abuelo? —mascula Bram al abrir la puerta del apartamento del abuelo.

Ya parece un lugar distinto. Más silencioso. Un poco más solitario. Creo que se debe a que el abuelo ya no está sentado junto a la ventana. Hoy reposa en una cama en el salón mientras su cuerpo se apaga. Puntualmente.

—¿Podéis moverme hasta la ventana? —pregunta el abuelo después de saludarnos a todos.

—Desde luego. —Mi padre se apoya en el borde de la cama y la empuja con suavidad hacia la luz del día—. ¿Te acuerdas de cuando hiciste esto por mí? ¿Cuando me pusieron aquellas vacunas de niño?

El abuelo sonríe.

—Era otra casa.

—Y otras vistas —añade mi padre—. Por aquella ventana, lo único que se veía era el patio de los vecinos y una vía de tren aéreo, si miraba bien arriba.

—Pero por encima de la vía había cielo —dice el abuelo en voz baja—. Casi siempre se puede ver el cielo. ¿Y qué habrá más allá? ¿Y después de esto?

Bram y yo nos miramos. Debe de estar divagando, lo cual es de esperar. Cuando los ancianos cumplen ochenta años, su deterioro siempre se acelera. No todos mueren exactamente al mismo tiempo, pero siempre lo hacen antes de medianoche.

—Mis amigos se presentarán justo después de la visita del comité —dice el abuelo—. Cuando se marchen, me gustaría pasar un rato a solas con cada uno de vosotros; empezando por ti, Abran.

Mi padre asiente.

—Claro.

El comité no tarda en llegar. Está formado por tres hombres y tres mujeres vestidos con largas batas de laboratorio, llevan consigo la ropa que mi abuelo llevará en el banquete; el artilugio para recoger una muestra de su tejido, y una microficha con la historia de su vida para que la vea en el terminal.

Con la excepción de la microficha, creo que nuestros regalos van a gustarle más.

Al cabo de un rato, el abuelo reaparece vestido con la ropa del banquete. Básicamente, es ropa de diario, un pantalón, una camisa y unos calcetines sencillos, pero el tejido es de mejor calidad y ha podido elegir el color.

Noto un nudo en la garganta cuando me fijo en que ha elegido el color verde. Cuánto nos parecemos. Y me pregunto si, cuando nací, reparó en que los días de nuestros banquetes eran prácticamente correlativos, dado que solo hay dos días de diferencia entre nuestros respectivos cumpleaños.

Nos sentamos todos, el abuelo en la cama y el resto en sillas, mientras el comité completa su parte de la ceremonia.

—Señor Reyes, le hacemos entrega de la microficha con imágenes y grabaciones de su vida —anuncia uno de los hombres—. Las ha recopilado con esmero uno de nuestros mejores historiadores en su honor.

—Gracias —dice el abuelo alargando la mano.

La caja que contiene la microficha es como la cajita plateada que nos entregan cuando nos emparejan, salvo por el color, que es dorado. La microficha incluye fotografías del abuelo de pequeño, de adolescente y de adulto. Algunas no las ve desde hace muchos años e imagino que le hará mucha ilusión hacerlo hoy. La microficha también contiene la narración del resumen de su vida, leída por uno de los historiadores. El abuelo manosea la caja dorada del mismo modo que hice yo con mi cajita plateada hace dos días en mi banquete. Tiene su vida en sus manos, como yo tuve la mía también.

La siguiente en hablar es una de las mujeres. Parece más dulce que el resto, pero quizá solo se deba a que es la más menuda y joven de todos.

—Señor Reyes, ¿ha elegido a la persona que tomará posesión de su microficha cuando concluya el día de hoy?

—Mi hijo Abran —responde el abuelo.

La mujer saca el artilugio para recoger una muestra de tejido, lo cual, por deferencia a los ancianos, la Sociedad permite que se realice en privado, con la familia.

—Nos complace anunciar oficialmente que sus datos indican que tiene derecho a que su tejido sea conservado. No todos lo tienen, como ya sabe, y es otro honor que puede sumar a su ya larga lista de méritos.

El abuelo coge el artilugio y también le da las gracias. Antes de que la mujer le pregunte a quién confía la entrega de la muestra, él se lo dice.

—Mi hijo Abran también se ocupará de esto.

La mujer asiente.

—Frótese la mejilla y meta la muestra aquí —dice haciendo una demostración—. Luego ciérrelo. La muestra debe llevarse al Ministerio de Conservación Biológica en las veinticuatro horas siguientes a la recogida. De lo contrario, no podemos garantizar la eficacia de la conservación.

Me alegro de que el abuelo tenga derecho a que congelen una muestra de su tejido. Ahora, para él, la muerte no tiene por qué ser forzosamente el fin. Algún día, es posible que la Sociedad halle un modo de revivirnos. No promete nada, pero creo que todos sabemos que, con el tiempo, lo logrará. ¿Cuándo ha fracasado la Sociedad?

Habla el hombre sentado al lado de la mujer.

—La comida para sus invitados y su última cena deberían llegar en menos de una hora. —Se inclina hacia delante para entregar al abuelo un menú impreso—. ¿Querría hacer alguna modificación de última hora?

El abuelo mira el menú y niega con la cabeza.

—Todo parece en orden.

—En ese caso, disfrute de su cena final —dice el hombre mientras se mete el menú en el bolsillo.

—Gracias. —El abuelo tuerce la boca con gesto irónico, como si supiera algo que ellos no saben.

Cuando el comité se marcha, todos le estrechan la mano y le dan la enhorabuena. Y juro que puedo leerle el pensamiento cuando los mira con sus ojos perspicaces: «¿Me están felicitando por mi vida o por mi muerte?».

—Acabemos con esto de una vez —dice el abuelo con los ojos brillantes, mirando el artilugio para recoger una muestra de tejido, y todos nos reímos de su tono. Se frota la mejilla, mete la muestra en el tubo de vidrio transparente y lo cierra. Gran parte de la solemnidad desaparece de la habitación ahora que el comité ya no está.

—Todo está yendo muy bien —añade el abuelo mientras entrega el tubo a mi padre—. Hasta el momento, estoy teniendo una muerte perfecta.

Mi padre hace una mueca de dolor que le ensombrece el rostro. Sé que, al igual que yo, preferiría que el abuelo no utilizara esa palabra, pero a ninguno de los dos se nos ocurriría corregirlo hoy. Por un instante, el dolor hace que mi padre parezca más joven, casi un niño. Quizá recuerda la muerte de su madre, tan poco común, tan difícil comparada con una cena final como este.

Después de hoy, ya no será hijo de nadie.

Pese a no querer hacerlo, pienso en el hijo asesinado de los Markham. Ninguna celebración. Ninguna preparación de tejido, ninguna despedida. «Eso no ocurre casi nunca —me recuerdo—. Hay una probabilidad entre un millón de que pase.»

—Te hemos traído unos regalos —dice mi hermano al abuelo—. ¿Te los podemos dar ya?

—Bram —lo reprende mi padre—, a lo mejor quiere preparar la microficha para verla. Sus invitados están al llegar.

—Así es —dice el abuelo—. Me hace mucha ilusión ver desfilar mi vida ante mis ojos. Y cenar.

—¿Qué has elegido? —pregunta Bram impaciente. El abuelo ha escogido lo mismo para él que para sus invitados, si bien la ley dicta que nosotros debemos comer de las bandejas y él de su plato. Tiene prohibido compartir su comida con nosotros.

—Todo postres —responde con una sonrisa pícara—. Pastel. Budín. Galletas. Y otra cosa más. Pero antes, deja que vea tu regalo, Bram.

Mi hermano sonríe de oreja a oreja.

—Cierra los ojos.

El abuelo obedece y alarga la mano. Con suavidad, Bram deja la piedra en su palma. Unas cuantas partículas de tierra caen en la manta que lo tapa y mi madre hace ademán de sacudirlas. Pero, en el último momento, la retira y sonríe. Al abuelo no le importará un poco de tierra.

—Una piedra —dice cuando abre los ojos y la ve. Sonríe mirando a Bram—. Tengo el presentimiento de que sé dónde la has encontrado.

Mi hermano se ríe y afirma con la cabeza. Mi abuelo ase la piedra con fuerza.

—¿Quién va ahora? —pregunta casi con alegría.

—Yo querría darte mi regalo después, cuando nos despidamos —dice mi padre en voz baja.

—No me quedará mucho tiempo para disfrutarlo —bromea el abuelo.

Súbitamente cohibida (no quiero que lea mi carta delante de todos), digo:

—Yo también.

Llaman a la puerta: son algunos de los amigos del abuelo. Unos minutos después de hacerlos pasar, llegan más. Y más. Y luego lo hace el personal de nutrición, con todos los postres del abuelo: su última cena y las bandejas aparte para sus invitados.

El abuelo destapa su plato y un olor celestial a fruta caliente impregna la habitación.

—He pensado que a lo mejor te apetecía hojaldre —dice mirándome. Me vio ayer. Le sonrío. A una señal suya, destapo las bandejas de los invitados y nos sentamos todos a cenar. Primero sirvo al resto y luego cojo mi pedazo de hojaldre, laminado, caliente y relleno de fruta. Corto un trozo con el tenedor y me lo meto en la boca.

¿Sabrá siempre tan bien la muerte?

Cuando todos los invitados han dejado los tenedores y han suspirado ahítos, hablan con el abuelo, que se recuesta en un montón de almohadas blancas. Bram sigue comiendo, hincándole el diente a todo. El abuelo le sonríe divertido desde la cama.

—Está riquísimo —dice mi hermano con la boca llena de hojaldre, y el abuelo se ríe, una risa tan cálida y familiar que yo también sonrío y bajo la mano. Estaba a punto de tocar a Bram en el brazo y decirle que dejase de comer. Pero, si al abuelo le da igual, ¿por qué habría de importarme a mí?

Mi padre no come nada. Se sirve un trozo de hojaldre en un plato blanco y se queda con él en la mano. El arrope resbala a la porcelana sin que él se dé cuenta. Una gotita cae al suelo cuando se levanta para despedirse de los invitados después de que hayamos visto la microficha del abuelo.

—Gracias por venir —dice, y mi madre se agacha detrás de él para limpiar la gota con su servilleta.

Cuando el abuelo ya no esté, la persona que ocupe su apartamento no querrá ver señales de una cena ajena. Sin embargo, me doy cuenta de que mi madre no lo ha hecho por eso. Quiere ahorrar a mi padre cualquier preocupación, por pequeña que sea.

Le coge el plato cuando el último invitado cierra la puerta al salir.

—Hora de estar en familia —observa, y mi abuelo conviene con un gesto.

—Gracias a Dios —dice—. Tengo cosas que deciros a todos.

Hasta ahora, aparte de cuando se ha preguntado qué habrá después, el abuelo se ha comportado con normalidad. He oído que algunos ancianos han sorprendido a todos en el último momento decidiendo no morir con dignidad. Lloran, patalean y se ponen histéricos. Lo único que consiguen es apenar aún más a sus familias. No pueden hacer nada al respecto. Las cosas son así.

Como si lo hubiéramos acordado tácitamente, mi madre, Bram y yo entramos en la cocina para dejar que mi padre hable con el abuelo primero. Mi hermano, soñoliento y ahíto, apoya la cabeza en la mesa y se queda dormido. Mi madre le alisa los rizos castaños mientras ronca con suavidad, y yo me lo imagino soñando con más postres, con un plato lleno a rebosar. A mí también me pesan los párpados, pero no quiero perderme ni un segundo del último día del abuelo.

Después de mi padre, le toca a Bram y luego entra mi madre. Su regalo es una hoja del árbol favorito del abuelo. Como la cogió ayer en el arboreto, los bordes se han combado y se han puesto parduscos, pero el centro continúa estando verde. Mi madre me ha explicado, mientras nosotras esperábamos y Bram dormía, que el abuelo preguntó si podía celebrar su cena final en el arboreto, al aire libre y bajo el cielo azul. Por supuesto, no le concedieron su deseo.

Por fin me toca a mí. Cuando entro en el salón, advierto que las ventanas están abiertas. La tarde no es fresca y la brisa que sopla por el apartamento me parece bochornosa y acuciante. No obstante, pronto se hará de noche y refrescará.

—Quería que circulara el aire —me dice el abuelo cuando me siento en la silla colocada junto a su cama.

Le entrego mi regalo. Me da las gracias y lee la carta.

—Son palabras bonitas —dice—. Sentimientos nobles.

Debería estar complacida, pero presiento que eso no es todo.

—Pero ninguna de estas palabras es tuya, Cassia —añade con dulzura.

Noto lágrimas en los ojos y me miro las manos. Unas manos que, como las de casi todos mis conciudadanos, no saben escribir, solo saben utilizar las palabras de otros. Unas palabras que han decepcionado a mi abuelo. Ojalá le hubiera traído una piedra como Bram. O nada en absoluto. Incluso presentarme con las manos vacías habría sido mejor que decepcionarle.

—Tú tienes tus propias palabras, Cassia —dice—. He oído algunas, y son hermosas. Y ya me has hecho un regalo visitándome tan a menudo. Esta carta me sigue emocionando porque es tuya. No quiero herir tus sentimientos. Quiero que confíes en tus palabras, ¿lo entiendes?

Alzo la vista para mirarlo a los ojos y asiento, porque sé que eso es lo que quiere que haga. Y ese regalo sí que se lo puedo hacer, aunque mi carta haya sido un fracaso. Y entonces pienso en otra cosa. Llevo la semilla de álamo de Virginia en el bolsillo de mi ropa de diario desde ayer. La saco y se la doy.

—Ah —dice alzándola para verla mejor—. Gracias, cariño. Fíjate. Desgarradas nubes de fuego.

¿Ha empezado ya a dejarnos? No sé a qué se refiere. Miro hacia la puerta, preguntándome si debería llamar a mis padres.

—Soy un viejo hipócrita —dice, otra vez la mirada pícara—. Te he dicho que utilices tus palabras y ahora voy a pedirte las de otra persona. Déjame ver tu polvera.

Sorprendida, se la doy. Él la coge, la golpea contra su palma y gira la base. Esta se abre, y yo sofoco un grito de asombro cuando cae un papel. Enseguida veo que es viejo, denso, pesado y cremoso, no fino y blanco como el papel continuo que sale de los terminales o los calígrafos.

El abuelo lo despliega con cuidado y delicadeza. Intento no mirar con demasiada atención, por si no quiere que lo vea, pero, de un vistazo, advierto que las palabras también son viejas. Están escritas en un tipo de letra que ya no se utiliza; los caracteres son negros y están muy juntos.

Le tiemblan los dedos, no sé si por la proximidad de su fin o por lo que tiene en las manos. Quiero ayudarle, pero sé que tiene que hacerlo solo.

No tarda mucho en leer el papel y, cuando ha terminado, cierra los ojos. Una emoción que no sé interpretar le muda el rostro. Una emoción profunda. Después abre sus ojos hermosos y brillantes y me mira fijamente mientras vuelve a doblar el papel.

—Cassia, es para ti. Es más valioso que la polvera.

—Pero es muy… —me interrumpo antes de decir la palabra «peligroso».

No hay tiempo. Oigo a mis padres y a mi hermano hablando en el recibidor.

El abuelo me mira con amor y me da el papel. Un reto, una ofrenda, un regalo. Vacilo, pero enseguida alargo la mano. Cojo el papel y él lo suelta.

También me devuelve la polvera; el papel cabe perfectamente en su base. Cuando cierro la reliquia, el abuelo se inclina hacia mí.

—Cassia —susurra—, te he dado algo que no entenderás todavía, pero un día lo harás. Tú más que nadie. Y recuerda: hacerse preguntas está bien.

Aguanta mucho. Falta una hora para una oscura medianoche azulada cuando nos mira y dice las mejores palabras con las que se puede concluir una vida:

—Te quiero. Te quiero. Te quiero. Te quiero.

Nosotros también se las decimos de corazón, y él sonríe. Se recuesta en las almohadas y cierra los ojos.

Todo ha funcionado a la perfección dentro de él. Ha sido feliz. Su vida ha terminado cuando debía terminar, a la hora exacta. Tengo cogida su mano cuando muere.

Capítulo 8

—No ponen ninguna proyección nueva —se lamenta nuestra amiga Sera—. Son las mismas desde hace dos meses. —Otra vez sábado por la noche; la misma conversación que la semana anterior.

—Es mejor que las otras dos opciones —dice Em—, ¿no? —Me mira, esperando mi opinión. Yo asiento. Las opciones son las mismas de siempre: centro recreativo, proyecciones, música. No ha pasado ni una semana desde que murió mi abuelo y aún me siento extraña. Él ya no está y ahora sé que en mi polvera se esconden palabras robadas. Me resulta extraño saber algo que otros ignoran y tener algo que no debería.

—Cassia también vota por la proyección —continúa Em, que llevan la cuenta. Se enrolla un negro mechón de pelo en el dedo y mira a Xander—. ¿Y tú?

Estoy segura de que Xander quiere ir otra vez al centro recreativo, pero a mí no me apetece. Nuestra última visita no terminó muy bien que digamos, entre las pastillas que pisé y la funcionaria con la que tuve que hablar…

Xander sabe qué estoy pensando.

—No fue culpa tuya —dice—. No se te cayeron a ti. No es que te hayan citado ni nada parecido.

—Lo sé, pero aun así…

La música no la tenemos realmente en consideración. A la mayoría de los jóvenes no les entusiasma sentarse en un auditorio con unas cuantas personas más y escuchar las Cien Canciones retransmitidas desde alguna otra parte, o quizá desde alguna otra época. Creo que nunca he oído hablar de ningún puesto de trabajo relacionado con la música. Quizá tenga su lógica: las canciones solo necesitan cantarse una vez, grabarse y retransmitirse.

—Vayamos a la proyección —dice Xander—. ¿Conocéis la que va sobre la Sociedad? ¿La que tiene tantas vistas aéreas?

—Esa todavía no la he visto —observa Ky Markham, que está detrás de mí.

¡Ky! Me vuelvo y nuestros ojos se cruzan por primera vez desde la noche que pisé las pastillas. No lo he visto desde entonces. O mejor, debería decir que no lo he visto «en persona», porque su cara lleva toda la semana apareciéndose en mi mente como hizo en la pantalla, sorprendiéndome con su claridad para luego desaparecer de golpe. Dejándome con la duda de su significado. De por qué continúo pensando en él en vez de olvidar el incidente.

Quizá se deba a lo que mi abuelo me dijo al final. A su comentario de que está bien hacerse preguntas. Aunque, por algún motivo, creo que no se refería a Ky. Creo que puede tratarse de algo más importante. Algo relacionado con la poesía.

—Pues no hay más que hablar. Veremos esa —dice Sera.

—¿Cómo se te ha podido pasar? —pregunta Piper. Es una buena observación. Vemos las proyecciones en cuanto las estrenan. Esta ya lleva varios meses en cartel, lo cual significa que Ky debería haber tenido muchas ocasiones para verla—. ¿No viniste con nosotros cuando la estrenaron?

—No —responde Ky—. Creo que esa noche salí tarde del trabajo. —Su tono es dulce, pero, como de costumbre, su voz tiene un timbre un poco más grave y resonante que el de la mayoría.

Nos quedamos callados, como siempre hacemos cuando Ky habla de su trabajo. No sabemos qué decir cuando lo menciona. Ahora sé que no debió de sorprenderle en absoluto que lo destinaran a una planta de reciclaje de envases alimentarios. Siempre ha sabido que es un aberrante. Lleva mucho más tiempo que yo conviviendo con secretos.

Pero la Sociedad quiere que guarde sus secretos. No sé qué haría el gobierno si se enterara del mío.

Ky vuelve a mirarme y me doy cuenta de que estaba equivocada con respecto a sus ojos. Creía que eran castaños, pero ahora veo que son azules, un azul oscuro realzado por el color de su ropa de diario. El azul es el color de ojos que más abunda en la provincia de Oria, pero los suyos tienen algo distinto y no estoy segura de lo que es. ¿Más profundidad? ¿Qué verá cuando me mira? Si él me parece profundo, ¿le parezco yo superficial y transparente?

«Ojalá tuviera una microficha sobre Ky —pienso—. Como con Xander no necesito ninguna, a lo mejor puedo pedir otra.» Sonrío al pensarlo.

Ky aún me mira y, por un momento, creo que va a preguntarme qué pienso. Pero, por supuesto, no lo hace. Él no aprende haciendo preguntas. Es un aberrante de las provincias exteriores que, no obstante, ha conseguido integrarse aquí. Él aprende observando.

De manera que sigo su ejemplo. No hago preguntas y guardo mis secretos.

Cuando nos sentamos en el cine, Piper entra en primer lugar. Luego lo hacemos Sera, Em, Xander y yo y, por último, Ky. No han desplegado la gran pantalla y todavía no han atenuado la luz, de modo que tenemos unos minutos para hablar.

—¿Estás bien? —me pregunta Xander en voz baja, sus palabras un susurro en mi oído—. No es por las pastillas, ¿verdad? ¿Es por tu abuelo?

Qué bien me conoce.

—Sí —respondo, y él me coge la mano, me la aprieta.

Es extraño cómo retornan nuestros antiguos gestos de la infancia, gestos que, pese a continuar siendo amigos, dejamos de utilizar con la edad. Aún siento amistad cuando cojo su mano, un sentimiento que conozco desde hace años, pero también siento otra cosa, ahora que el gesto significa más. Ahora que somos pareja.

Xander espera por si tengo algo más que decir, pero yo permanezco en silencio. «No puedo contarle lo de Ky porque está sentado justo a mi lado —pienso—, y no puedo hablarle del papel porque hay demasiada gente aquí.» Estas son las razones que me doy para no confiarme a Xander como suelo hacer.

No me parecen tan sinceras como debieran.

Em dice algo a Xander, y él se vuelve para responderle. Yo me quedo mirando al frente, pensando en lo extraño que es que haya empezado a tener secretos con él justo después de que nos hayan emparejado.

—Hace semanas que no podía pasar un sábado por la noche con vosotros —dice Ky. Lo miro cuando la luz comienza a atenuarse, reduciendo el espacio que nos separa. Aprecio un matiz de amargura en su siguiente frase, solo un matiz, pero más de lo que jamás había percibido en él—. Mi trabajo me mantiene ocupado. Me alegro de que no parezca importaros.

—No hay problema —observo—. Somos tus amigos. —Pero, mientras lo digo, me pregunto si lo somos. No lo conozco como a los demás.

—Amigos. —Ky susurra la palabra, y me pregunto si no estará pensando en los amigos que debió de tener en las provincias exteriores.

El cine se queda a oscuras. Sé sin mirar que Ky ya no está vuelto hacia mí y que Xander sí lo está. Miro al frente, a la oscuridad.

Siempre me han gustado los segundos previos a una proyección, cuando aguardo en la oscuridad. Siempre me da un vuelco el estómago mientras me pregunto si, cuando se ilumine la pantalla, no me habré quedado completamente sola. O si la pantalla llegará siquiera a iluminarse. Tengo la sensación de que no puedo estar segura, no en un primer momento. No sé por qué me gusta sentirme así.

Pero, por supuesto, la pantalla se ilumina, la proyección comienza y yo no estoy sola. Tengo a Xander sentado a un lado y a Ky al otro. Y, delante de mí, la pantalla relata los orígenes de la Sociedad.

La cinematografía es excelente. La cámara pasa en vuelo rasante sobre el mar azul y el verdor de la costa, rebasa las montañas nevadas, se abate sobre los dorados campos de los territorios agrarios, sobrevuela la blanca cúpula de nuestro ayuntamiento (el público aplaude cuando aparece en la pantalla). Sigue sobrevolando colinas verdes y campos dorados en dirección a otra ciudad, y a otra, y a otra. Es probable que, en cada provincia de la Sociedad, los espectadores estén aplaudiendo al ver aparecer su ciudad, aunque ya hayan visto la proyección. Cuando ves nuestra Sociedad de esta forma, es difícil no sentirte orgulloso. De eso se trata, por supuesto.

Ky respira hondo y yo lo miro de soslayo. Lo que veo me sorprende. Tiene los ojos abiertos de par en par y se ha olvidado de mantener su expresión serena y contenida. Su cara rebosa asombro. Parece que crea que está volando de verdad. Ni tan siquiera advierte que lo estoy observando.

Sin embargo, después de este principio tan grandilocuente, la proyección se torna muy elemental. Relata cómo eran las cosas antes de que naciera la Sociedad y antes de que todo se fundamentara en estadísticas y predicciones. Ky recobra su impavidez habitual; yo lo miro de reojo en diversos momentos de la proyección por si vuelve a reaccionar. Pero no lo hace.

Cuando la proyección aborda la creación del sistema de emparejamientos, Xander me mira. A la pálida luz de la pantalla, lo veo sonreír y yo también le sonrío. Me aprieta la mano con más fuerza y me olvido de Ky.

Hasta el final.

Al final, la proyección vuelve a incidir en cómo era todo antes de la Sociedad. En cómo volvería a ser si la Sociedad se demoronara. No sé qué decorado han utilizado para esta parte, pero resulta casi irrisorio. Se han pasado de la raya con las áridas tierras arcillosas; las desvencijadas casuchas; los pocos actores hoscos y de aspecto triste que se pasean por las peligrosas calles semivacías. Luego, como llovidos del cielo, aparecen siniestros aviones negros y la gente grita y echa a correr. El himno de la Sociedad comienza a sonar: floridas notas agudas entremezcladas con una emotiva melodía de contrabajo.

La escena está exagerada. Es ridícula, sobre todo después de aquella escena tan discreta que presencié el domingo en casa de mi abuelo. La muerte no es así. Uno de los actores se desploma teatralmente. Tiene la ropa impregnada de llamativas manchas de sangre. Oigo a Xander conteniendo la risa junto a mí y sé que opina lo mismo. Me siento mal por llevar tanto tiempo obviando a Ky y lo miro para incluirlo.

Está llorando. En silencio.

Una lágrima le rueda por la mejilla y él se la enjuga tan rápido que casi no sé si la he visto, pero lo he hecho. Va seguida de otra, que desaparece tan deprisa como la anterior. Sus ojos están tan anegados en lágrimas que dudo que pueda ver algo. Pero no los despega de la pantalla.

No estoy habituada a ver sufrir a una persona, por lo que miro hacia otro lado.

Cuando la proyección termina y vuelve a empezar desde el pomposo principio, Ky respira hondo. Se nota que le resulta doloroso hacerlo. No lo miro hasta que las luces se encienden. Cuando lo hacen, se ha serenado y vuelve a ser el Ky que conozco. O el que creía conocer.

Nadie más se ha dado cuenta. Ky no sabe que lo he visto.

No digo nada. No hago preguntas. Miro hacia otro lado. Esto es lo que soy. «Pero no lo que el abuelo creía que podías ser.» El pensamiento entra en mi cabeza como una mirada de reojo, como un destello azul junto a mí. Ky. ¿Está observándome? ¿Esperando a que lo mire?

Aguardo un segundo más de lo debido antes de volverme. Cuando lo hago, Ky ha dejado de mirarme, si es que lo ha hecho.

Capítulo 9

Dos días después, me reúno con otros estudiantes delante del edificio principal del arboreto. Es temprano y la niebla que nos envuelve convierte a personas y árboles en siluetas que parecen surgidas de la nada.

—¿Has hecho esto alguna vez? —me pregunta la chica que está a mi lado. No la conozco, de manera que debe de vivir en otro distrito, ir a un centro de segunda enseñanza distinto.

—No —respondo distraída por el hecho de que una de las figuras que surge de la niebla parece Ky Markham. Se mueve con discreción y seguridad. Con cautela. Cuando me ve, alza la mano para saludarme. Parece que también ha elegido las excursiones como actividad de ocio para este verano. Tras una breve pausa, durante la que sonrío y devuelvo el saludo a Ky, añado—: No. He hecho caminatas, pero excursiones nunca.

—Esto no lo ha hecho nadie —dice Lon, un pesado que conozco de mi centro de segunda enseñanza—. Hace años que no se organiza.

—Mi abuelo sabía cómo se hacía —digo.

Lon no piensa callarse.

—¿Sabía? ¿En pasado? ¿Está muerto?

Antes de que pueda responderle, un instructor vestido de verde se aclara la garganta y se acerca a nosotros. Es mayor, lleva el canoso pelo ondulado muy corto y tiene la piel aceitunada. Su tez y su porte me recuerdan mi abuelo.

—Bienvenidos —dice en un tono tan severo como su corte de pelo. No parece cordial y me percato de que las similitudes con mi abuelo no pasan de ahí. Debo dejar de buscarlo. No va a aparecerse entre los árboles, por mucho que yo lo desee—. Soy vuestro instructor. Cuando os dirijáis a mí, lo haréis llamándome «señor».

Lon no puede contenerse.

—¿Subiremos a la Loma?

El instructor lo fulmina con la mirada y Lon se desanima.

—Nadie —dice— habla sin mi permiso, ¿entendido?

Todos asentimos.

—No perdamos más tiempo. Empecemos.

Señala una de las frondosas colinas del arboreto que se alzan detrás de él. No la Loma, la más alta, sino una de las colinas adyacentes a las que solo pueden acceder los empleados del arboreto. Tienen menor altitud, pero mi madre me ha dicho que es difícil subirlas con tanta maleza y vegetación.

—Subid a la cima —ordena el instructor girando sobre sus talones—. Os estaré esperando.

¿Habla en serio? ¿Así, sin más? ¿Ningún consejo? ¿Ninguna preparación previa?

El instructor se pierde en la espesura.

Parece que sí habla en serio. Noto que una sonrisa me asoma a los labios y sacudo la cabeza para borrarla. Soy la primera en seguirlo. Los árboles tienen el tupido follaje de verano y, cuando me abro camino entre ellos, huelen como el abuelo. Puede que, al final, sí esté entre los árboles. Y pienso: «Si alguna vez me atreviera a leer el papel, lo haría aquí».

Oigo a otras personas alrededor y detrás de mí avanzando entre los árboles. El bosque, incluso este tipo de bosque parcialmente cultivado, es un lugar ruidoso, sobre todo ahora que lo hemos invadido. Se oyen crujidos entre los arbustos, chasquidos de ramas caídas, y, cerca de mí, alguien maldice. Lon, probablemente. Aprieto el paso. Tengo que lidiar con algunos de los arbustos, pero avanzo con rapidez.

Mi mente clasificadora querría poder identificar los cantos de los pájaros que me rodean y nombrar las plantas y flores que veo. Es probable que mi madre conozca la mayoría de ellas, pero yo jamás tendré esa clase de conocimiento especializado a menos que mi profesión fuera trabajar en el arboreto.

El ascenso se torna cada vez más duro, pero no imposible. La colina continúa formando parte del arboreto propiamente dicho, de modo que no es del todo agreste. Las suelas de las botas se me llenan de hojas y agujas de pino. Me detengo un momento y busco un lugar donde quitarme parte del barro para aligerar el paso. Pero aquí, en el arboreto, retiran los árboles y las ramas en cuanto se caen. Tengo que contentarme con limpiarme las suelas, de una en una, en la rugosa corteza de un árbol.

Me noto los pies más ligeros cuando reanudo la marcha y gano velocidad. Veo una piedra lisa y redonda que parece un huevo pulido, como el regalo que Bram hizo al abuelo. La dejo donde está, pequeña y marrón entre la hierba, y aligero el paso aún más, apartando las ramas e ignorando los rasguños de mis manos. Ni siquiera me detengo cuando una nudosa rama de pino me azota en la cara.

Voy a ser la primera en llegar a la cima y me alegro. Veo un claro entre los árboles, y sé que se debe a que detrás hay cielo y sol, no más bosque. Ya casi he llegado. «Mírame, abuelo», pienso, pero, por supuesto, él no me oye.

«Mírame.»

Cambio bruscamente de dirección y me adentro en la maleza. Me abro camino hasta agazaparme entre una maraña de hojas donde esconderme. Mi ropa de diario marrón oscuro es un buen camuflaje.

Me tiemblan las manos cuando saco el papel. ¿Era esto lo que tenía planeado desde esta mañana cuando me he metido la polvera en el bolsillo de mi muda de diario? ¿Sabía de algún modo que encontraría el momento idóneo aquí, en este bosque?

No sé dónde más leerlo. Si lo leo en casa, alguien podría descubrirme. Lo mismo ocurre con el tren aéreo, la escuela y el trabajo. El silencio brilla por su ausencia en este bosque plagado de vegetación cuyo aire bochornoso me humedece la piel. Los insectos zumban y los pájaros cantan. Rozo una hoja con el brazo y una gota de rocío moja el papel con un ruido semejante al de una fruta madura al caer al suelo.

¿Qué me dio el abuelo?

Sostengo el peso de este secreto en la palma de la mano y luego lo despliego.

Tenía razón. Las palabras son antiguas. Pero, aunque no reconozco el tipo de letra, reconozco el formato.

El abuelo me dio poesía.

Por supuesto. Mi bisabuela. Los Cien Poemas. Sé, sin necesidad de verificarlo en los terminales de la escuela, que este poema no es uno de ellos. Mi bisabuela se arriesgó mucho escondiendo este papel, y mis abuelos se arriesgaron mucho conservándolo. ¿Qué poemas podrían merecer que alguien lo perdiera todo por ellos?

El primer verso me impide seguir leyendo y me llena los ojos de lágrimas. No sé por qué. Solo sé que este verso me conmueve como nada lo ha hecho hasta ahora.

No entres dócil en esa buena noche…

Sigo leyendo, palabras que no entiendo y otras que sí.
Sé por qué le conmovía al abuelo:

No entres dócil en esa buena noche,
que al final del día debería la vejez arder y delirar;
enfurécete, enfurécete por la muerte de la luz.

Y, al seguir leyendo, sé por qué me conmueve a mí:

Aunque los sabios entienden al final que la tiniebla es lo correcto,
como su verbo ningún rayo ha confiado vigor;
no entran dócilmente en esa buena noche.

Mis palabras no han sido como un rayo.
El abuelo me lo dijo incluso antes de morir, cuando le regalé aquella carta que no había escrito yo. Nada de lo que he escrito o hecho ha influido en este mundo y, de pronto, sé qué significan la rabia y el anhelo.

Leo todo el poema y lo devoro, me embriago de él. Leo sobre meteoros, bahías verdes y un llanto feroz y, aunque no lo entiendo todo (el lenguaje es demasiado antiguo), comprendo lo suficiente. Comprendo por qué le gustaba tanto al abuelo y por qué me gusta tanto a mí. La rabia y la luz.

Bajo el título pone: «Dylan Thomas, 1914-1953».

Hay otro poema en la otra cara del papel. Se titula «Cruzando la barrera» y lo escribió un poeta que vivió incluso antes que Dylan Thomas: «Lord Alfred Tennyson, 1809-1892».

«Hace muchísimo tiempo», pienso. Hace muchísimo tiempo que vivieron y murieron.

Y ellos, como el abuelo, ya no regresarán jamás.

Ávida, también leo el segundo poema. Releo las palabras de ambos poemas varias veces hasta oír el fuerte chasquido de una rama quebrándose cerca de mí. Vuelvo a doblar rápidamente el papel y lo guardo. Me he rezagado demasiado. Tengo que irme; recuperar el tiempo que he perdido.

Tengo que correr.

No me refreno; esto no es la pista dual, de modo que puedo emplearme a fondo, entre las ramas y colina arriba.

Las palabras del poema de Thomas son tan apasionadas y hermosas que no dejo de repetírmelas en mi carrera. Pienso, sin cesar, «No entres dócil, no entres dócil, no entres dócil». No caigo en la cuenta hasta estar casi en la cima: hay una razón para no haber conservado este poema.

Este poema te exhorta a la lucha.

Una última rama me azota en la cara cuando irrumpo en el claro, pero no me detengo hasta salir a campo abierto. Miró a mi alrededor, en busca del instructor. No está, pero ya hay otra persona en la cima. Ky Markham.

Para mi sorpresa, estamos los dos solos. No veo al instructor. Ni a ningún otro estudiante.

Ky está más relajado de lo que nunca le he visto, apoyado en los codos con la cara vuelta hacia el sol y los ojos cerrados. Parece distinto y desprevenido. Al mirarlo, me doy cuenta de que en sus ojos es donde más percibo la distancia que guarda. Porque, al oírme, los abre, me mira y casi vislumbro algo auténtico antes de volver a ver lo que él quiere que vea.

El instructor aparece a mi lado. Ha salido al claro sin hacer apenas ruido y me pregunto qué habrá observado en el bosque. ¿Me habrá visto?

Consulta su terminal portátil y me mira.

—¿Cassia Reyes? —pregunta. Al parecer, estaba previsto que terminara la segunda. Mi parada no ha debido de ser tan larga como creía.

—Sí.

—Siéntate ahí y espera —dice señalando el claro herboso de la cima—. Disfruta de las vistas. Según esto, van a pasar unos cuantos minutos antes de que llegue alguien más. —Señala su terminal portátil y vuelve a perderse entre los árboles.

Espero un momento antes de acercarme a Ky, intentando serenarme. El corazón me palpita aprisa por la carrera. Y por el sonido de los árboles.

—Hola —dice Ky cuando estoy más cerca.

—Hola. —Me siento a su lado en la hierba—. No sabía que también te habías apuntado a las excursiones.

—A mi madre le parecían una buena opción. —Reparo en la facilidad con que utiliza la palabra «madre» para referirse a su tía Aida. Pienso en cómo se ha integrado en el distrito de los Arces, en cómo se ha convertido en lo que todos sus vecinos esperaban que fuera. Pese a ser nuevo y distinto, nunca ha sobresalido.

De hecho, nunca lo había visto terminar el primero en nada y hablo sin pensar.

—Hoy nos has ganado a todos —digo sin pensar, como si no fuera evidente.

—Sí —corrobora mirándome—. Tal como estaba previsto. Me crié en las provincias exteriores y tengo más experiencia que nadie en esta clase de actividades. —Habla como si no le importara y estuviera recitando datos, pero veo una pátina de sudor en su cara; y el modo en que tiene estiradas las piernas me resulta familiar. También ha corrido, y debe de ser rápida. ¿Tienen pistas duales en las provincias exteriores? De no ser así, ¿hacia dónde corría allí? ¿Había también cosas de las que tenía que correr?

Antes de poder contenerme, le pregunto algo que no debo:

—¿Qué le pasó a tu madre?

Me lanza una mirada de sorpresa. Él sabe que no me refiero a Aida y yo sé que nadie más le ha hecho esta pregunta. No sé qué me ha empujado a hacérsela en este momento; quizá me sienta nerviosa y vulnerable por la muerte de mi abuelo y lo que he leído en el bosque. Quizá no quiero pararme a pensar en quién ha podido verme entre los árboles.

Debería disculparme, pero no lo hago. Y no porque me apetezca ser desagradable, es porque creo que quizá quiera contármelo.

Pero me equivoco.

—No deberías hacerme esa pregunta —dice.

No me mira, de manera que solo veo su perfil, su pelo oscuro mojado a causa de la niebla y el agua que ha caído de los árboles entre los que ha pasado. Huele como el bosque y yo me llevo las manos a la cara para olérmelas, para ver si huelo igual que él. Quizá sean imaginaciones mías, pero tengo la sensación de que los dedos me huelen a tinta y papel.

Ky tiene razón. Debería saber que no está bien hacer una pregunta así. Pero entonces es él quien me pregunta algo indebido.

—¿A quién has perdido tú?

—¿A qué te refieres?

—Lo noto —se limita a decir mientras me mira. Sus ojos continúan siendo azules.

Siento el calor del sol en la nuca y la coronilla. Cierro los ojos, igual que Ky hace un momento, y echo la cabeza hacia atrás para notarlo en los párpados y en el puente de la nariz.

Ninguno de los dos dice nada. No tengo los ojos cerrados durante mucho rato, pero, cuando los abro, el sol me ciega por un instante. Es entonces cuando sé que se lo quiero contar.

—Mi abuelo murió la semana pasada.

—¿Fue inesperado?

—No —respondo, pero en cierto sentido sí lo fue. No esperaba que dijera las cosas que dijo. Pero sí esperaba su muerte—. No —repito—. Cumplió ochenta años.

—Es verdad —dice Ky con aire pensativo, casi para sí—. Aquí la gente se muere a los ochenta años.

—Sí. ¿No es así donde vivías tú? —Me sorprende que se me hayan escapado estas palabras: hace menos de dos segundos, Ky me ha recordado que no le pregunte por su pasado. No obstante, esta vez me responde.

—Allí es… más difícil llegar a los ochenta —dice.

Espero que la sorpresa no se me note en la cara. ¿Se muere la gente a distintas edades según donde viva?

Se oyen gritos y pisadas en la linde del bosque. El instructor sale de nuevo al claro y pregunta el nombre a los estudiantes que van llegando.

Cambio de postura para levantarme y juro que oigo cómo chocan la polvera y el pastillero dentro de mi bolsillo. Ky me mira y yo contengo la respiración. ¿Percibe que tengo palabras en la cabeza, palabras que me esfuerzo por recordar y memorizar? Porque sé que no puedo volver a desplegar el papel. Tengo que deshacerme de él. Sentada al lado de Ky, mientras mi piel se baña al sol, las ideas se me aclaran y entonces comprendo el ruido que he oído en el bosque. El chasquido de una rama al quebrarse.

Me han visto.

Ky respira y se inclina hacia mí.

—Te he visto —dice en un tono bajo y grave, como agua que corre a lo lejos. Tiene cuidado de hablar bajo para que nadie más le oiga—. En el bosque.

Entonces, por primera vez que yo recuerde, me toca. Su mano en mi brazo, rápida, caliente, retirada antes de que me dé cuenta.

—Debes tener cuidado. Algo así…

—Lo sé. —Quiero tocarlo, ponerle también la mano en el brazo, pero no lo hago—. Voy a destruirlo.

Su expresión permanece serena, pero percibo la urgencia de su tono.

—¿Puedes hacerlo sin que te cojan?

—Creo que sí.

—Puedo ayudarte.

Mira al instructor mientras habla con despreocupación, y me doy cuenta de algo que no había advertido hasta ese momento por lo bien que disimula. Ky siempre actúa como si lo estuvieran observando. Y, por lo que parece, él también observa.

—¿Cómo has llegado antes que yo —le pregunto de repente— si me has visto en el bosque?

Ky parece sorprendido por mi pregunta.

—He corrido.

—Y yo —digo.

—Debo de ser más rápido —aduce y, por un instante, percibo un deje burlón, casi una sonrisa. Pero esta desaparece enseguida y Ky vuelve a estar serio, resoluto.

—¿Quieres que te ayude?

—No, no. Puedo hacerlo yo. —Y, para que no piense que soy una estúpida que corre riesgos innecesarios, hablo más de lo que debo—. Me lo dio mi abuelo. No debería haberlo guardado durante tanto tiempo. Pero… las palabras son preciosas.

—¿Puedes recordarlas sin el papel?

—De momento, sí. —Al fin y al cabo, tengo la mente de un clasificador—. Pero sé que no podré recordarlas siempre.

—¿Y quieres hacerlo?

Piensa que soy una estúpida.

—Son preciosas —repito sin mucha convicción.

El instructor grita; más estudiantes salen al claro; alguien llama a Ky; alguien me llama a mí. Nos separamos y nos despedimos, dirigiéndonos a lugares distintos de la cima.

Todos oteamos el horizonte. Ky y sus amigos miran la cúpula del ayuntamiento y conversan; el instructor contempla la Loma. Mi grupo mira hacia el comedor del arboreto y habla de nuestro almuerzo, de regresar a la escuela, de si el tren aéreo será o no puntual, provocando la risa de alguien, porque el tren aéreo siempre es puntual.

Recuerdo un verso del poema: «Allá en la altura triste».

Vuelvo a echar la cabeza hacia atrás y miro al sol con los ojos cerrados. Es más fuerte que yo, y graba un círculo rojo en el negro de mis párpados.

Las preguntas que tengo en la cabeza emiten un zumbido similar al de los insectos que había en el bosque. «¿Qué te pasó en las provincias exteriores? ¿Qué infracción cometió tu padre que te ha convertido en un aberrante? ¿Crees que estoy loca por querer quedarme con los poemas? ¿Qué tiene tu voz que hace que quiera oírte hablar?»

«¿Y si tú fueras mi pareja perfecta?»

Más tarde, me doy cuenta de que la pregunta que ni siquiera se me ha pasado por la cabeza es la más apremiante de todas: «¿Me guardarás el secreto?».

Capítulo 10

Esta tarde, mis vecinos no se comportan como de costumbre; algo va mal. La gente espera en la parada del tren aéreo con expresión hosca, sin hablar con nadie. Se monta en el tren sin saludar a los pasajeros que nos apeamos. Un pequeño automóvil aéreo de color blanco, un vehículo oficial, está estacionado junto a una casa de nuestra calle con los postigos azules. Mi casa.

Bajo rápidamente las escaleras metálicas de la parada y busco más cambios en la rutina. Las aceras no me dan ninguna pista. Están tan limpias y blancas como de costumbre. Las casas próximas a la mía, cerradas a cal y canto, son un poco más reveladoras: si se trata de una tormenta, las puertas permanecerán cerradas hasta que pase.

El automóvil aéreo está posado en la hierba con el tren de aterrizaje desplegado. Tras las lisas cortinas blancas de la ventana, veo figuras en movimiento. Corro al porche y en la puerta vacilo. ¿Debería llamar?

Me digo que debo mantener la calma, mantenerme lúcida. Por alguna razón, imagino los ojos azules de Ky y me cuesta menos pensar. Me doy cuenta de que interpretar correctamente una situación ayuda a atravesarla sin percances. «Puede tratarse de cualquier cosa. Pueden estar comprobando el sistema de reparto de comidas casa por casa. Una vez pasó en un distrito próximo. Me lo han contado.»

«Puede que no tenga nada que ver conmigo.»

¿Acaso están explicando a mis padres que he visto a Ky en mi microficha? ¿O saben lo que me dio el abuelo? Aún no he tenido ocasión de destruir los poemas. El papel sigue en mi bolsillo. ¿Me ha visto alguien leyéndolo en el bosque aparte de Ky? ¿Fue la bota del instructor la que resquebrajó la rama?

«Puede que todo esto tenga que ver conmigo.»

No sé qué sucede cuando las personas incumplen las normas, porque en este distrito no lo hacemos. De vez en cuando, recibimos citaciones de poca importancia, como cuando Bram se retrasa. Pero se trata de cosas nimias, errores nimios. No de errores graves, ni de errores cometidos a propósito. De infracciones.

No voy a llamar. Es mi casa. Respiro hondo, giro el picaporte y abro la puerta.

Dentro, me están esperando.

—Has vuelto —dice Bram aliviado.

Agarro con más fuerza el papel del bolsillo y miro hacia la cocina. Con un poco de suerte consigo llegar al conducto de incineración y arrojar los poemas al fuego que arde debajo. El conducto registrará una sustancia desconocida: el papel recio es completamente distinto a los artículos de papel —servilletas, impresiones del terminal, sobres de reparto— que nos permiten tirar a la basura en nuestras residencias. Pero quizá sea más seguro que conservarlo. No podrán reconstruir las palabras si las quemo.

Veo entrar en la cocina a un funcionario bioquímico que lleva una larga bata blanca de laboratorio. Suelto los poemas y saco la mano del bolsillo. Vacía.

—¿Qué pasa? —pregunto a Bram—. ¿Dónde están papá y mamá?

—Están aquí —responde con voz temblorosa—. En su cuarto. Los funcionarios están cacheando a papá.

—¿Por qué? —Mi padre no tiene los poemas. Ni acaso siquiera sabe que existen. Pero ¿acaso importa? El estatus de Ky se debe a la infracción de su padre. ¿Cambiará mi error el destino de toda mi familia?

De hecho, la polvera quizá sea el lugar más seguro para guardar los poemas. Mis abuelos los tuvieron escondidos ahí durante años.

—Enseguida vuelvo —digo a mi hermano. Entro en mi habitación y saco la polvera del armario. Cric. Abro la base y meto el papel.

—¿Ha entrado alguien? —pregunta un funcionario a Bram en el pasillo.

—Mi hermana —responde aterrorizado.

—¿Adónde ha ido?

Otro cric. La polvera no se cierra bien. Se ha quedado fuera una esquina del papel.

—Está en su cuarto cambiándose de ropa. Se ha puesto perdida en la excursión. —La voz de Bram parece más firme. Me está cubriendo sin siquiera saber por qué. Y, además, lo está haciendo bien.

Oigo pasos en el pasillo, vuelvo a abrir la polvera, y termino de meter el papel.

Giro la base y esta encaja sin hacer ruido. ¡Por fin! Con una mano, me bajo la cremallera de mi muda de diario, y, con la otra, dejo la polvera en su sitio. Me vuelvo cuando abren la puerta con cara de sorpresa e indignación.

—¡Me estoy cambiando de ropa! —exclamo.

El funcionario asiente al ver la ropa manchada de tierra.

—Sal al recibidor cuando hayas terminado, por favor —dice—. Deprisa.

Las manos me sudan un poco cuando me quito las prendas que huelen a bosque y las meto en la cesta de la ropa sucia. Luego, con mi otra muda de diario, despojada de todo lo que pueda parecer u oler a poesía, salgo de mi habitación.

—Papá no ha entregado la muestra de tejido del abuelo —susurra Bram cuando salgo al recibidor—. La ha perdido. Por eso están aquí. —Por un momento, su curiosidad puede más que su pánico—. ¿Por qué te has cambiado tan deprisa? No estabas tan sucia.

—Sí que lo estaba —susurro—. Chist. Escucha. —Oigo murmullos de voces en el dormitorio de mis padres, seguidos de la voz de mi madre, más intensa. Me cuesta creer lo que mi hermano acaba de decirme. ¿Mi padre ha perdido la muestra del abuelo?

El dolor se abre paso entre el miedo que me atenaza. Es terrible que mi padre haya cometido un error tan grave. Pero no solo porque puede traerle problemas a él y a nosotros, sino porque significa que el abuelo se ha ido para siempre. No pueden revivirlo sin la muestra.

De pronto, deseo que, después de todo, los funcionarios encuentren algo en casa.

—Espera aquí —digo a Bram, y voy a la cocina. Hay un funcionario biomédico junto al cubo de la basura, pasando un aparato de arriba abajo, de derecha a izquierda, sin cesar. Da un paso y repite el proceso en otro punto de la cocina. Leo las palabras impresas en un lado del aparato: «Detector biológico».

Me relajo un poco cuando veo que disponen de instrumentos para detectar el código de barras grabado en el tubo de ensayo que utilizó el abuelo. No necesitan poner la casa patas arriba. Al final, quizá no encuentren el papel. Y quizá encuentren la muestra.

«¿Cómo ha podido perder papá algo tan importante? ¿Cómo ha podido perder a su propio padre?»

Pese a mis instrucciones, Bram me sigue a la cocina. Me da un toque en el brazo y regresamos al pasillo.

—Mamá sigue discutiendo —dice señalando el dormitorio de nuestros padres.

Lo cojo fuerte de la mano. Los funcionarios no necesitan cachear a mi padre; tienen detectores para saber dónde buscar. Pero supongo que necesitan actuar con contundencia: mi padre debería haber sido más cuidadoso con algo tan importante.

—¿También están cacheando a mamá? —pregunto a Bram. ¿Van a humillarnos a todos?

—Creo que no —responde—. Solo quería estar dentro con papá.

La puerta del dormitorio se abre y nosotros nos apartamos para que pasen los funcionarios. Parecen altos y puros con sus batas blancas. Uno de ellos repara en que estamos asustados y nos sonríe para tranquilizarnos, pero no sirve de nada. No puede devolvernos la muestra extraviada ni la dignidad de mi padre. El daño ya está hecho.

Mi padre sale detrás de los funcionarios pálido y triste. Mi madre, en cambio, parece sofocada y enfadada, y entra en el salón detrás de mi padre y los funcionarios. Bram y yo nos quedamos en la puerta para ver qué ocurre.

No han encontrado la muestra. Se me encoge el corazón. Mi padre está de pie en el centro del salón mientras el equipo biomédico le amonesta.

—¿Cómo ha podido hacer una cosa así?

Él niega con la cabeza.

—No lo sé. Es inexcusable. —Sus palabras parecen vacías; como si de haberlas repetido tantas veces hubiera perdido toda esperanza de que los funcionarios le creyeran. Está muy erguido, como siempre, pero su cara parece cansada y envejecida.

—Sabe que ahora ya no hay modo de que lo revivamos —dicen.

Mi padre asiente con expresión de dolor. Aunque estoy enfadada con él por haber extraviado la muestra, sé que se siente fatal. Es lógico. ¡Se trata del abuelo! Pese a mi enfado, me gustaría poder cogerle la mano, pero hay demasiados funcionarios a su alrededor.

Soy una hipócrita. Yo también he infringido las normas hoy, y lo he hecho a propósito.

—Esto puede acarrearle una serie de sanciones en el trabajo —dice una de las funcionarias en un tono tan ruin que me pregunto si no la citarán también a ella. Nadie debe hablar así. Las cosas no deben llevarse al terreno personal ni cuando se comete un error—. ¿Cómo van a esperar que supervise la restauración y eliminación de reliquias si ni tan solo es capaz de conservar una muestra de tejido? ¿Sobre todo sabiendo lo importante que era?

Otro funcionario dice en voz baja:

—Ha extraviado la muestra de su propio padre, y no ha informado de ello.

Mi padre se pasa la mano por los ojos.

—Tenía miedo —dice, consciente de la gravedad de la situación, sin necesidad de que se lo recuerden. La incineración se realiza horas después de la muerte. No hay modo de conseguir otra muestra. Se acabó. El abuelo ya no está. Se ha ido para siempre.

Mi madre aprieta los labios con fuerza y los ojos se le encienden, pero su ira no es contra mi padre. Está enfadada con los funcionarios por hacer que se sienta peor de lo que se siente.

Pese a no haber nada que decir, los funcionarios no se marchan. Se instaura un frío silencio durante el cual ninguno hablamos y todos pensamos que ya nada puede salvar al abuelo.

Suena una campanilla en la cocina: nuestra cena ha llegado. Mi madre abandona el salón. La oigo coger las bandejas y dejarlas en la mesa. Cuando regresa, sus zapatos aguijonean el suelo de madera, señal de que no está para bromas.

—Es hora de cenar —dice mirando a los funcionarios—. Lo siento, pero no han repartido raciones de más.

Los funcionarios se tensan un poco. ¿Los está echando? Es difícil saberlo. La expresión de mi madre parece franca; y su tono, pesaroso pero firme. Su rostro es elegante y expresivo, con el cabello rubio cayéndole sobre la espalda y las mejillas arreboladas. Nada de eso debería importar, pero, de algún modo, importa.

Y, además, ni siquiera los funcionarios se atreven a alterar excesivamente el horario de la cena.

—Informaremos de esto —dice el más alto—. Estoy seguro de que recibirá una citación de primer orden. Y el próximo error le supondrá una infracción.

Mi padre asiente; mi madre lanza otra mirada a la cocina para recordarles que la cena se está enfriando y, probablemente, perdiendo nutrientes. Los funcionarios se despiden con una seca inclinación de cabeza y, uno a uno, abandonan el salón, pasan por delante del terminal del recibidor y salen por la única puerta de la casa.

Cuando se van, toda la familia respira aliviada. Mi padre se dirige a nosotros.

—Lo siento —se disculpa—. Lo siento. —Mira a mi madre, esperando a que hable.

—No te preocupes —dice ella con valentía. Sabe que ahora mi padre tiene un fallo registrado en la base de datos permanentes. Sabe que esto significa que mi abuelo se ha ido para siempre. Pero quiere a mi padre. Lo quiere demasiado, pienso a veces, y también lo pienso ahora. Porque, si ella no está enfadada con él, ¿cómo puedo estarlo yo?

Cuando nos sentamos a cenar, mi madre lo abraza y apoya la cabeza en su hombro antes de darle la bandeja. Él le acaricia el pelo y las mejillas.

Mientras los observo, pienso que a Xander y a mí puede ocurrirnos algo parecido algún día. Nuestras vidas estarán tan entrelazadas que lo que uno haga afectará irremisiblemente al otro, como el arbolito que mi madre trasplantó una vez en el arboreto. Me lo enseñó cuando fui a visitarla. Era diminuto, casi recién nacido, pero, aun así, estaba tan enraizado a lo que le rodeaba que costó cambiarlo de sitio. Cuando por fin lo arrancó, sus raíces seguían aferrándose a la tierra de su antiguo hogar.

¿Le pasó eso a Ky cuando vino? ¿Trajo algo consigo? Difícilmente, porque le cachearían a conciencia. Y tuvo que integrarse enseguida. De todos modos, no veo cómo no pudo traer algo. Algún secreto quizá interno e intangible. Algo que lo nutriera. Algo de su hogar.

Piso fuerte, aprieto los puños, me pongo a correr en la pista dual. Ojalá pudiera correr fuera, lejos de la tristeza y la vergüenza que impregnan mi casa. El sudor me empapa la camiseta, el pelo, la cara. Me lo enjugo y vuelvo a mirar la pantalla de la pista dual.

Hay una cuesta en el gráfico: una colina simulada. «Bien.» He llegado a la parte más difícil de mi sesión de entrenamiento, la más rápida. La pista dual gira por debajo de mí, una máquina cuyo nombre alude tanto a las pistas de atletismo en las que la gente solía competir como a su función: recoger datos sobre la persona que la utiliza. Si corres más de lo normal, puedes ser masoquista, anoréxico o alguna otra cosa, y un funcionario de psicología tendrá que hacerte un diagnóstico. Si se determina que correr te gusta de verdad, pueden concederte un permiso atlético. Yo tengo uno.

Me duelen un poco las piernas; miro al frente y me obligo a imaginar el rostro del abuelo, a conservarlo en la memoria. Si ya no hay ninguna posibilidad de que regrese, soy yo quien debe mantenerlo vivo.

La pendiente aumenta y yo mantengo la velocidad, deseando sentir lo mismo que esta mañana durante la excursión. Aire libre. Ramas, arbustos, barro y sol en la cima de una colina con un chico que sabe más de lo que dice.

La pista dual emite un pitido. Quedan cinco minutos para que termine la sesión de entrenamiento, para que yo haya corrido la distancia y el tiempo necesarios para mantener mi frecuencia cardíaca y mi índice de masa corporal óptimos. Debo estar sana. Es una de las cosas que nos engrandece y que nos permite vivir tanto.

Hemos conseguido todo lo que los primeros estudios demostraron que favorecía la longevidad: matrimonios felices, cuerpos sanos. Vivimos mucho, y bien. Morimos al cumplir ochenta años, rodeados de nuestras familias, antes de que nos aqueje la demencia. El cáncer, las cardiopatías y la mayoría de las enfermedades debilitantes se han erradicado casi por completo. Hemos alcanzado un grado de perfección mayor que el de cualquier otra sociedad.

Mis padres hablan arriba. Mi hermano hace los deberes y yo corro a ninguna parte. En esta casa, hacemos lo que debemos. Todo irá bien. Mis pies aporrean la cinta y yo me deshago de mi preocupación paso a paso. Paso a paso a paso a paso a paso.

Estoy cansada, no sé si puedo seguir, cuando la pista dual emite un pitido y pierde velocidad hasta quedarse parada. En el momento oportuno, programado por la Sociedad. Bajo la cabeza, jadeando, cogiendo aire. No hay nada que ver en la cima de esta colina.

Bram está sentado en el borde de mi cama esperándome. Tiene algo en la mano. Al principio, creo que es mi polvera y doy un paso hacia él preocupada (¿ha encontrado la poesía?), pero luego advierto que es el reloj del abuelo. Su reliquia.

—Hace un rato, he enviado un mensaje a los funcionarios por el terminal —dice. Me mira con sus ojos redondos, que parecen cansados y tristes.

—¿Por qué lo has hecho? —pregunto sorprendida. ¿Por qué habría de querer ver o hablar con un funcionario después de lo que ha sucedido hoy?

Me enseña el reloj.

—He pensado que a lo mejor podían extraer suficiente tejido de esto, ya que tantas veces lo tocó el abuelo.

La esperanza corre por mis venas como adrenalina. Cojo una toalla del armario y me seco la cara.

—¿Qué han dicho? ¿Han respondido?

—Han enviado un mensaje diciendo que no sería suficiente. Que no daría resultado. —Bram frota la brillante superficie del reloj con la manga para limpiar las manchas que han dejado sus dedos, y mira la esfera como si pudiera decirle alguna cosa.

Pero no puede. Mi hermano ni tan solo sabe decir la hora todavía. Y, además, el reloj del abuelo no funciona desde hace décadas. No es más que una reliquia bonita. Pesada, hecha de plata y cristal. Muy distinta a las finas tiras de plástico que llevamos ahora.

—¿Me parezco al abuelo? —me pregunta esperanzado. Se pone el reloj, que le baila en su fina muñeca. Delgado, con los ojos castaños, la espalda recta, menudo: en este momento, se parece un poco al abuelo.

—Sí.

¿Tendré también yo algo del abuelo? Hoy me ha gustado la excursión. Me gusta leer los Cien Poemas. Todas esas cosas que formaban parte de él forman parte de mí. Pienso en los otros abuelos que tengo en los territorios agrarios, y en Ky Markham y las provincias exteriores, y en todas las cosas que no sé y los lugares que nunca veré.

Mi hermano sonríe al oír mi respuesta y mira el reloj con orgullo.

—Bram, ya sabes que no puedes llevarlo a la escuela. Podrías meterte en líos.

—Lo sé.

—Ya has visto lo que le ha pasado a papá con los funcionarios. Ni se te ocurra enfadarlos incumpliendo las normas sobre las reliquias.

—No lo haré —dice—. Sé que no me conviene. No quiero quedarme sin reloj. —Coge la cajita plateada de mi banquete—. ¿Puedo guardarlo aquí? Parece un buen sitio. Ya sabes, especial. —Se encoge de hombros azorado.

—Vale —accedo un poco nerviosa. Lo veo abrir la cajita y dejar cuidadosamente la reliquia al lado de la microficha. Ni tan solo mira la polvera dejada en el estante, cosa que le agradezco.

Más tarde, cuando ya es de noche y Bram se ha acostado, abro la polvera y saco el papel. No lo miro, sino que lo meto en el bolsillo de mi muda de diario para el día siguiente. Mañana intentaré tirarlo a un incinerador de basura alejado de casa. No quiero que nadie me pille haciéndolo aquí. Ahora es demasiado peligroso.

Me acuesto, miro el techo y vuelvo a intentar ver el rostro del abuelo. No logro recordarlo. Impaciente, me doy la vuelta y noto algo duro en el costado. Mi pastillero. Se me ha debido de caer antes, cuando me he cambiado de ropa. No es propio de mí ser tan descuidada.

Me siento en la cama. La luz de las farolas queda atenuada por el vaho de la ventana, pero hay suficiente para ver las pastillas cuando las vuelco en la cama. Por un momento, mientras la vista se me habitúa, me parecen todas del mismo color hasta que veo cuál es cuál. La misteriosa pastilla roja. La azul que nos ayudará a sobrevivir en una emergencia, porque ni siquiera la Sociedad puede controlar siempre la naturaleza.

Y la verde.

Casi todas las personas que conozco se toman la pastilla verde de vez en cuando. Antes de un examen importante. La noche de su banquete. Siempre que necesitan tranquilizarse. Puedes tomarla hasta una vez a la semana sin que los funcionarios te lo tengan en cuenta.

Pero yo no me la he tomado nunca.

Por el abuelo.

Me sentí muy orgullosa de enseñársela cuando empecé a llevarla.

—Mira —le dije destapando mi pastillero plateado—. Ahora ya tengo la azul y la verde. Solo me falta la roja y ya seré mayor.

—Ah —observó él mostrándose debidamente impresionado—. Estás creciendo, no cabe la menor duda. —Se quedó un momento callado. Estábamos paseando por el espacio verde próximo a su apartamento—. ¿Te has tomado ya la pastilla verde?

—Aún no —respondí—. Pero la próxima semana tengo que hacer una disertación sobre uno de los Cien Cuadros en mi clase de cultura. A lo mejor me la tomo entonces. No me gusta hablar en público.

—¿Qué cuadro? —me preguntó.

—El diecinueve —respondí, y él se puso pensativo, intentando recordar cuál era. No conocía los Cien Cuadros tan bien como los Cien Poemas. Pero, de todos modos, terminó acordándose.

—El de Thomas Moran —aventuró, y yo asentí—. Me gustan los colores —añadió.

—A mí me gusta el cielo —dije—. Es espectacular. Con ese montón de nubes en lo alto del cielo, y en el cañón. —El cuadro me parecía un poco peligroso con sus nubarrones grises y sus recortadas rocas rojas, y eso también me gustaba.

—Sí —convino él—. Es un cuadro bonito.

—Como esto —observé, aunque el espacio verde era bonito de un modo completamente distinto. Había flores por doquier, de colores que teníamos prohibido llevar: rosas, amarillas, rojas, casi alarmantes en su atrevimiento. Captaban la mirada; perfumaban el aire.

—Espacio verde, pastilla verde —dijo el abuelo. Luego me miró y me sonrió—. Verde muchacha de ojos verdes.

—Eso parece poesía —observé, y él se rió.

—Gracias. —Se quedó un momento callado—. Yo no me tomaría la pastilla, Cassia. No para una disertación. Y quizá nunca. Eres lo bastante fuerte para pasar sin ella.

Vuelvo a tenderme en la cama, con la pastilla verde en la mano. No creo que me la tome, ni siquiera esta noche. Cierro los ojos y pienso en la poesía del abuelo.

«Pastilla verde. Espacio verde. Verde muchacha. Ojos verdes.»

Cuando me quedo dormida, sueño que el abuelo me ha regalado un ramo de rosas. «Tómatelas en vez de la pastilla», me dice. Y yo lo hago. Arranco los pétalos uno a uno. Para mi sorpresa, todos llevan una palabra escrita, una palabra de uno de los poemas. No están en orden y eso me desconcierta, pero me los meto en la boca y paladeo su sabor. Saben amargos, como imagino que sabría la pastilla verde. Pero sé que el abuelo tiene razón; debo guardar las palabras dentro de mí si quiero quedarme con ellas.

Cuando me despierto por la mañana, aún tengo la pastilla verde en la mano y las palabras en la boca.

Capítulo 11

El pasillo trae los ruidos de la cocina hasta mi habitación. La campanilla, que anuncia que acaban de repartir el desayuno, seguida de un estrépito: Bram que ha volcado algo. Sillas arrastradas, murmullos de voces mientras mis padres hablan con mi hermano. Pronto, el olor a comida se cuela por debajo de mi puerta, o quizá atraviesa las finas paredes de nuestra casa, impregnándolo todo. El olor es familiar, un olor a vitaminas y a algo metálico, tal vez el papel de aluminio.

—¿Cassia? —dice mi madre sin abrir la puerta—. Se te está haciendo tarde.

Ya lo sé. Quiero que se me haga tarde. Hoy no quiero ver a mi padre. No quiero hablar de lo que pasó ayer, pero tampoco quiero no hablar, sentarme a la mesa con nuestras raciones de comida y fingir que el abuelo no se ha ido para siempre.

—Ya voy —digo, y me levanto de la cama. Cuando salgo al pasillo, oigo un anuncio en el terminal y me parece distinguir la palabra «excursión».

Cuando entro en la cocina, mi padre ya se ha marchado a trabajar. Bram se pone el impermeable sonriendo de oreja a oreja. ¿Cómo puede olvidar lo de anoche tan deprisa?

—Hoy va a llover —me informa—. Te has quedado sin excursión. Lo han dicho en el terminal.

Mi madre le da su gorro y él se lo cala hasta las cejas.

—¡Adiós! —dice, y por una vez se dirige a la parada del tren aéreo, temprano, porque la lluvia le gusta.

—Parece que tienes unas horas libres —observa mi madre—. ¿Qué piensas hacer?

Lo sé inmediatamente. Los demás excursionistas pasarán este rato en la zona comunitaria de la escuela o en su biblioteca de investigación terminando algún trabajo. Yo tengo otra cosa en mente, una visita a una biblioteca distinta.

—Creo que iré a visitar a papá.

A mi madre se le dulcifica la mirada y sonríe.

—Seguro que le gusta, ya que no os habéis visto esta mañana. Aunque no va a poder hacerte mucho caso.

—Ya lo sé. Solo quiero saludarlo. —Y destruir algo peligroso, algo que no debo tener. Algo que es más probable encontrar en una vieja biblioteca que en cualquier otro sitio, si es cierto que comprueban la composición de todo lo que se quema en los incineradores.

Cojo uno de los resecos triángulos de pan tostado que contiene mi bandeja y pienso en la composición de los dos poemas en el papel. Recuerdo muchas de las palabras, pero no todas, y las quiero todas. Hasta la última. ¿Hay algún modo de que pueda echarles un último vistazo antes de destruir el papel? ¿Hay algún modo de conseguir que las palabras perduren?

Ojalá supiéramos escribir en vez de solo mecanografiar. Entonces podría volver a escribirlas algún día. Entonces quizá podría tenerlas cuando fuera mayor.

Miro por la ventana y observo a Bram mientras espera en la parada del tren aéreo. Todavía no llueve. Él sube y baja las escaleras metálicas dando brincos. Me sonrío y espero que nadie lo obligue a parar, porque sé lo que está haciendo. A falta de verdaderos truenos, está fabricando los suyos propios.

Ky es la única persona que se dirige a la parada del tren aéreo cuando salgo de casa. El tren con destino al centro de segunda enseñanza ya ha pasado y el próximo va a la ciudad. Ky debe presentarse a trabajar cuando se cancelan sus actividades de ocio; para él no hay horas libres. Al verlo caminar con la espalda recta, la cabeza erguida, pienso en lo solo que debe de sentirse. Lleva mucho tiempo fundiéndose en la multitud y ahora han vuelto a apartarlo.

Se vuelve cuando oye que me acerco por detrás.

—Cassia —dice aparentemente sorprendido—, ¿has perdido el tren?

—No. —Me detengo a cierta distancia para dejarle espacio si lo necesita—. Cojo este. Voy a visitar a mi padre. Ya sabes, como han cancelado la excursión…

Ky vive en nuestro distrito y seguro que sabe que los funcionarios nos visitaron anoche. Pero no dirá nada. Nadie lo hará. No es asunto suyo, a menos que la Sociedad decida lo contrario.

Doy otro paso hacia la parada del tren aéreo, hacia Ky. Espero que se mueva, que comience a subir las escaleras hacia el andén, pero no lo hace. De hecho, avanza un paso hacia mí. Detrás de él, la arbolada Loma del arboreto se alza a lo lejos. Me pregunto si alguna vez la subiremos. La tormenta, todavía a varios kilómetros de distancia, se desplaza implacable por el cielo y retumba, gris y pesada. Ky alza la vista.

—Va a llover —dice casi entre dientes, y vuelve a mirarme—. ¿Vas a su despacho de la ciudad?

—No. Voy más lejos. Está trabajando en un solar de las afueras del distrito del Río.

—¿Puedes ir y volver antes de que empiecen las clases?

—Eso creo. Ya lo he hecho otras veces.

Con las nubes detrás de él, los ojos de Ky parecen más claros, como si reflejaran el gris que los envuelve, y me asalta un pensamiento inquietante: sus ojos quizá no sean de ningún color. Reflejan lo que lleva, quién le ordenan los funcionarios que sea. Cuando iba vestido de marrón, sus ojos parecían castaños. Ahora que va vestido de azul, parecen azules.

—¿En qué piensas? —me pregunta.

Le digo la verdad.

—En el color de tus ojos.

Mi respuesta lo coge por sorpresa, pero, al cabo de un segundo, sonríe. Me encanta su sonrisa; en ella entreveo el niño de aquel día en la piscina. ¿Eran sus ojos azules entonces? No me acuerdo. Ojalá me hubiera fijado mejor en ellos.

—¿Y tú en qué piensas? —pregunto. Espero que los postigos se cierren como hacen siempre: Ky me dará alguna respuesta típica como «Pensaba en lo que tengo que hacer hoy en el trabajo» o «En lo que voy a hacer este sábado por la noche».

Pero no lo hace.

—En mi hogar —dice simplemente sin despegar los ojos de mí en ningún momento.

Nos miramos, sin vergüenza, sin prisas, y percibo que Ky sabe cosas. No estoy segura de qué, de si tienen relación conmigo o no…

No dice nada más. Me mira con sus ojos inconstantes, unos ojos que me parecieron marrones pero que, en cambio, son azules como el cielo, y yo le sostengo la mirada. Creo que nos hemos mirado más en los dos últimos dos días que en todos los años que hace que nos conocemos.

La voz femenina que anuncia los trenes rompe el silencio: «El tren aéreo está a punto de hacer su entrada».

Ninguno de los dos habla cuando subimos juntos las escaleras metálicas que conducen al andén, echando una carrera a las nubes distantes. Por el momento, las vencemos y llegamos arriba cuando el tren aéreo se detiene delante de nosotros. Subimos juntos y nos unimos a grupos de personas vestidas con ropa de diario azul y a unos cuantos funcionarios desperdigados.

No hay dos asientos juntos. Yo encuentro uno primero y Ky se sienta enfrente. Se encorva y apoya los codos en las rodillas. Un trabajador le saluda y él contesta. El tren va lleno y pasan personas entre nosotros, pero puedo observarlo de vez en cuando por los huecos que dejan. Y en ese momento se me ocurre que esta puede ser otra razón por la que voy a ver a mi padre hoy; no solo para destruir el papel, sino para ir con Ky en tren.

Llegamos primero a su parada, y él se apea sin mirar atrás.

Desde el andén elevado del tren aéreo, los escombros de la vieja biblioteca parecen cubiertos de gigantescas arañas negras. Los tubos de los inmensos incineradores negros se extienden como patas por encima de los ladrillos y se introducen en el sótano de la biblioteca. El resto del edificio ha sido demolido.

Bajo las escaleras y me dirijo a la biblioteca. Aquí estoy fuera de lugar, pero no tengo prohibido el acceso. Aun así, sería mejor que nadie me viera todavía. Me acerco despacio hasta poder mirar en el socavón. Los trabajadores, la mayoría vestidos con ropa de diario azul, aspiran montones de papeles con los tubos de incineración. Mi padre nos ha explicado que, justo cuando creían haberlo revisado todo, encontraron cajas de acero llenas de libros enterradas en el só-tano. Como si alguien intentara esconder y conservar los libros para la posteridad. Mi padre y otros restauradores especialistas han revi-sado las cajas y no han encontrado nada especial, de modo que van a incinerarlo todo.

Un funcionario va vestido de blanco. Mi padre. Como todos los trabajadores llevan cascos protectores, no le veo la cara, pero vuelve a andar con paso firme. Se mueve con determinación, está en su ele-mento, dando instrucciones a los trabajadores y señalándoles dónde quiere que dirijan los tubos de incineración.

A veces se me olvida que mi padre es funcionario. Rara vez lo veo de servicio con el uniforme que se pone cuando llega al trabajo. Ver-lo vestido de blanco me consuela (no lo han degradado después de anoche, al menos no todavía) y, a la vez, me crispa. Es extraño ver a las personas en sus distintas facetas.

Se me ocurre otra cosa: antes de cumplir setenta años y tener que jubilarse, el abuelo también fue funcionario. «Pero el caso de papá y el abuelo es distinto» me digo. Ninguno de los dos es, o fue, un alto funcionario en carteras como la del Ministerio de Emparejamientos o la del Ministerio de Seguridad. Esos funcionarios son los que desempeñan la mayoría de los cometidos oficiales, como obligar a cumplir las normas. Nosotros somos pensadores, no represores: aprendemos, no actuamos.

Lo hacemos casi siempre: mi bisabuela, también funcionaria, robó los poemas.

Mi padre mira al cielo, consciente de la tormenta que se avecina. La rapidez es importante, pero tienen que ser metódicos. «No podemos quemarlo todo sin más —suele decirme—. Los tubos son como los incineradores domésticos. Registran la cantidad y tipo de la materia que destruyen.» Quedan unos cuantos montones de libros y, mientras observo, los trabajadores van de uno a otro, obedeciendo órdenes. Es más rápido incinerar páginas sueltas que libros enteros, de manera que los rompen abriéndolos por el lomo, preparándolos para los tubos.

Mi padre vuelve a mirar al cielo e indica al resto de los trabajadores que se den prisa. Tengo que regresar al centro de segunda enseñanza, pero sigo observando.

No soy la única. Cuando alzo la vista, veo otra figura vestida de blanco asomada al socavón de arañas y libros. Un funcionario. Que también observa. Supervisa a mi padre.

Los trabajadores arrastran un tubo de incineración hasta un montón recién preparado. Los lomos de los libros están rotos: sus nervios son finos y delicados. Los trabajadores los empujan hacia el tubo: los pisan. Las páginas crujen bajo sus botas como la hojarasca. Esto me recuerda el otoño, cuando las brigadas de incineración se desplazan a nuestros distritos y nosotros arrojamos a los tubos paletadas de hojas muertas de arce. Mi madre siempre lamenta el derroche, porque la hojarasca puede servir de abono, igual que mi padre lamenta el desperdicio de papel que podría reciclarse cuando tiene que incinerar una biblioteca. Pero, según los altos funcionarios, hay cosas que no merece la pena conservar. A veces, es más rápido y eficaz destruirlas.

Sale volando una página en un remolino de viento levantado por la inminente tormenta, se eleva hasta casi hallarse a la altura de mis pies mientras aguardo al borde de este pequeño desfiladero que antes fue una biblioteca. Se queda suspendida en el aire, tan cerca que casi veo las palabras escritas en ella. Luego, el viento cesa un momento y vuelve a caer.

Alzo la vista. Ninguno de los dos funcionarios me vigila. Ni mi padre ni su supervisor. Mi padre está absorto en los libros que destruye; el otro funcionario lo está en mi padre. Es la hora.

Me meto la mano en el bolsillo y saco el papel que me dio el abuelo. Lo suelto.

Danza un momento en el aire antes de caer. Otra ráfaga de viento casi lo salva, pero un trabajador lo ve y levanta el tubo para aspirar el papel del aire, para aspirar las palabras del cielo.

«Lo siento, abuelo.»

Me quedo observando hasta que todos los libros han sido engullidos por los tubos de incineración, hasta que todas las palabras han sido reducidas a polvo y cenizas.

Me he quedado demasiado tiempo en la biblioteca demolida y casi llego tarde a clase. Xander me espera junto a las puertas de entrada del centro de segunda enseñanza.

Empuja una y la mantienen abierta con el hombro.

—¿Va todo bien? —pregunta en voz baja cuando me detengo en el umbral.

—Hola, Xander —le dice alguien. Él asiente en su dirección, pero no deja de mirarme.

Por un momento, pienso que debería contárselo todo. No solo lo que ocurrió anoche con los funcionarios, que es lo que le preocupa, sino todo. Debería hablarle de la cara de Ky en el terminal. Y de Ky en el bosque, cuando vio el poema. Debería hablarle del poema y de cómo me he sentido al deshacerme de él. En cambio, asiento. No quiero hablar en este momento.

Xander cambia de tema y los ojos se le iluminan.

—Casi se me olvida. Tengo algo que decirte. Este sábado hay una actividad nueva.

—Ah, ¿sí? —pregunto agradecida de que lo entienda, de que no insista—. ¿Estrenan una proyección?

—No, mejor aún. Podemos replantar los parterres del centro de primera enseñanza y cenar al aire libre. Una especie de... ¿cómo se dice?... picnic. Y luego habrá helado.

El entusiasmo de su voz me arranca una sonrisa.

—Xander, eso es trabajo encubierto. Quieren mano de obra gratis y nos sobornan con helado.

Me sonríe.

—Lo sé, pero va bien tomarse un descanso. Así estaré fresco la próxima vez que juegue. A ti también te apetece, ¿verdad? Sé que las plazas se llenan enseguida y ya te he apuntado, por si te apetecía.

Me molesta un poco que lo haya hecho sin consultarme, pero el enfado se me pasa casi al instante cuando percibo cierto azoramiento en su sonrisa. Sabe que ha cruzado una línea: jamás habría hecho nada semejante antes de ser mi pareja. Y el hecho de que le preocupe lo arregla todo. Además, aunque sea trabajo encubierto, yo me habría apuntado sin pensármelo. Xander lo sabe. Me conoce y cuida de mí.

—Me parece bien —digo—. Gracias. —Xander suelta la puerta y entramos juntos en el vestíbulo. En un rincón de mi mente, me pregunto qué hará Ky esa tarde. En el trabajo no te informan de las actividades nuevas. Para cuando llegue a casa y se entere, es probable que las plazas ya estén llenas por tratarse de una actividad nueva y por el helado. No obstante, podríamos apuntarlo nosotros. Yo podría ir a uno de los terminales de la escuela y…

Ya no hay tiempo. El timbre suena por los altavoces del vestíbulo.

Xander y yo cruzamos la puerta del aula, nos sentamos en nuestros pupitres y sacamos nuestros lectores y calígrafos. Piper suele sentarse a nuestro lado en ciencias aplicadas, pero no la veo.

—¿Dónde está Piper?

—Quería decírtelo. Hoy le han asignado su puesto de trabajo definitivo.

—Ah, ¿sí? ¿Cuál es?

Pero el timbre vuelve a sonar y tengo que mirar al frente y esperar a que termine la clase para enterarme. ¡Piper ya tiene profesión! Unas cuantas personas la obtienen enseguida, como Ky, pero al resto nos las asignan después de que cumplamos diecisiete años. Nos van colocando uno a uno hasta que todos nos hemos ido y ya no queda nadie en nuestro curso.

Espero que tarden mucho en colocar a Xander y a Em. Esto no sería lo mismo sin ellos, sobre todo sin Xander. Lo miro. Observa a la instructora como si fuera lo único que quisiera hacer en el mundo. Teclea en el calígrafo; mueve un pie con impaciencia, siempre dispuesto a saber más. Cuesta seguirle el ritmo: es muy listo, y aprende con mucha rapidez. ¿Y si le asignan una profesión enseguida y me deja atrás?

Todo está sucediendo muy deprisa. Llegar a los diecisiete me ha parecido como andar paso a paso por un camino en el que veía cada guijarro, reparaba en cada hoja y me sentía gratamente aburrida y expectante al mismo tiempo. Ahora, me parece estar corriendo por ese camino a toda velocidad y respirando con dificultad. Me parece que la fecha de mi contrato matrimonial está a la vuelta de la esquina. ¿Volverán alguna vez las cosas a transcurrir con más lentitud?

Dejo de mirar a Xander. «Aunque le asignen antes una profesión, Xander y yo continuamos estando emparejados», me recuerdo. No va a dejarme atrás. No sabe que vi la cara de Ky en la pantalla ese día.

Si se lo contara, ¿lo entendería? Creo que sí. No creo que eso pusiera en peligro nuestra relación de pareja, ni nuestra amistad. De cualquier modo, no quiero arriesgarme a perder ni una cosa ni la otra.

Vuelvo a mirar a la instructora. La ventana que tiene detrás está oscura; el cielo, repleto de nubarrones bajos. ¿Qué aspecto tendrán desde la cima de la Loma? ¿Es posible subir lo bastante alto como para estar por encima de las nubes y contemplar la lluvia desde un lugar soleado?

Sin pretenderlo, imagino a Ky en la colina, con el rostro vuelto hacia el calor. Cierro un momento los ojos e imagino que estoy allí con él.

La tormenta por fin se desata en mitad de clase. Imagino la lluvia en el espacio verde donde hablé con la funcionaria, rebosando por la taza de la fuente y aporreando el banco donde estuve sentada. Imagino el ruido de las gotas cuando golpean el metal y caen a la hierba y la tierra. Fuera, parece de noche. El agua se estrella contra el tejado y corre por los canalones. La única ventana de nuestra aula tiene una cortina de lluvia y parece que un mar nos haya inundado.

De pronto, recuerdo un verso del otro poema, el de Tennyson: «Pues aunque el flujo lejos me arrastre mar adentro».

Si hubiera guardado los poemas del abuelo, el flujo me arrastraría mar adentro y no habría vuelta atrás. He hecho lo que debía; he hecho lo correcto. Pero es como si la lluvia también cayera sobre mí, llevándose mi alivio y dejando solo arrepentimiento: los poemas ya no están y no podré recuperarlos jamás.

Capítulo 12

Esta tarde en el trabajo tenemos una clasificación interesante, para variar. Incluso Norah se anima mientras me la describe sentada a su mesa.

—Hay que clasificar distintos rasgos físicos para confeccionar una lista de posibles parejas —dice—. Color de ojos. Color de pelo. Estatura y peso.

—¿Va a utilizar el Ministerio de Emparejamientos nuestras clasificaciones? —pregunto.

Ella se ríe.

—Por supuesto que no. Es una práctica. Es para determinar si detectas similitudes en los datos de los candidatos que los funcionarios ya han visto.

Por supuesto.

—Hay otra cosa —añade Norah. Baja la voz, no porque sea un secreto, sino porque no quiere distraer al resto de los clasificadores—. Los funcionarios me han dicho que van a hacerte tu próximo examen personalmente.

Es una buena señal. Significa que quieren comprobar por sí mismos si soy capaz de trabajar bajo presión. Significa que pueden estar considerándome para una de las profesiones más interesantes relacionadas con la clasificación.

—¿Sabes cuándo es?

Se nota que lo sabe, pero no puede decírmelo.

—Pronto —responde de forma imprecisa, y luego me obsequia con una de sus excepcionales sonrisas. Se concentra en su pantalla y yo me retiro a mi puesto para empezar.

«Esto es bueno», pienso. Quizá me asignen una buena profesión si logro impresionar a los funcionarios. Todo vuelve a ir bien. No pensaré en el abuelo, la muestra de tejido extraviada o los poemas quemados, ni en mi padre y los funcionarios que lo cachearon. Ni en que Ky no tendrá nunca pareja ni trabajará en ningún lugar aparte de una planta de reciclaje de envases alimentarios. No pensaré en nada de eso. Es hora de que deje la mente en blanco y clasifique.

Cuando clasificas colores de ojos, te llama bastante la atención lo limitadas que son las posibilidades: un número finito y reducido de opciones. Azul, castaño, verde, gris, avellana: estos son todos los colores de ojos posibles, incluso con una alta representación de etnias en la población. Hace mucho tiempo había mutaciones genéticas, los albinos por ejemplo, pero ahora ya no se producen. El color del pelo es igual de limitado: negro, castaño, rubio, rojo.

Tan pocas opciones y, no obstante, un número ilimitado de variaciones. Por ejemplo, muchos chicos de esta base de datos tienen los ojos azules y el pelo oscuro como Ky, pero estoy segurísima de que ninguno es igual que él. E incluso si lo fuera, si uno de esos chicos fuera idéntico a él o Ky tuviera un hermano gemelo, nadie más poseería la combinación de movimiento y contención, de franqueza y misterio, que posee Ky. Su cara no deja de aparecérseme mentalmente, pero sé que no se debe ya al error de la Sociedad, sino a mí. Soy yo la que no deja de pensar en él cuando debería estar pensando en Xander.

A mi lado, la diminuta impresora emite un pitido y yo me sobresalto.

He cometido un error y no he advertido mi fallo en un margen de tiempo aceptable. Cojo el papelito enrollado que ha escupido la impresora. «ERROR EN LA LÍNEA 3.568.» Rara vez cometo errores, de manera que este suscitará interés. Regreso a la línea del error y lo corrijo. Si esto sucede la semana próxima mientras los funcionarios observan…

No sucederá. No dejaré que pase. Pero, antes de volver a enfrascarme en las clasificaciones, me permito por un instante pensar en los ojos de Ky, y en su mano posada en mi brazo.

—Alguien ha comentado que ha visto una chica de tu edad en la biblioteca derruida —dice mi padre. Ha venido a buscarme a la parada del tren aéreo, algo que hace de vez en cuando con Bram o conmigo para pasar un rato a solas con nosotros antes de regresar a casa—. ¿Eras tú?

Afirmo con la cabeza.

—Han cancelado la excursión por la lluvia y se me ha ocurrido pasar a verte antes de clase, ya que esta mañana no nos hemos visto. Pero tú estabas ocupado y yo no tenía mucho tiempo. Siento no haber podido quedarme.

—Vuelve otro día, si quieres —dice—. La próxima semana estaré en el despacho. Está mucho más cerca.

—Lo sé. A lo mejor lo hago. —Mis respuestas son algo distantes y espero que no note que sigo un poco enfadada con él por haber extraviado la muestra. Sé que es irracional y que él se siente fatal, pero sigo disgustada. Echo de menos a mi abuelo. Me aferraba a ese tubo de ensayo con la esperanza de que un día pudiera regresar.

Mi padre se detiene y me mira.

—Cassia, ¿has ido a la biblioteca porque tienes algo que preguntarme o decirme?

Su rostro amable, tan parecido al del abuelo, parece preocupado. Tengo que decírselo.

—El abuelo me dio un papel —respondo, y mi padre palidece de inmediato—. Estaba dentro de mi polvera. Había palabras escritas…

—Chist —dice—. Espera.

Nos cruzamos con una pareja en la acera. Sonreímos, saludamos y dejamos que pasen. Cuando ya se han alejado, mi padre se detiene. Estamos delante de casa, pero sé que quiere zanjar la conversación en la calle, cosa que entiendo. Tengo algo que preguntarle y quiero la respuesta antes de entrar en el recibidor, donde el terminal nunca descansa. Me preocupa que no tengamos otra oportunidad de hablar sobre esto.

—¿Qué has hecho con él? —me pregunta.

—Lo he destruido. Hoy, en la biblioteca. Me ha parecido el sitio más seguro.

Me parece entrever cierta decepción en su rostro, pero luego asiente.

—Bien. Es mejor así. Sobre todo, en este momento.

Sé que se refiere a la visita de los funcionarios y, antes de poder contenerme, pregunto:

—¿Cómo pudiste perder la muestra?

Mi padre se tapa la cara con las manos, un gesto tan inesperado y angustiado que doy un paso atrás.

—No la perdí. —Respira hondo y yo no quiero que termine la frase, pero no encuentro las palabras para impedírselo—. La destruí ese día. Me hizo prometerle que lo haría. Quería morir a su manera.

La palabra «morir» me sobrecoge, pero mi padre no ha terminado.

—No quería que pudieran revivirlo. Quería decidir lo que le pasaba.

—Pero tú también podías decidir —susurro enfadada—. No estabas obligado a hacerlo. Y ahora el abuelo ya no está.

El abuelo ya no está. Ni tampoco el poema de Thomas. He hecho bien en destruirlo. ¿Qué creía el abuelo que haría con él? Mi familia no se rebela. Él no lo hizo, aparte del acto sin importancia de conservar el poema. Y no hay ningún motivo para rebelarse, con todo lo que la Sociedad nos ofrece. Una buena vida. La posibilidad de ser inmortales. Una posibilidad que solamente podemos arruinar nosotros. Como ha hecho mi padre, porque mi abuelo se lo pidió.

Mientras corro a casa con lágrimas en los ojos, una parte de mí ya comprende a mi padre y su decisión de cumplir el deseo del abuelo. ¿No es también lo que hago yo cada vez que rememoro las palabras del poema o intento ser fuerte sin necesidad de tomar la pastilla verde?

Es difícil saber cómo ser fuerte. ¿Ha sido una debilidad deshacerme del papel, verlo flotar hasta morir tan quedo, blanco y preñado de promesas como una semilla de álamo de Virginia? ¿Es una debilidad sentirme como me siento cuando pienso en Ky Markham? ¿Saber en qué lugar exacto de mi piel me tocó?

Lo que he estado sintiendo por Ky, sea lo que sea, debe cesar. Mi pareja es Xander. No importa que Ky haya estado en lugares que yo desconozco ni que llorara durante la proyección cuando creía que nadie lo veía. No importa que sepa que en el bosque leí palabras hermosas. Atenerme a las normas, protegerme. Esa es mi forma de ser fuerte.

Intentaré olvidar que Ky dijo «mi hogar» cuando me miró a los ojos.

Capítulo 13

—Cassia Reyes —digo mientras enseño mi tarjeta digital. La empleada registra el número de mi bandeja en su terminal portátil y me la da.

El terminal portátil vuelve a emitir un pitido cuando Xander coge su bandeja y se detiene a mi lado.

—¿Has visto a Em por alguna parte? ¿O a Piper o a Ky? —pregunta.

El patio del centro de primera enseñanza está cubierto de mantas. Un picnic en toda regla: comemos al aire libre, en la hierba. Los empleados van de acá para allá, intentando poner las bandejas correctas en las manos correctas. Es un poco complicado y comprendo por qué no se hace muy a menudo. Es mucho más fácil enviar la comida a las casas, escuelas y lugares de trabajo.

—Creo que Piper y Ky no se han apuntado —respondo—. Por el trabajo.

Alguien nos hace señas desde una manta extendida en mitad del patio.

—Ahí está Em —digo a Xander señalándola, y juntos pasamos entre las mantas y vamos saludando a nuestros compañeros de clase y amigos. Todo el mundo está de buen humor por la novedad de la situación. Miro al suelo, intentando no pisar la manta ni la cena de nadie, y choco con Xander, que se ha detenido. Se da la vuelta y me sonríe.

—Casi me tiras la cena al suelo —dice, y yo le sigo la broma dándole un pequeño empujón. Él se deja caer en la manta junto a Em y se inclina sobre su bandeja para ver qué contiene—. ¿Qué nos han puesto?

—Un guiso de carne y verduras —responde Em haciendo un puchero.

—Pensad en el helado —digo.

Casi he terminado de cenar cuando alguien llama a Xander desde el otro extremo del patio.

—Enseguida vuelvo —nos dice antes de levantarse y alejarse. Sigo su avance entre la multitud; la gente se vuelve para verlo pasar, lo llaman.

Em se inclina hacia mí y me dice:

—Creo que no estoy bien. Me he tomado la pastilla verde esta mañana. Tenía intención de guardarla para este fin de semana. Ya sabes.

Estoy a punto de preguntarle a qué se refiere cuando, de repente, me siento la peor amiga del mundo; ¿cómo se me ha podido olvidar su banquete? Em quería guardar la pastilla verde para esa noche, porque se está poniendo nerviosa.

—Oh, Em —digo abrazándola.

Últimamente nos hemos distanciado, pero no porque hayamos querido. Esto sucede conforme se acerca el momento de que nos asignen un trabajo y una profesión. Pero la echo de menos. Sobre todo en tardes como esta. Tardes de estío, en las que recuerdo cómo era tener menos años y más tiempo. En las que Em y yo solíamos pasar juntas muchas de nuestras horas lúdicas. Teníamos más, por aquel entonces.

—Será una noche maravillosa —añado—. Te lo prometo. Todo es precioso. Es justo como nos dicen que será.

—¿De verdad? —pregunta.

—Por supuesto. ¿Qué vestido has elegido? —Los vestidos se rediseñan cada tres años, de modo que Em ha elegido entre los mismos que yo.

—Uno de los amarillos. El número catorce. ¿Lo recuerdas?

Han pasado muchas cosas desde que estuve en el Ministerio de Emparejamientos y elegí mi vestido.

—Creo que no —respondo, intentando acordarme.

La voz de Em se anima mientras me describe el vestido.

—Es de un color amarillo muy pálido y tiene las mangas japonesas...

Lo recuerdo.

—Oh, Em. Me encantó ese vestido. Estarás guapísima. —Y lo estará. El amarillo es el color ideal para Em; le quedará precioso con su piel crema, sus cabellos negros y sus ojos oscuros. Parecerá un sol radiante de primavera.

—Estoy nerviosísima.

—Lo sé. Es difícil no estarlo.

—Todo es distinto ahora que te han emparejado con Xander —me dice—. He estado preguntándome... ya sabes.

—Pero mi emparejamiento con Xander no aumenta las probabilidades...

—Lo sé. Todos lo sabemos. Pero ahora no podemos evitar preguntárnoslo. —Mira su bandeja de papel de aluminio, su cena casi intacta.

Suena un timbre en los altavoces y todos comenzamos a recoger nuestras cosas de forma automática. Hora de trabajar. Em suspira y se levanta. La preocupación aún le arruga las facciones y yo recuerdo cómo me sentí mientras esperaba a que apareciera mi pareja.

—Em —digo de forma impulsiva—, tengo una polvera que puedo prestarte si quieres para tu banquete. Es dorada. Quedaría perfecta con tu vestido. Mañana por la mañana te la traigo.

A Em se le agrandan los ojos.

—¿Tienes una reliquia? ¿Y me la prestas a mí?

—Por supuesto. Eres una de mis mejores amigas.

Hay neorrosas rojas en macetas negras de plástico esperando a que las plantemos delante del centro de primera enseñanza. Los centros de primera enseñanza siempre inspiran alegría. Los recuerdo por dentro, con las paredes amarillas, las baldosas verdes y las puertas azules. En ellos es fácil sentirse protegido. Siempre me sentí así cuando era pequeña. «Ahora también me siento protegida —me digo—. Los poemas ya no existen. Los problemas de mi padre han terminado. Me siento protegida aquí, y en cualquier otro sitio.»

Excepto, quizá, en la colina donde, pese a mi decisión de protegerme, a menudo me descubro mirando a Ky, haciéndome preguntas. Deseando volver a hablar con él, pero no atreviéndome a correr el riesgo de decirle nada aparte de cosas corrientes, las cosas que siempre decimos.

Me vuelvo y busco a Ky, pero no lo veo.

—¿Qué clase de flores son estas? —pregunta Xander mientras cavamos. La densa y negra tierra se desmenuza en terrones cuando la levantamos.

—Neorrosas —respondo—. Es probable que tengas algunas en tu patio. Nosotros tenemos en el nuestro.

No le digo que no son las preferidas de mi madre. En su opinión, las neorrosas que crecen en todos los jardines y espacios públicos de la ciudad están demasiado hibridadas, demasiado alejadas de la planta original. Las protorrosas requerían muchos cuidados: cada flor era un triunfo. Pero estas son resistentes, vistosas. Están hechas para durar. «En los territorios agrarios no tenemos neorrosas —dice mi madre—. Tenemos otras flores, flores silvestres.»

Cuando era pequeña, solía explicarme cuentos sobre flores que crecían en los territorios agrarios. Los cuentos no tenían argumento; ni tan solo eran cuentos, sino más bien descripciones, pero eran bonitos y me ayudaban a conciliar el sueño.

Pendientes de la reina —decía mi madre en voz baja despacio—. Fucsias. Les gustan la sombra y el agua. Y son de un rosa muy vivo. Parecen pendientes.

—¿Quién fue la última reina? —preguntaba yo adormecida.

—No me acuerdo. Creo que sale en una de las Cien Lecciones de Historia. Pero, chist. Lo importante no es eso. Lo importante es que parecen pendientes. Y hay tantas que es imposible contarlas, pero aun así lo intentas…

Xander me pasa una neorrosa y yo la saco de su maceta y la coloco en la tierra. Las fuertes raíces fibrosas han crecido alrededor de la pared de la maceta debido a la falta de espacio. Las desenrollo. Mirar la tierra me hace pensar en la excursión y en el barro que se me adhirió a las botas. Y pensar en la excursión me hace pensar en Ky. Otra vez.

¿Dónde estará? Mientras Xander y yo plantamos flores y charlamos, me lo imagino trabajando cuando el resto de nosotros jugamos, o escuchando música ambiental en un auditorio semivacío. Lo imagino caminando entre el gentío del centro recreativo y jugando una partida que probablemente perderá. Lo imagino sentado en el cine viendo una proyección, con lágrimas en los ojos. «No.» Aparto las imágenes de mi mente. No voy a hacerlo más. He hecho mi elección.

«Para empezar, nunca he tenido elección.»

Xander sabe que no le estoy escuchando con la debida atención. Mira a su alrededor para asegurarse de que nadie nos oye y me pregunta en voz baja:

—Cassia, ¿aún estás preocupada por tu padre?

Mi padre.

—No lo sé —respondo. Es la verdad. En este momento, no sé qué pensar de él. Mi enfado ya está dando paso, contra mi voluntad, a una mayor comprensión y empatía. Si el abuelo me hubiera mirado a mí con sus ojos apasionados y me hubiera pedido que le hiciera un último favor, ¿habría sido capaz de negarme?

La tarde transcurre despacio y el cielo se va oscureciendo de forma gradual. Queda un resquicio de luz cuando el timbre vuelve a sonar y nos levantamos para contemplar nuestra obra. Una suave brisa sopla próxima al suelo y los macizos de flores rojas se ondulan en la oscuridad.

—Ojalá pudiéramos hacer esto todos los sábados —digo. Tengo la sensación de haber creado algo hermoso. Mis manos están manchadas de rojo debido a los pétalos que he machacado; y me huelen a tierra y a neorrosas, un penetrante olor a flor que me gusta aunque mi madre diga que el perfume de las protorrosas era más sutil, más delicado. ¿Qué tiene de malo ser duradero? ¿Qué tiene de malo algo, o alguien, que persiste?

Mientras contemplo mi obra, me percato de que lo único que ha hecho siempre mi familia en vida es clasificar. Nunca crear. Mi padre clasifica reliquias antiguas como hizo el abuelo; mi bisabuela clasificaba poemas. Mis abuelos agricultores siembran y cosechan, pero todo lo que cultivan ha sido determinado por los funcionarios. Como lo que mi madre cultiva en el arboreto.

Como hemos hecho aquí.

De manera que, al final, no he creado nada. He hecho lo que me han ordenado, he seguido las reglas y ha sucedido algo hermoso. Justo como han prometido los funcionarios.

—Ahí está el helado —dice Xander. Los empleados han empujado los carritos de helados hasta la acera más próxima a los parterres. Xander nos coge de la mano a Em y a mí y nos arrastra a la cola más próxima.

Los empleados tardan mucho menos tiempo en repartir los vasos de papel de aluminio del que les ha llevado distribuir la cena, porque el helado es el mismo para todos. Nuestras raciones contienen nuestras vitaminas y suplementos especializados, por lo que deben entregarse a la persona en cuestión. El helado es un alimento sin ningún valor nutricional.

Alguien llama a Em y ella va a sentarse a su manta. Xander y yo encontramos un lugar un poco apartado del resto de la gente. Nos apoyamos en las robustas paredes de cemento de la escuela y estiramos las piernas. Xander las tiene largas y lleva los zapatos desgastados. Pronto necesitará un par nuevo.

Hinca la cuchara en el helado blanco y suspira.

—Plantaría hectáreas por esto.

Estoy de acuerdo. Frío, dulce y maravilloso, el helado me resbala por la lengua y me baja por la garganta hasta el estómago, donde juro que sigo notándolo mucho después de que se derrita. Los dedos me huelen a tierra, los labios me saben a azúcar y estoy tan despierta en este momento que no sé si esta noche podré dormir.

Xander me ofrece su última cucharada de helado.

—No, para ti —digo, pero él insiste. Está sonriente y me parece descortés apartarle la mano.

Cojo su cuchara y me meto el último trozo de helado en la boca. Es una de esas cosas que nunca podríamos hacer en una cena normal, compartir la comida, pero esta noche está permitido hacerlo. Los funcionarios que se pasean supervisándonos ni tan siquiera se inmutan.

—Gracias —digo y, después, de forma inexplicable, su acto de bondad casi me hace llorar, de manera que me pongo a bromear para evitarlo—. Hemos compartido cuchara. Es casi como si nos hubiéramos besado.

Xander pone los ojos en blanco.

—Si piensas eso, es que no te han besado nunca.

—Claro que me han besado. —Al fin y al cabo, somos adolescentes. Mientras no estamos emparejados, todos nos enamoramos, coqueteamos y nos besamos en juegos. Pero eso es todo lo que son, juegos, porque sabemos que un día estaremos emparejados. O que nos quedaremos solteros y los juegos no cesarán nunca.

—¿Había algo en las instrucciones sobre besarse? ¿Algo que deba recordar? —le pregunto, provocándolo.

Antes de responderme, Xander se acerca un poco más a mí y me mira con picardía.

—No hay normas sobre besarse, Cassia. Estamos emparejados.

He visto su cara muchas veces, pero nunca así. Nunca en la penumbra, nunca con un nudo en el estómago y el corazón en un puño. Miro a mi alrededor, pero nadie nos observa e, incluso si alguien lo hiciera, lo único que vería son dos figuras envueltas en sombras sentadas una junta a la otra mientras cae la noche.

De manera que también me acerco más a él.

Y, por si necesitara más confirmación de que la Sociedad sabe lo que hace, de que esta es mi pareja ideal, el sabor del beso de Xander me habría convencido. La sensación es agradable, más dulce de lo que esperaba.

Suena el timbre en el patio cuando Xander y yo nos separamos sin dejar de mirarnos.

—Aún nos queda una hora lúdica —dice consultando el reloj, la expresión franca y desenvuelta.

—Ojalá pudiéramos quedarnos —digo sinceramente. Aquí noto el aire cálido en la cara. Es aire de verdad, no aire refrigerado ni calentado para mi comodidad. Y el beso de Xander, mi primer beso de verdad, me lleva a apretar los labios, a intentar paladearlo de nuevo.

—No nos dejarán —arguye, y veo que tiene razón. Ya están recogiendo los vasos y diciéndonos que terminemos de pasar nuestras horas lúdicas en otra parte porque aquí está oscureciendo.

Em se separa de su otro grupo de amigos y se acerca a nosotros con paso airoso.

—Van a ver el final de la proyección —dice—, pero a mí me aburre. ¿Qué vais a hacer vosotros? —Nada más preguntarlo, abre los ojos un poco más de lo habitual, tras recordar que Xander y yo somos pareja. Lo había olvidado por un momento, y ahora le preocupa estar de más.

Pero la voz de Xander es cálida, relajada y cordial.

—No hay tiempo para una partida —observa—. Hay un auditorio cerca, a una parada de aquí. ¿Vamos?

Em parece aliviada y me mira para asegurarse de que no me importa. Le sonrío. Claro que no me importa. Ella continúa siendo amiga nuestra.

Mientras nos dirigimos a la parada del tren aéreo, pienso en que hubo una época en que éramos unos cuantos más. Entonces asignaron un trabajo a Ky y ahora se lo han asignado a Piper. No sé dónde ha ido Sera esta noche. Em está aquí, pero llegará un momento en el que también ella se irá, en el que solo estaremos Xander y yo.

Hacía mucho tiempo, meses, que no estaba en un auditorio. Para mi sorpresa, está lleno a rebosar de personas vestidas de azul. De trabajadores, jóvenes y viejos, que han terminado el último turno. Supongo que esto es frecuente; con el poco tiempo que les queda, ¿dónde podrían ir si no? Deben de pasarse por aquí antes de regresar a casa. Para mi sorpresa, veo que algunos duermen con la cabeza echada hacia atrás, cansados. A nadie parece importarle. Algunos incluso conversan.

Ky está aquí.

Lo encuentro casi de inmediato en este mar azul, casi antes de saber que lo estaba buscando. Ky también nos ve. Nos saluda, pero no se levanta.

Nos sentamos en los asientos más próximos, Em, Xander y yo. Em pregunta a Xander por su experiencia en su banquete, buscando una vez más reafirmarse, y él comienza a explicarle una anécdota divertida sobre sus dificultades para ponerse los gemelos y anudarse la corbata. Intento no estar pendiente de Ky, pero, de algún modo, lo sigo viendo cuando se levanta y se acerca a nosotros. Sonrío ligeramente cuando se sienta a mi lado.

—No sabía que te gustara tanto la música.

—Vengo mucho —dice él—. Casi todos los trabajadores lo hacen, como estoy seguro que has podido observar.

—¿No te aburre? —La voz clara y aguda de la cantante sobrevuela por encima de nosotros—. Hemos oído las Cien Canciones un montón de veces.

—A veces son distintas —dice Ky.

—Ah, ¿sí?

—Son distintas cuando tú estás distinto.

No sé muy bien qué quiere decir, pero Xander me distrae tirándome del brazo con brusquedad.

—Em —susurra, y yo la miro. Está temblando, respirando con rapidez. Xander se levanta y le cambia el sitio, guiándola, protegiéndola con su cuerpo, para que esté al abrigo del grupo y no en un extremo.

Yo también me inclino, ayudando a ocultarla de forma instintiva, y Ky no tarda en arrimarse a mí, tapándola también. Es la segunda vez que nos tocamos y, aunque estoy preocupada por Em, no puedo evitar darme cuenta ni desear pegarme más a él, aunque aún sienta el beso de Xander en los labios.

Hemos rodeado y ocultado a Em casi por completo. Pase lo que pase, cuantas menos personas lo vean mejor. Por el bien de Em y por el nuestro. Alzo la vista. El funcionario del auditorio no se ha fijado todavía en nosotros. Hay mucha gente y la mayoría son trabajadores, que exigen más vigilancia que los estudiantes. Disponemos de poco tiempo.

—Voy a darte la pastilla verde —dice Xander a Em con dulzura—. Es un ataque de ansiedad. He visto personas en el centro médico que los tienen. Lo único que necesitan es tomarse la pastilla verde, pero están tan asustadas que se les olvida. —Pese a hablar con confianza, se muerde el labio. Parece preocupado por Em; no debería explicar tantas cosas de su trabajo a personas que no son del gremio.

—No puedes —susurro—. Se ha tomado una ya hoy. No ha tenido tiempo de conseguir otra. —No digo el resto. «Y tendrá problemas si se toma dos en un día.»

Xander y Ky se miran. Nunca he visto a Xander vacilar así: ¿no puede hacer algo? Yo sé que puede. Una vez, un niño de nuestra calle se cayó y sangró muchísimo. Xander supo qué hacer (ni siquiera se inmutó) hasta que los médicos llegaron y se lo llevaron al centro médico para curarlo.

Ky tampoco se mueve. «¿Cómo es posible? —pienso enfadada—. ¡Ayúdala!»

Pero él tiene los ojos clavados en Xander. Mueve los labios.

—La tuya —susurra mirándolo.

Por una fracción de segundo, Xander no lo entiende, pero justo después lo hace. Y también lo hago yo.

Sin embargo, aquí radica la diferencia entre nosotros. Una vez que sabe a qué se refiere Ky, Xander no vacila.

—Claro —susurra, y saca su pastillero. Ahora que sabe qué hacer, es rápido, preciso, es el Xander de siempre.

Introduce su pastilla verde en la boca de Em. Creo que ella no sabe qué ocurre; tiembla como una hoja, está asustadísima. Traga de forma refleja. Dudo que note ningún sabor cuando engulle la pastilla.

Casi de inmediato, el cuerpo se le relaja.

—Gracias —nos dice cerrando los ojos—. Lo siento. He estado demasiado preocupada por el banquete. Lo siento.

—Tranquila —susurro mirando a Xander y luego a Ky.

Entre los dos, lo han resuelto. Me extraña que Ky no haya dado su pastilla a Em, pero entonces recuerdo que es un aberrante. Y a los aberrantes no les permiten llevar pastillas.

«¿Lo sabe ahora Xander? ¿Acaba Ky de delatarse?»

Pero no creo que Xander lo haya deducido. ¿Por qué habría de hacerlo? Tiene tanto sentido que él dé su pastilla a Em como que lo haga Ky. Más incluso. Xander la conoce desde hace más tiempo. Se recuesta en su asiento y la observa mientras le toma el pulso, cogiéndole la delicada muñeca en una mano. Nos mira a Ky y a mí y afirma con la cabeza.

—Ya ha pasado todo —dice—. Se pondrá bien.

Rodeo a Em con el brazo, cierro los ojos y me concentro en escuchar la música. La canción que interpretaba la mujer ha terminado y ahora suena el himno de la Sociedad, retumbantes notas de contrabajo seguidas del coro que interpreta la última estrofa. Sus voces parecen triunfales; cantan como si fueran una sola persona. Como nosotros. Hemos formado un círculo alrededor de Em para protegerla de los ojos de los funcionarios: y ninguno dirá nada de la pastilla verde.

Me alegro de que todo se haya arreglado, de haber prometido a Em que le prestaré la polvera para su banquete. Porque ¿de qué sirve tener algo hermoso si no lo compartes?

Sería como tener un poema, un poema hermoso y apasionado que nadie más tiene y quemarlo.

Un momento después, abro los ojos y lanzo una mirada a Ky. Él no me mira, pero sé que sabe que lo estoy observando. La música es suave, lenta. Su pecho se hincha y se deshincha. Sus pestañas son negras, increíblemente largas, del mismo color que su pelo.

Ky tiene razón. Nunca volveré a escuchar esta canción de la misma forma que hoy.

Capítulo 14

A l día siguiente en el trabajo, todos advertimos la llegada de los funcionarios de inmediato. Como fichas de dominó que se derriban unas a otras, todas las cabezas se vuelven hacia la puerta del centro de clasificación. Los funcionarios vestidos de blanco están aquí por mí. Todos los saben y yo lo sé, de manera que no los espero. Separo la silla, me levanto y los miro a través de las divisiones que separan nuestros puestos.

Es hora de hacer el examen. Los funcionarios me indican que les siga con un gesto de la cabeza.

Yo les sigo, con el corazón desbocado pero con la cabeza bien alta, hasta un cuartito pintado de gris en el que hay una sola silla y varias mesitas.

Cuando me siento, Norah se asoma a la puerta. Parece un poco nerviosa, pero me sonríe para darme ánimos antes de dirigirse a los funcionarios.

—¿Necesitan algo?

—No, gracias —responde un funcionario de pelo cano que parece mucho mayor que sus dos compañeras—. Hemos traído todo lo que necesitamos.

Ninguno de los tres funcionarios dice nada mientras ponen todo en orden. El funcionario que ha hablado primero parece estar al mando. Sus compañeras son eficientes y experimentadas. Me colocan un identificador detrás de la oreja y otro por debajo del cuello de la camisa. No digo nada, ni siquiera cuando el gel que utilizan me produce escozor.

Las dos mujeres se retiran y el funcionario de más edad desliza una pantallita por la mesa hacia mí.

—¿Está preparada?

—Sí —respondo, confiando en que mi voz sea firme y clara. Pongo la espalda recta y me yergo para parecer un poco más alta. Si actúo como si no tuviera miedo, a lo mejor les convenzo. Aunque los identificadores que me han colocado puedan indicar lo contrario, debido a mi pulso acelerado.

—Puedes empezar.

La primera clasificación es numérica, sencilla, un precalentamiento. Son justos. Quieren que esté en plena forma antes de pasar a las clasificaciones difíciles.

Mientras clasifico los números de la pantalla, ordenando el caos y detectando series, mi pulso vuelve a su ritmo normal. Intento no pensar en muchas otras cosas: el recuerdo del beso de Xander, lo que ha hecho mi padre, la curiosidad por Ky, la preocupación por Em en el auditorio, confusión con respecto a mí, con respecto a qué estoy destinada a ser y a quién estoy destinada a amar. Me desprendo de todo como si fuera una niña con un puñado de globos en su primer día de escuela. Los globos se alejan flotando, brillantes, danzando en la brisa, pero yo no miro arriba ni intento recuperarlos. Solo cuando no me aferro a nada puedo ser la mejor, solo entonces puedo ser lo que esperan que sea.

—Muy bien, Cassia —dice el funcionario de más edad mientras introduce las puntuaciones en su terminal portátil—. Excelente. Gracias, Cassia.

Las funcionarias me quitan los identificadores. Me miran a los ojos y sonríen porque ahora nadie puede acusarlas de no ser imparciales. El examen ha terminado. Y parece que he aprobado, al menos.

—Ha sido un placer —dice el funcionario de pelo cano, dándome la mano por encima de la mesita. Yo me levanto y se la estrecho primero a él y luego a las dos funcionarias. ¿Notarán la corriente de energía que me corre por las venas?; por mi sangre corre adrenalina y también una sensación de alivio—. Has demostrado una capacidad excepcional para la clasificación.

—Gracias, señor.

Cuando se dirigen a la puerta, el funcionario se vuelve por última vez y dice:

—Tenemos los ojos puestos en ti, jovencita.

Cierra la puerta metálica al salir. Esta hace un ruido sordo, rotundo, un ruido terminante. Mientras escucho el vacío que lo sigue, de pronto entiendo por qué a Ky le gusta pasar desapercibido. Es una sensación extraña saber que los funcionarios me están observando con más atención. Es como si me hubiera quedado atrapada entre esa puerta y la jamba cuando se ha cerrado y ahora estuviera inmovilizada por el peso de su observación: una cosa concreta, real y pesada.

La noche del banquete de Em me acuesto temprano y me duermo enseguida. Esta noche me toca llevar los identificadores de sueños; solo espero que la información que reúnan muestre los patrones de sueño de una chica de diecisiete años completamente normal.

Pero, en mi sueño, vuelvo a estar clasificando para los funcionarios. La imagen de Em aparece en la pantalla y yo tengo que clasificarla para que sea emparejada. Mis manos se detienen. Mi cerebro se detiene.

—¿Algún problema? —pregunta el funcionario de pelo cano.

—No sé cómo clasificarla —respondo.

Él mira la cara de Em y sonríe.

—Ah. No te preocupes. Tiene tu polvera, ¿no?

—Sí.

—Llevará sus pastillas al banquete allí, como hiciste tú. Tú solo dile que se tome la pastilla roja y todo irá bien.

De pronto, estoy en el banquete, abriéndome paso a empujones entre chicas con vestidos, chicos con trajes y padres con ropa de diario. Les doy la vuelta, los empujo, hago lo que sea para verles la cara, porque todos van vestidos de amarillo y todo se entremezcla. No puedo clasificar. No veo.

Doy la vuelta a una chica.

«No es Em.»

Sin querer, tiro la bandeja llena de tarta que lleva un camarero al intentar alcanzar a una chica que camina con paso airoso. La bandeja cae al suelo y la tarta se hace pedazos, como la tierra al deprenderse de las raíces.

«No es Em.»

El gentío se dispersa y veo una chica vestida de amarillo sola, delante de una pantalla vacía.

«Em.»

Está a punto de llorar.

—¡Tranquila! —le grito abriéndome paso a empujones entre otro grupo de personas—. ¡Tómate la pastilla y todo irá bien!

A ella se le ilumina la mirada y saca mi polvera. Coge la pastilla verde y se la mete en la boca aprisa.

—¡No! —grito demasiado tarde—. ¡La...

A continuación, engulle la pastilla azul.

—... roja! —termino de decir, apartando el último grupo de personas que nos separa.

—No tengo —dice Em dándose la vuelta, colocándose de espaldas a la pantalla. Me enseña la polvera abierta, vacía. Hay tristeza en sus ojos—. No tengo ninguna pastilla roja.

—Puedes tomarte la mía —sugiero, con ganas de compartir, de ayudarla esta vez. No voy a quedarme sentada sin hacer nada. Saco mi pastillero, lo abro y le pongo la pastilla roja en la mano.

—Oh, gracias, Cassia —dice. Se la mete en la boca, y veo cómo se la traga.

En la sala, la gente ha dejado de pasearse. Todos nos miran, sobre todo a Em. ¿Qué efecto surtirá la pastilla roja? Ninguno de nosotros lo sabe, salvo yo. Sonrío. Sé que la salvará.

Detrás de Em, la pantalla se ilumina y muestra a su pareja, justo en el momento en que ella se desploma y cae muerta. La pesadez de su cuerpo al caer contrasta con la liviandad de sus ojos al cerrarse, del vestido al arrugarse en torno a ella, de sus manos al abrirse como las alas de un pajarillo.

Me despierto sudada y aterida de frío al mismo tiempo, y tardo un minuto en serenarme. Aunque los funcionarios se toman a risa que la pastilla roja provoque la muerte, los rumores persisten. Eso explica por qué he soñado que mataba a Em.

Que lo haya soñado no significa que sea cierto.

Los identificadores me pringan la piel y me gustaría no tener que llevarlos esta noche. Al menos, la pesadilla no es recurrente, así que no pueden acusarme de estar obsesionada con algo. Además, no creo que puedan determinar el contenido exacto de mis sueños. Solo que he soñado. Y que una adolescente tenga una pesadilla de vez en cuando no tiene nada de extraordinario. Nadie marcará estos datos cuando sean incorporados a mi archivo.

Pero el funcionario de pelo cano ha dicho que tenían los ojos puestos en mí.

Miro la oscuridad con un dolor en el pecho que me hace difícil respirar. Pero no pensar.

Desde el día de la cena final de mi abuelo el mes pasado, me he debatido entre el deseo de que nunca me hubiera dado aquel papel y la alegría de que lo hiciera. Porque ahora, al menos, tengo palabras para describir lo que siento que me está ocurriendo por dentro: la agonía de la luz.

Si no pudiera poner nombre a lo que me pasa, ¿sabría qué me pasa? ¿Lo sentiría siquiera?

Cojo la microficha que la funcionaria me dio en el espacio verde y voy al terminal de puntillas. Necesito ver la cara de Xander; necesito tranquilizarme y ver que todo está en orden.

Me detengo antes de llegar. Mi madre está delante del terminal hablando con alguien. ¿Quién querría comunicarse con ella a estas horas?

Mi padre me ve desde el salón, donde está sentado en el diván, esperando a que mi madre termine. Me hace señas para que me siente a su lado. Cuando lo hago, ve que llevo la microficha en la mano, sonríe y bromea como haría cualquier padre:

—¿No te basta con ver a Xander en clase? ¿También quieres verlo antes de dormirte?

Me rodea con el brazo y me abraza.

—Te entiendo; a mí me pasó lo mismo con tu madre. En esa época nos dejaban imprimir una fotografía desde el primer momento en vez de hacernos esperar hasta después de la primera cita.

—¿Qué pensaron tus padres de que mamá fuera de los territorios agrarios?

Mi padre se queda un momento callado.

—Bueno, lo cierto es que se preocuparon un poco. Nunca pensaron que me emparejarían con alguien que no fuera de ciudad, pero enseguida se alegraron. —Sonríe como siempre hace cuando habla de amor—. Les bastó con verla para cambiar de opinión. Tenías que haber visto a tu madre en esa época.

—¿Por qué os visteis en la ciudad y no en los territorios agrarios? —pregunto. Por lo general, el primer encuentro tiene lugar cerca de donde vive la chica y siempre está presente un funcionario del Ministerio de Emparejamientos para asegurarse de que todo va bien.

—Ella insistió en venir aunque el viaje en tren era largo. Quería ver la ciudad lo antes posible. Mis padres, el funcionario y yo fuimos a recibirla a la estación.

Se queda callado, y sé que está recordando el encuentro, cuando mi madre bajó del tren.

—¿Y? —Sé que parezco impaciente, pero tengo que recordarle que no ha regresado al pasado. Está aquí, en el presente, y yo necesito saber todo lo posible sobre la pareja que me engendró.

—Cuando bajó del tren, tu abuelo me dijo: «Aún tiene el sol en la cara». —Se queda callado y sonríe—. Y así era. Yo nunca había visto a nadie tan cálido y lleno de vida. Mis padres no volvieron a poner ninguna objeción. Creo que todos nos enamoramos de ella ese día.

Ninguno de los dos nos damos cuenta de que mi madre está en la puerta hasta que se aclara la garganta.

—Y yo de vosotros. —Parece triste y me pregunto si no estará pensando en el abuelo, en la abuela o en ambos. Ahora, ella y mi padre son las únicas personas que recuerdan ese día, salvo quizá el funcionario que supervisó el encuentro.

—¿Quién te ha llamado tan tarde? —pregunto.

—Era del trabajo —responde mi madre. Parece cansada. Se sienta al lado de mi padre y apoya la cabeza en su hombro mientras él la rodea con el brazo—. Mañana tengo que salir de viaje.

—¿Por qué?

Mi madre bosteza y los ojos azules se le agrandan. Su cara sigue acariciada por el sol de tanto trabajar al aire libre. Parece un poco mayor de lo habitual y, por primera vez, veo algunas canas entremezcladas con su espeso pelo rubio, algunas sombras en el sol.

—Es tarde, Cassia. Deberías estar durmiendo. Y yo también. Os lo contaré todo a tu hermano y a ti y por la mañana.

No protesto. Cierro la mano donde llevo la microficha y digo:

—Está bien. —Antes de marcharme, mi madre me da un beso de buenas noches.

En mi habitación, me pongo a escuchar a través de la pared. Me alarma un poco que mi madre se vaya en este momento. ¿Por qué ahora? ¿Adónde va? ¿Cuánto tiempo estará de viaje? Rara vez se ausenta por trabajo.

—¿Y bien? —dice mi padre en el salón. Intenta hablar en voz baja—. ¿Algún problema? No recuerdo la última vez que nos llamaron tan tarde.

—No sabría decirlo. Parece que pasa algo, pero no sé qué es. Nos han pedido a empleados de varios arboretos que vayamos a echar un vistazo a un cultivo del arboreto de la provincia de Grandia. —Su voz tiene el timbre cantarín que adquiere cuando es muy tarde y está muy cansada. Lo recuerdo de las noches en que me contaba aquellos cuentos sobre flores y me tranquilizo. Si ella no cree que algo va mal, debe de ir todo bien. Mi madre es una de las personas más inteligentes que conozco.

—¿Cuánto tiempo estarás fuera? —pregunta mi padre.

—Una semana, a lo sumo. ¿Crees que Cassia y Bram estarán bien? Es un viaje bastante largo.

—Lo entenderán. —Mi padre se queda callado—. Cassia aún está disgustada por lo de la muestra.

—Lo sé, y me preocupa. —Mi madre suspira, un sonido débil que, de algún modo, sigo oyendo a través de la pared. —No lo hiciste aposta. Espero que pronto lo entienda.

«Sí que lo hizo aposta —pienso. Y entonces me doy cuenta—: No lo sabe. Él no se lo ha dicho. Mi padre tiene un secreto con mi madre.»

Y me asalta un pensamiento horrible.

«Así que, al final, su relación no es perfecta.»

Nada más pensarlo, quiero borrarlo de mi mente. Si su relación no es perfecta, ¿qué probabilidades hay de que lo sea la mía?

A la mañana siguiente, otra tormenta azota las hojas de los arces y empapa las neorrosas. Estoy desayunando, otra vez gachas humeantes en el plato de papel de aluminio, cuando oigo que el terminal anuncia: «Cassia Reyes, tu actividad de ocio, excursionismo, se ha cancelado durante el día de hoy a causa del mal tiempo. Sé tan amable de presentarte en el centro de segunda enseñanza para hacer horas adicionales de estudio».

No hay excursión. Lo cual significa que no hay Ky.

Hace bochorno cuando me dirijo a la parada del tren aéreo. La lluvia se suma al agua del aire, atrapando la humedad. Mis cabellos cobrizos comienzan a enredarse y a encresparse, como hacen a veces con un tiempo así. Miro el cielo, pero solo veo una masa de nubes compacta.

Ninguno de mis amigos viaja en el tren aéreo que cojo; ni Em, ni Xander ni Ky. Probablemente, han cogido otros trenes o aún se están preparando, pero tengo una sensación de pérdida, de que falta algo. De que falta alguien.

Quizá sea yo.

Cuando llego a la escuela, subo a la biblioteca de investigación, donde hay varios terminales. Quiero informarme acerca de Dylan Thomas y Alfred Lord Tennyson y averiguar si alguno de sus poemas pasó la selección. No creo que ninguno lo hiciera, pero tengo que asegurarme.

Vacilo, con los dedos suspendidos sobre la pantalla del terminal. La manera más rápida de averiguarlo sería escribir sus nombres, pero mi búsqueda quedaría registrada y podrían descubrirme. Es mucho más seguro consultar las listas de poetas de la base de datos de los Cien Poemas. Si voy de poeta en poeta, parecerá un trabajo escolar más que una búsqueda específica.

Tardo mucho rato en mirar cada nombre, pero, por fin, llego a la «T». Encuentro un poema de Tennyson y quiero leerlo, pero no tengo tiempo. No hay ningún Thomas. Hay un Thoreau. Toco ese nombre; han conservado un poema suyo, «La luna». ¿Escribió algo más? Si lo hizo, ya no queda nada.

¿Por qué me dio mi abuelo esos poemas? ¿Quería que hallara algún significado en ellos? ¿Quiere que no «entre dócil»? ¿Y eso qué significa? ¿Debo enfrentarme a la autoridad? Más me valdría preguntarle si quiere que me suicide. Porque sería un suicidio. No me moriría de verdad, pero, si intentara infringir las normas, me arrebatarían todo lo que valoro. Una pareja. Mi propia familia. Una buena profesión. No tendría nada. No creo que el abuelo quisiera eso para mí.

No logro entenderlo. He pensado en ello hasta la saciedad y he dado mil vueltas a las palabras en mi cabeza. Ojalá pudiera volver a verlas escritas sobre papel y resolver el enigma. Por alguna razón, siento que todo sería distinto si las viera fuera de mí, no solo en mi cabeza.

No obstante, me he dado cuenta de una cosa. Aunque he hecho lo correcto —he quemado las palabras y he intentado olvidarlas—, no ha dado resultado. Las palabras se niegan a abandonarme.

Siento un gran alivio nada más ver a Em sentada en el comedor. Está resplandeciente y, cuando me ve, levanta el brazo para saludarme. Está claro que el banquete fue bien. No se dejó dominar por el pánico. Lo ha conseguido. No está muerta.

Hago rápidamente la cola y me siento a su lado.

—¿Y bien? —pregunto, aunque ya sé la respuesta—. ¿Cómo fue el banquete? —Su brillo baña a todas las personas del comedor. Todos los de la mesa sonreímos.

—Fue perfecto.

—Entonces, ¿no es Lon? —digo, haciendo un chiste malo. A Lon lo emparejaron hace unos meses.

Em se ríe.

—No. Se llama Dalen. Es de la provincia de Acadia. —Acadia es una de las provincias con más bosques. Está situada al este, a muchos kilómetros de las onduladas colinas y valles fluviales de Oria. En Acadia tienen piedra y mar. Cosas que aquí no abundan.

—Y… —Me acerco más a ella. También lo hacen los demás amigos que están sentados a la mesa. Todos estamos impacientes por conocer detalles del chico con el que Em se casará.

—Cuando se levantó, pensé: «No puede ser para mí». Es alto y me sonrió nada más verme. Ni siquiera parecía nervioso.

—¿Tan guapo es?

—Desde luego. —Em sonríe—. Y, gracias a Dios, no me dio la impresión de que se llevara un chasco conmigo.

—¿Cómo iba a llevarse un chasco contigo? —Hoy, Em brilla tanto con su ropa de diario marrón que imagino que anoche, con su vestido amarillo, era imposible no mirarla—. Así que es guapo. Pero ¿qué aspecto tiene? —Los celos apenas velados que percibo en mi voz me avergüenzan. Nadie se reunió a mi alrededor para averiguar cómo era Xander. No hubo misterio porque ya lo sabían todos.

Em tiene la amabilidad de pasar por alto mis celos.

—De hecho, se parece un poco a Xander… —comienza a decir, pero se interrumpe.

Sigo su mirada y veo a Xander a poca distancia de nosotros. Lleva su bandeja de comida y parece contrariado. ¿Ha percibido los celos de mi voz cuando Em ha descrito a su pareja?

¿Qué me pasa?

Intento disimular.

—Estábamos hablando de la pareja de Em. Se parece a ti.

Xander se recobra enseguida.

—Entonces es increíblemente guapo. —Se sienta a mi lado, pero no me mira. Me siento violenta. Es obvio que me ha oído.

—Por supuesto. —Em se ríe—. ¡No sé por qué estaba tan preocupada! —Se ruboriza un poco, recordando probablemente la noche del auditorio, y mira a Xander—. Todo ha salido perfecto, justo como tú dijiste.

—Ojalá aún se pudiera imprimir una foto desde el primer momento —digo—. Quiero ver cómo es.

Em describe a Dalen y nos cuenta cosas de él que ha leído en su microficha, pero yo estoy demasiado distraída para escucharla con atención. Me preocupa haber herido a Xander y quiero que me mire o me coja la mano, pero él no hace ninguna de las dos cosas.

Em me agarra por el brazo cuando salimos del comedor.

—Muchísimas gracias por prestarme tu polvera. Me ayudó tener algo en la mano, ¿sabes?

Asiento.

—Ky te la ha devuelto esta mañana, ¿no?

—¡No! —Se me cae el alma a los pies. ¿Dónde está mi polvera? ¿Por qué no la tiene Em?

—¿No? —Em palidece.

—No —repito—. ¿Por qué la tiene Ky?

—Lo vi en el tren aéreo después del banquete. Había salido tarde del trabajo. Quería que recuperaras la polvera lo antes posible. —Respira hondo—. Sabía que verías a Ky en la excursión antes de verme a mí aquí, y no podía llevártela directamente a casa porque quedaba poco para el toque de queda.

—La excursión de esta mañana se ha cancelado por el mal tiempo.

—Ah, ¿sí? —Las excursiones son la única actividad de ocio que es imposible realizar con mal tiempo. Incluso la natación puede practicarse en una piscina cubierta. Em parece descompuesta—. Debería haberlo pensado. Pero ¿por qué Ky no ha encontrado la forma de devolvértela? Sabía lo importante que era. Me aseguraré de decírselo.

Buena pregunta. Pero no quiero arruinarle su gran momento. No quiero que se preocupe.

—Estoy segura de que se la habrá dado a Aida para que ella se la dé a mis padres —digo intentando no parecer preocupada—. O me la dará él mismo en la excursión de mañana.

—No te preocupes —dice Xander mirándome a los ojos. Sus palabras salvan las pequeñas brechas que no dejan de abrirse entre nosotros—. Ky es de fiar.

Capítulo 15

Cuando voy a la parada del tren aéreo a la mañana siguiente, noto el ambiente despejado y menos cargado. La frescura de la noche ha logrado lo que no consiguió la lluvia de ayer: que el aire parezca limpio. Renovado. El sol que asoma entre los vestigios de nubes desafía a los pájaros a cantar, y ellos lo hacen. Me desafía a dejar entrar la luz, y lo hago. ¿Quién no enfurecería por la muerte de algo tan hermoso?

No soy la única que la siente. Antes de la excursión, Ky me encuentra a la cabeza del grupo justo cuando el instructor comienza a hablar. Me pone la polvera en la mano. Noto el roce de sus dedos y me parece que tarda una fracción de segundo más de lo necesario en separarlos de los míos.

Me meto la polvera en el bolsillo.

«¿Por qué aquí? —pienso todavía estremecida—. ¿Por qué no me la ha devuelto en casa?»

Me alegro de habérsela prestado a Em, pero también me alegro de haberla recuperado. La polvera es el único recuerdo que me queda de mis abuelos y prometo no volver a separarme de ella.

Pienso que Ky esperará a que entre en el bosque, pero no lo hace. Cuando el instructor toca el silbato, echa a andar sin volver la cabeza y, de inmediato, mi sensación de luminosidad y renovación se diluye un poco.

«Vuelves a tener la polvera —me recuerdo—. Has recuperado algo.»

Ky desaparece entre los árboles.

«Pero también has perdido algo.»

Tres minutos después, sola en el bosque, descubro que Ky no me ha devuelto la polvera, sino otra cosa. Me percato cuando la saco del bolsillo para asegurarme de que no le ha pasado nada. El objeto es similar, dorado, una cajita que se abre y se cierra, pero está claro que no es mi reliquia.

Dentro hay unas letras —N, E, S, O— y una flecha que no deja de girar y siempre termina apuntándome a mí.

No creía que los aberrantes pudieran tener acceso a reliquias, pero es obvio que Ky tiene una. ¿Me la ha dado a propósito o sin querer? ¿Debería intentar devolvérsela o esperar a que él me diga algo?

Hay demasiados secretos en este bosque. Me descubro sonriendo, de nuevo luminosa, abierta al sol.

—¡Señor! ¡Señor! Lon se ha caído. Creemos que se ha hecho daño.

El instructor maldice entre dientes y nos mira a Ky y a mí, que, aparte del chico que acaba de llegar, somos los únicos que nos encontramos en la cima de la colina.

—Quedaos aquí y registrad cuándo llega cada uno, ¿de acuerdo?
—Me da su terminal portátil y, antes de que yo pueda decir nada, se interna en el bosque con el chico.

Sopeso la posibilidad de decir a Ky que tenemos que intercambiar nuestras reliquias, pero, antes de hacerlo, algo me detiene. Por algún motivo, quiero quedarme con la misteriosa flecha que gira en su cajita dorada. Solo durante uno o dos días.

—¿Qué haces? —le pregunto. Está moviendo la mano, trazando curvas y líneas en la hierba que me resultan familiares.

Me mira con sus ojos azules.

—Escribo.

¡Claro! Por eso me resultan familiares las formas. Está escribiendo en una letra anticuada y curvada, como la de mi polvera. La he visto más veces, pero no sé reproducirla. Nadie sabe. Lo único que sabemos hacer es teclear. Podríamos intentar imitar las figuras, pero ¿con qué? No disponemos de ninguno de los antiguos utensilios para hacerlo.

Pero mientras observo a Ky, descubro que uno puede fabricarse sus propios utensilios.

—¿Cómo has aprendido a hacer eso? —No me atrevo a sentarme a su lado (podría salir alguien del bosque en cualquier momento y necesitar que lo registre en el terminal portátil), de modo que me acerco lo más que puedo. Ky hace una mueca y reparo en que estoy pisando sus palabras. Doy un paso atrás.

Ky sonríe, pero no responde; sigue escribiendo.

Esto es lo que nos diferencia. Yo vivo para clasificar. Él sabe crear. Puede escribir palabras siempre que quiera. Puede garabatearlas en la hierba, escribirlas en la arena, grabarlas en un árbol.

—Nadie sabe que lo sé hacer —dice—. Ahora yo sé un secreto tuyo y tú sabes uno mío.

—¿Solo uno? —pregunto pensando en la flecha giratoria de la cajita dorada.

Ky vuelve a sonreír.

Parte de la lluvia de anoche se ha acumulado en los grandes pétalos de las flores silvestres que crecen aquí. Me mojo el dedo e intento escribir en la tersa superficie verde de una hoja ancha. Me resulta extrañamente difícil. Mis manos están habituadas a teclear, no a trazar líneas y curvas con control. Hace años que no cojo un pincel, desde que fui al centro de primera enseñanza. Como el agua es transparente, no veo las letras, pero sé de todos modos que no están bien escritas.

Ky se moja el dedo en otro pétalo y escribe una reluciente «C» en la hoja. Traza la curva con soltura y elegancia.

—¿Me enseñarás? —pregunto.

—No debería.

—No deberíamos hacer nada de esto —le recuerdo. Oímos ruido entre la espesura. Alguien se acerca. Necesito que me prometa que me enseñará antes de que alguien llegue y la oportunidad pase—. No deberíamos saber poemas ni escribir ni… —me interrumpo. Vuelvo a preguntarle—: ¿Me enseñarás?

No responde.

Ya no estamos solos.

Varios chicos han llegado a la cima y, por los gritos que oigo en el bosque, el instructor y el grupo de Lon no andan muy lejos. Tengo que registrar los nombres en el terminal portátil, de manera que me alejo de Ky. Me vuelvo una sola vez hacia el lugar donde está sentado con los brazos cruzados, oteando el horizonte.

Lon va a salirse de esta. Cuando el instructor remedia el melodrama que acompaña a su lesión, descubre que solo tiene un ligero esguince de tobillo. Aun así, nos aconseja que nos tomemos el descenso con calma.

Quiero caminar junto a Ky, pero él se queda con el instructor y lo ayuda a bajar a Lon. Me pregunto por qué se ha molestado el instructor en cargar con Lon hasta la cima hasta que le oigo mascullar algo a Ky sobre «alcanzar el cupo para no tener problemas». Me sorprende, aunque sé que los instructores también deben responder ante alguien.

Bajo con una chica llamada Livy, la cual cada vez camina mejor y parece entusiasmada con todo. Habla sin cesar, pero yo solo pienso en la mano de Ky trazando la «C» de mi nombre y el corazón se me acelera.

Se nos ha hecho tarde; tengo que darme prisa para coger el tren de regreso a casa y Ky tiene que darse prisa para coger el suyo al trabajo. Ya he renunciado a volver a hablar hoy con él cuando alguien me roza al pasar. Al mismo tiempo, oigo una palabra tan queda que me pregunto si Ky no la habrá dicho en la cima de la colina y el viento me la acaba de traer.

La palabra es «sí».

Capítulo 16

La «C» ya empieza a salirme bastante bien. En la excursión de hoy, casi corro hasta la cima de la colina. Después de que el instructor registre mi tiempo, voy rápidamente a sentarme junto a Ky. Antes de que pueda decir nada, cojo un palo y dibujo una «C» en el barro.

—¿Y ahora qué? —pregunto, y él se ríe un poco.

—¿Sabes?, no me necesitas. Podrías aprender sola —dice—. Podrías mirar las letras de tu calígrafo o de tu lector.

—No son iguales —aduzco—. No se entrelazan como las tuyas. Ya he visto esa clase de letra, pero no sé cómo se llama.

—Cursiva —susurra él—. Cuesta más leerla, pero es bonita. Es una de las letras que se empleaban antiguamente.

—Esa es la que quiero aprender. —No quiero copiar los símbolos chatos y cuadrados de la letra que utilizamos ahora. Me gustan las curvas y los trazos largos que emplea Ky.

Ky lanza una mirada al instructor, que está mirando el bosque con fiereza, como si desafiara a otro estudiante a caerse y lesionarse hoy. No nos queda mucho tiempo antes de que lleguen los demás.

—¿Y ahora qué? —vuelvo a preguntar.

—«A» —responde Ky, enseñándome a escribir la «a» minúscula, con un rabito al principio y otro al final para ligarla a la letra que la precede y la que le sigue—. Porque es la segunda letra de tu nombre. —Coge el palo por encima de mi mano.

«Arriba, un redondel, abajo.»

Guiándome con suavidad, su mano se aprieta contra la mía en los trazos descendentes y alivia un poco la presión en los ascendentes. Me muerdo el labio, por la concentración; o quizá sea que no me atrevo a respirar hasta que la «a» esté terminada, lo cual sucede demasiado pronto.

La letra ha quedado perfecta. Respiro con cierto temblor. Quiero mirarlo, pero, en cambio, miro nuestras manos, una pegada a la otra. Con esta luz, las suyas no parecen tan rojas. Parecen bronceadas, fuertes. Resueltas.

Alguien se acerca entre los árboles y soltamos el palo a la vez.

Livy irrumpe en el claro. Nunca había llegado la tercera y está loca de alegría. Mientras charla con el instructor, Ky y yo nos levantamos y pisamos con disimulo lo que hemos escrito.

—¿Por qué estoy aprendiendo a escribir primero las letras de mi nombre?

—Porque, aunque eso sea lo único que aprendas a escribir, tendrás algo —responde bajando la cabeza para mirarme, para asegurarse de que sé lo que quiere decir, lo que está a punto de preguntarme—. ¿Hay algo más que te gustaría aprender a escribir?

Afirmo con la cabeza y, por el brillo de sus ojos, sé que sabe lo que pienso.

—Las palabras de aquel papel —susurra mirando a Livy y al instructor.

—Sí.

—¿Aún las recuerdas?

Vuelvo a asentir.

—Recítame un poco cada día —dice—, y yo lo recordaré por ti. Así lo sabremos dos personas.

Aunque nos queda poco tiempo antes de que Livy, el instructor y alguién más se acerque a hablar con nosotros, me quedo callada. Si revelo las palabras a Ky, entro en un terreno incluso más peligroso del que ya estaba. Esto lo pondrá en peligro. Y tendré que confiar en él.

¿Puedo hacerlo? Contemplo las vistas desde la cima. El cielo no tiene una respuesta para mí. Ni, por supuesto, la cúpula del ayuntamiento que se alza a lo lejos. Recuerdo haber pensado en los ángeles de las historias cuando iba a mi banquete. No veo ángeles, ni ninguno baja batiendo sus suaves alas algodonosas para susurrarme al oído. ¿Puedo confiar en este chico que escribe en la tierra?

En lo más profundo de mí —¿en mi corazón? ¿O quizá en mi alma, la parte semidivina de los humanos por la que se interesaban los ángeles?— pienso que puedo hacerlo.

Me acerco más a Ky. Nuestros ojos no se encuentran; ambos miramos al frente para asegurarnos de que nadie sospechará nada si se fija en nosotros. Es entonces cuando le susurro las palabras, con el corazón tan henchido que casi me estalla porque las estoy recitando de verdad en voz alta a otra persona.

—«No entres dócil en esa buena noche. Enfurécete, enfurécete por la muerte de la luz.»

Ky cierra los ojos.

Cuando vuelve a abrirlos, me pone un rugoso papel en la mano.

—Practica con esto —dice—. Y destrúyelo cuando termines.

Apenas soy capaz de esperar a que terminen las clases y mis horas de trabajo para ver lo que me ha dado Ky. Espero hasta hallarme en casa, cenando sola en la cocina porque hoy he trabajado más que de costumbre. Oigo a mi padre y a Bram jugando en el terminal del recibidor y me siento lo bastante segura como para meter la mano en el bolsillo y sacar el regalo de Ky.

«Una servilleta.» Mi primera reacción es de decepción. ¿Por qué esto? Es una servilleta normal y corriente como las que nos dan en los comedores del centro de segunda enseñanza, el arboreto o cualquier otro sitio. Marrón y pastosa. Manchada y usada. Tengo el impulso de incinerarla inmediatamente.

Pero, cuando la despliego, veo que hay palabras dentro. Palabras preciosas. Palabras escritas en cursiva. Eran bonitas en la verde cima de la colina con el rumor del viento entre los árboles y son bonitas aquí en mi cocina gris y azul con el suave murmullo del incinerador. Palabras oscuras, redondeadas, enroscadas, que se curvan en el papel marrón. Donde las ha tocado la humedad, están ligeramente corridas.

Y no hay solo palabras. Ky también ha hecho dibujos. La servilleta está repleta de líneas y significados. No es un cuadro, ni un poema, ni la letra de una canción, aunque mi mente clasificadora capta las similitudes con estas tres cosas. Pero no sé cómo clasificarlo. Nunca había visto nada igual.

Reparo en que ni siquiera sé qué se utiliza para reproducir signos como estos. Todas las palabras que practico están escritas en el aire o trazadas en la tierra. Antes había utensilios para escribir, pero no sé cuáles son. Incluso los pinceles de la escuela estaban atados a pantallas gráficas que borraban nuestros cuadros poco después de que los termináramos. De algún modo, Ky debe de conocer un secreto, más viejo que el abuelo, su madre y quienes les precedieron. El secreto de hacer. De crear.

«Dos vidas», ha escrito.

—Dos vidas —susurro. Las palabras flotan en la cocina, demasiado quedas para que el terminal las distinga entre el resto de los sonidos de la casa. Casi demasiado quedas para que los latidos de mi corazón, más acelerado ahora que cualquier día en el bosque o en la pista dual, me dejen oírlas.

Debería irme a mi habitación, a la relativa intimidad de ese espacio reducido que contiene mi cama, mi ventana. Mi armario con mis anodinas mudas de diario. Pero no puedo dejar de mirar la servilleta. Al principio, me cuesta entender el dibujo; pero enseguida me doy cuenta de que es él, Ky. Dibujado dos veces, una a cada lado del doblez de la servilleta. Lo revelan el ángulo de su mandíbula, la forma de sus ojos, su cuerpo enjuto y fuerte. Los espacios dejados en blanco. Sus manos y el vacío que sostienen, pese a estar ahuecadas, vueltas hacia el cielo, en ambos dibujos.

Ahí es donde terminan las similitudes entre los dos dibujos. En el primero, Ky mira algo en el cielo y parece más joven, su expresión es cándida. La figura parece creer que sus manos aún pueden llenarse. En el segundo, es mayor, su expresión es más desconfiada, y mira al suelo.

En la parte de abajo, ha escrito: «Cuál es el verdadero: ni yo pregunto ni ellos lo dicen».

«Dos vidas». Creo que lo comprendo: su vida anterior a su llegada y su vida posterior. Pero ¿a qué se refiere con el poema, canción o súplica del final?

—¿Cassia? —dice mi padre desde la puerta. Recojo la servilleta junto con mi bandeja de la cena y lo llevo todo al incinerador y al cubo de basura reciclable.

—¿Sí?

«Aunque la vea, solo es una servilleta —me digo mirando el cuadrado marrón de mi bandeja—. Las incineramos después de comer, y hasta es la clase adecuada de papel, no como el que me dio el abuelo. El incinerador no notará la diferencia. Ky me está protegiendo.» Miro a mi padre.

—Hay un mensaje para ti en el terminal —dice. No se fija en lo que llevo; está concentrado en mi cara, en averiguar qué pienso. El verdadero peligro quizá sea ese. Sonrío, intentando no parecer preocupada.

—¿Es de Em? —Tiro la bandeja al cubo de basura reciclable. Solo queda la servilleta.

—No —responde—. Es un funcionario del Ministerio de Emparejamientos.

—Oh. —Tiro la servilleta al incinerador—. Ahora mismo voy —digo. Noto la tibieza del fuego que arde debajo mientras la historia de Ky se quema y me pregunto si alguna vez tendré la fortaleza de quedarme con algo. Los poemas del abuelo. La historia de Ky. O si siempre seré alguien que destruye.

«Ky te ha pedido que la destruyas —me digo—. El hombre que compuso el poema ya no está, pero Ky sí. Tenemos que seguir así. Tengo que protegerlo.»

Sigo a mi padre al recibidor. Bram me fulmina con la mirada porque el mensaje ha interrumpido su partida. Con la esperanza de disimular mi nerviosismo, le doy un empujoncito y me acerco al terminal.

Nunca había visto un funcionario como este. Es un hombre alegre y fornido que no se parece en nada al tipo de persona cerebral y austera que imagino sentada ante los terminales del Ministerio de Emparejamientos.

—Hola, Cassia —dice. El cuello de su uniforme blanco le queda demasiado apretado y sus patas de gallo parecen deberse a lo mucho que se ríe.

—Hola. —Quisiera mirarme las manos para ver si están manchadas por los dibujos y las palabras, pero no lo hago.

—Ya ha pasado más de un mes desde tu emparejamiento.

—Sí, señor.

—Otras parejas van a tener su primera conversación a través del terminal. Me he pasado el día organizándolo. Por supuesto, sería bastante ridículo que tú y Xander os comunicarais de esa forma. —Se ríe alegremente—. ¿No te parece?

—Estoy de acuerdo, señor.

—El resto de los funcionarios del Comité de Emparejamientos y yo hemos decidido que lo más razonable es que salgáis juntos. Supervisados por un funcionario, naturalmente, como las demás parejas.

—Por supuesto. —Por el rabillo del ojo veo a mi padre en la puerta de su habitación observándome. Velando por mí. Me alegro de que esté presente. Aunque la perspectiva de pasar tiempo con Xander no es nueva ni me asusta, la idea de que nos acompañe un funcionario me resulta un poco extraña.

«Espero que no sea la funcionaria del espacio verde», pienso.

—Magnífico. Mañana por la noche cenaréis fuera de casa. Xander y el funcionario asignado a vuestra pareja pasarán a buscarte a la hora de la cena.

—Estaré preparada.

El funcionario se desconecta y el terminal emite un pitido, lo que indica que hay otra llamada en espera.

—Esta noche estamos muy solicitados —digo a mi padre, alegrándome de la distracción, porque así no tendremos que hablar de mi cita con Xander. Mi padre parece esperanzado cuando se acerca. Es mi madre.

—Cassia, ¿me dejas unos minutos a solas con tu padre? —me pregunta después de que nos hayamos saludado—. Esta noche no tengo mucho tiempo. Hay varias cosas que necesito decirle. —Parece cansada, y aún lleva el uniforme y la insignia del trabajo.

—Claro —digo.

Llaman a la puerta y voy a abrir. Es Xander.

—Todavía tenemos unos minutos antes del toque de queda —dice—. ¿Quieres sentarte a hablar conmigo en los escalones?

—Claro.

Cierro la puerta y salgo. La luz del porche nos ilumina dejándonos a la vista de todo el mundo, o al menos a la vista de toda la gente de nuestro distrito, cuando nos sentamos juntos en los escalones de cemento. Es agradable estar con Xander, igual que con Ky, pero de una forma distinta.

No obstante, tanto con Ky como con Xander, me siento rodeada de luz. Una luz distinta, pero igual de luminosa.

—Parece que mañana por la noche vamos a salir los dos —dice Xander.

—Los tres —preciso, y añado—: No te olvides del funcionario.

Xander gruñe.

—Ya. ¿Cómo se me ha podido olvidar?

—Ojalá pudiéramos ir los dos solos.

—Sí. —Por un momento, ninguno de los dos dice nada. El viento sopla por nuestra calle, agitando las hojas de los arces. Con esta luz mortecina, parecen plateadas; sus colores han desaparecido, temporalmente engullidos por la noche. Recuerdo la noche que estuve con mi abuelo y pensé en lo mismo: en el daltonismo, una enfermedad erradicada desde hace generaciones, y en cómo debía de ser el mundo para quienes la sufrían.

—¿Fantaseas alguna vez? —me pregunta Xander.

—Constantemente.

—¿Fantaseaste con cómo sería tu banquete? Antes del banquete, me refiero.

—Alguna vez —respondo.

Dejo de observar cómo revolotean las hojas de arce al viento y lo miro.

Debería haberlo hecho antes de responder. Ahora ya es demasiado tarde. Ahora sé, por sus ojos, que mi respuesta no era la que esperaba, que, con lo que he dicho, he cerrado una puerta en vez de abrirla. Quizá fantaseó conmigo y quería saber si yo lo hice con él. Tal vez tiene momentos de incertidumbre, como yo, y necesita oírme decir que estoy segura de esto.

Este es el problema de no ser una pareja normal. Nos conocemos demasiado bien. Percibimos las incertidumbres cuando nos tocamos, las vemos en nuestros ojos. No las resolvemos solos, separados por kilómetros de distancia, como hacen otras parejas. Ellas no ven el día a día. Nosotros sí.

Aun así, somos una pareja y nuestro entendimiento es profundo incluso cuando surge un malentendido. Xander me coge la mano y yo entrelazo mis dedos con los suyos. Esto es lo conocido. Esto es bueno. Cuando pienso en estar sentada en un porche con él en otras noches de esta vida que nos han dado, me lo puedo imaginar fácil y felizmente.

Quiero que Xander vuelva a besarme. Es casi de noche y el aire huele a neorrosas como en nuestro primer beso. Quiero que vuelva a besarme para saber si lo que siento por él es real, si es más o menos real que la mano de Ky rozando la mía en la cima de la colina.

En la calle, el último tren aéreo procedente de la ciudad se detiene en la parada con un suspiro. Poco después, vemos las figuras de los trabajadores del último turno apresurándose por las aceras para llegar a sus casas antes del toque de queda.

Xander se levanta.

—Es mejor que me vaya. Te veo en clase mañana.

—Hasta mañana —digo. Me aprieta la mano y se une al grupo de personas que regresan a sus casas.

Me quedo fuera observando las figuras y saludo a algunas. Sé a quién estoy esperando. Justo cuando creo que no lo veré, Ky se detiene delante de mi casa. Casi antes de que lo haga, yo bajo los escalones para hablar con él.

—Llevo varios días queriendo hacer esto —dice. Al principio, creo que va a cogerme la mano y se me para el corazón, pero entonces veo algo en su mano. Uno de los sobres marrones que a veces se utilizan en los despachos. Debe de habérselo dado su padre. Enseguida me doy cuenta de que puede contener mi polvera y lo cojo. Nuestras manos no se tocan y me descubro deseando que lo hubieran hecho.

«¿Qué me pasa?»

—Tengo tu... —Me quedo callada porque no sé cómo referirme a la cajita de la flecha giratoria.

—Lo sé. —Ky me sonríe. La luna, que apenas se eleva sobre el horizonte, es una rodaja amarilla como el melón que nos dan en las fiestas de otoño. Su luz ilumina el rostro de Ky, pero su sonrisa lo hace más todavía.

—La tengo en casa. —Señalo detrás de mí, hacia los escalones y el porche iluminado—. Si esperas aquí, te la traigo enseguida.

—Tranquila —dice—. No me corre prisa. Me la puedes dar otro día. —Su voz es queda, casi tímida—. Quiero que puedas mirarla bien.

¿De qué color son sus ojos en este momento? ¿Reflejan la negrura de la noche o la luz de la luna?

Me acerco más para averiguarlo, pero justo entonces suena la sirena que anuncia la inminencia del toque de queda y los dos nos sobresaltamos.

—Hasta mañana —dice dándose la vuelta.

—Hasta mañana.

Tengo otros cinco minutos antes del toque de queda y me quedo fuera, sin moverme. Lo observo hasta que entra en su casa y luego miro la luna y cierro los ojos. Veo las palabras que he leído antes:

«Dos vidas.»

Desde el día del error de mi microficha, no he sabido qué vida mía es la verdadera. Incluso después de que la funcionaria me tranquilizara ese día en el espacio verde, creo que una parte de mí no se ha sentido en paz. Es como si hubiera visto por primera vez que la vida puede bifurcarse, tomar direcciones distintas.

Cuando entro en casa, vuelco el sobre para sacar la polvera y meto la mano en el bolsillo de la muda de diario donde he escondido la reliquia de Ky. Cuando las coloco una al lado de la otra, me resulta fácil diferenciarlas. La superficie de la reliquia de Ky es lisa y rayada. La polvera brilla más y sus letras grabadas captan mi atención.

Sin pensarlo, cojo mi reliquia, abro la base y miro dentro. Sé que Ky me vio leyendo los poemas en el bosque. ¿Me vio también abriendo la polvera?

Nada.

Dejo la polvera en su estante.

Decido quedarme el sobre, guardar dentro la reliquia de Ky antes de volver a esconderla en el bolsillo de mi muda de diario. Pero, antes de hacerlo, abro la cajita y observo la flecha giratoria. Se detiene en un punto, pero yo continúo girando, preguntándome hacia dónde ir.

Capítulo 17

E l ascenso es demasiado fácil.

Sorteo ramas y piedras y me abro paso entre los arbustos. Mis pies han abierto un camino en esta colina y sé donde ir y cómo llegar. Quiero un desafío mayor y un terreno más abrupto. Quiero la Loma, con sus árboles caídos y su bosque sin cuidar. En este momento, pienso que, si me dejaran en la Loma, podría subir corriendo hasta la cima. Y, cuando la alcanzara, dejaran nuevas vistas y, quizá, si él viniera conmigo y las contempláramos juntos, aprendería incluso más cosas de Ky.

Estoy impaciente por verlo y preguntarle por su historia. ¿Tendrá otro papel para mí?

Irrumpo en el claro y sonrío al instructor.

—Hoy se te han adelantado —dice mientras registra mi tiempo en su terminal portátil.

¿A qué se refiere? Me doy la vuelta para ver a Ky. Hay una chica sentada a su lado con el pelo largo y rubio. Livy.

Ky se ríe de algo que dice. No hace ningún movimiento, ningún gesto para indicar que quiere que me siente con él. Ni siquiera me mira. Livy ha ocupado mi lugar. Doy un paso para recuperarlo.

Livy ofrece un palo a Ky. Él ni siquiera vacila. Lo coge justo por encima de su mano y veo que la ayuda a trazar curvas en el suelo.

¿Le está enseñando a escribir?

Mi único paso adelante se convierte en muchos pasos atrás cuando me doy la vuelta para alejarme de todo. Del sol reflejado en los cabellos de Livy; de sus manos, casi tocándose, escribiendo letras en la tierra; de los ojos de Ky evitándome; del lugar al sol con viento y palabras susurradas que deberían ser mías.

¿Cómo puedo hablar con Ky si está ella? ¿Cómo puedo aprender a escribir? ¿Cómo puedo conseguir más palabras de él?

La respuesta es simple: no puedo.

Cuando hemos bajado la colina, el instructor tiene algo que decirnos.

—Mañana será distinto —nos informa—. Quedaos en la parada de tren del arboreto cuando lleguéis y esperadme para que os lleve a otro sitio. Ya hemos terminado con esta colina.

—Por fin —dice Ky detrás de mí tan quedo que solo yo lo oigo—. Estaba empezando a sentirme como Sísifo.

No sé quién es Sísifo. Quiero darme la vuelta para preguntárselo, pero no lo hago. Ha enseñado a escribir a Livy. ¿Le está contando también su historia? ¿Me ha engañado haciéndome creer que yo era especial para él? Quizá haya contado ya su historia a muchas otras chicas y las haya conquistado enseñándoles a escribir su nombre.

Nada más pensarlo, sé que no es cierto, pero no puedo quitarme de la cabeza la imagen de su mano guiando la de Livy.

El instructor toca el silbato para que rompamos filas. Me alejo, manteniéndome un poco separada del resto. He dado solo unos cuantos pasos cuando oigo que Ky me sigue.

—¿No quieres decirme nada? —me susurra. Sé a qué se refiere. Quiere oír otro verso del poema.

Niego con la cabeza y vuelvo la cara. Él no ha tenido ninguna palabra para mí… ¿Por qué tendría que yo regalarle alguna de las mías?

Ojalá mi madre no estuviera de viaje. Es extraño que se haya marchado en esta época del año: en verano, con tantas plantas que cuidar, es cuando más trabajo hay en el arboreto. Y también la echo de menos por razones egoístas. ¿Cómo se supone que voy a prepararme para mi primera cita oficial con Xander sin ella?

Me pongo una muda de diario limpia, deseando tener aún el vestido verde. Si lo tuviera, volvería a ponérmelo para recordarnos a Xander y a mí cómo eran las cosas hace poco más de un mes.

Cuando salgo al recibidor, mi padre y mi hermano me esperan.

—Estás guapísima —observa mi padre.

—Estás bien —dice Bram.

—Gracias —respondo poniendo los ojos en blanco. Bram dice esto siempre que salgo. Incluso la noche de mi banquete dijo lo mismo, aunque me gusta pensar que fue más sincero.

—Tu madre va a intentar llamar esta noche. Quiere que se lo cuentes todo —dice mi padre.

—Ojalá pueda. —La idea de hablar con mi madre me reconforta.

En la cocina, suena la campanilla de la cena.

—Hora de cenar —anuncia mi padre rodeándome con el brazo—. ¿Prefieres que esperemos contigo o que nos quitemos de en medio?

Bram ya está casi en la cocina. Sonrío a mi padre.

—Deberías ir a cenar con Bram. Estaré bien.

Mi padre me da un beso en la mejilla.

—Vuelvo en cuanto suene el timbre. —También recela un poco del funcionario. Lo imagino abriendo la puerta y diciendo educadamente: «Lo siento, señor. Cassia no va a salir esta noche». Lo imagino sonriendo a Xander para que sepa que no es él quien le preocupa. Y luego lo imagino cerrando la puerta, con suavidad pero también con firmeza para protegerme al abrigo de esta casa. Dentro de estas paredes que llevan tanto tiempo protegiéndome.

«Pero esta casa ya no es segura —me recuerdo—. Esta casa es el sitio en el que he visto la cara de Ky en una microficha. En el que han cacheado a mi padre.»

¿Hay algún lugar seguro en este distrito? ¿En esta ciudad, esta provincia, este mundo?

Resisto el impulso de repetirme las palabras de la historia de Ky mientras espero. Ya ocupa demasiado mis pensamientos y no quiero que nos acompañe esta noche.

Suena el timbre. Es Xander. Y el funcionario.

No creo que esté preparada para hacer esto y no sé por qué. O, mejor dicho, sí lo sé, pero ahora mismo no puedo analizarlo en profundidad o, de lo contrario, cambiará todo. Todo.

Fuera, Xander me espera. Se me ocurre que este gesto simboliza lo que falla en nuestra Sociedad. Nadie puede entrar nunca realmente y, cuando es hora de dejar que lo haga, no sabemos cómo hacerlo.

Respiro hondo y abro la puerta.

—¿Adónde vamos? —pregunto en el tren aéreo. Estamos sentados juntos: Xander y yo, y el funcionario, que es más bien joven, parece aburrido y lleva el uniforme mejor planchado que he visto nunca.

El funcionario responde.

—Vuestra cena ha sido enviada a un comedor privado. Cenaremos allí y luego os acompañaré a vuestras casas. —Rara vez nos mira a los ojos y prefiere, en cambio, hacerlo por la ventanilla. No sé si pretende que nos sintamos a gusto o incómodos. Hasta el momento, está consiguiendo lo segundo.

¿Un comedor privado? Miro a Xander. Él enarca las cejas y forma con la boca las palabras «¿Por qué se molestan?» mientras señala al funcionario. Yo intento no reírme. Xander tiene razón. ¿Por qué tomarse la molestia de ir a un comedor privado cuando esta cena lo es todo menos privada?

Las parejas cuyas primeras conversaciones por el terminal van a estar supervisadas por funcionarios empiezan a darme lástima. Al menos, Xander y yo ya hemos tenido miles de ellas.

El comedor es un edificio pequeño situado a una parada de nuestro distrito, un lugar habitualmente frecuentado por solteros donde nuestros padres pueden organizar cenas de cuando en cuando si les apetece salir.

—Parece bonito —digo en un patético intento de entablar conversación cuando nos dirigimos a la entrada. Un reducido espacio verde rodea el edificio cuadrado de ladrillo rojo. En él veo un parterre lleno de las omnipresentes neorrosas y también una clase de flores silvestres etéreas.

Y entonces me asalta un recuerdo tan claro y concreto que me cuesta creer que no haya pensado en él hasta ahora. Recuerdo que de pequeña una noche mis padres regresaron de cenar fuera de casa. El abuelo se había quedado con Bram y conmigo y oí a mis padres hablando con él antes de que mi padre fuera a la habitación de Bram y mi madre entrara en la mía. Una delicada flor amarilla y rosa se le desprendió del pelo cuando se inclinó para arroparme. Volvió a colocársela detrás de la oreja enseguida, fuera de mi vista, y yo estaba demasiado soñolienta para preguntarle de dónde la había sacado. En ese momento, me sentí confusa mientras conciliaba el sueño: ¿cómo había conseguido la flor cuando estaba prohibido cogerlas? Olvidé la pregunta al dormirme y nunca se la hice al despertar.

Ahora sé la respuesta: a veces mi padre se salta las normas por sus seres queridos. Por mi madre. Por el abuelo. Mi padre se parece un poco a Xander la noche en que se saltó las normas para ayudar a Em.

Xander me coge del brazo, devolviéndome al presente. Cuando lo hace, no puedo evitar mirar de soslayo al funcionario, que no dice nada.

Por dentro, el comedor también es más bonito que uno normal y corriente.

—Mira —dice Xander. En el centro de cada mesa, hay unas luces parpadeantes que simulan velas, un antiguo sistema de iluminación romántica.

La gente nos mira cuando pasamos entre las mesas. Salta a la vista que somos los clientes más jóvenes. La mayoría tiene la edad de mis padres o son parejas jóvenes varios años mayores que Xander y yo, parejas que acaban de formalizar su contrato matrimonial. Probablemente también haya unos cuantos solteros en citas lúdicas, pero no veo muchos. Los distritos de esta zona son, ante todo, distritos familiares, repletos de padres de familia, parejas que ya han formalizado su contrato matrimonial y jóvenes menores de veintiún años.

Xander advierte las miradas y las desafía, sin soltarme el brazo. Entre dientes, me susurra:

—Al menos, en la escuela ya se han olvidado todos de nuestro emparejamiento. No soporto que nos miren.

—Y yo. —Por suerte, el funcionario no lo hace. Nos conduce entre la mesas y encuentra una próxima al final que tiene nuestros nombres. El camarero nos trae la cena en cuanto tomamos asiento.

Delante de mí, la vela falsa parpadea en la mesa redonda metálica de color negro. No hay mantel y la comida es la reglamentaria: vamos a cenar lo mismo aquí que lo que comeríamos en casa. Por eso hay que reservar con antelación; para que el personal de nutrición lleve tu cena al lugar correcto. Obviamente, cenar aquí no se puede comparar con los banquetes de emparejamientos que se celebran en el ayuntamiento, pero este es el segundo lugar más bonito en el que he cenado nunca.

—La comida está calentita —dice Xander al ver cómo humea su bandeja. La destapa y mira el contenido—. Fíjate en mi ración. Quieren que suba de peso y cada vez me ponen más.

Miro su ración de tallarines con salsa. Desde luego, es abundante.

—¿Puedes comerte todo eso?

—¿Estás de broma? Pues claro. —Parece ofendido.

Destapo mi bandeja y miro mi ración. Junto a la de Xander, parece minúscula. Quizá sean imaginaciones mías, pero últimamente mis raciones parecen más pequeñas. No estoy segura del porqué. Las excursiones y la pista dual me mantienen en forma. Si acaso, deberían ponerme más comida, no menos.

Deben de ser imaginaciones mías.

El funcionario, que parece incluso menos interesado en nosotros que antes, enrolla los tallarines de su bandeja en el tenedor mientras mira a los otros comensales. Su comida es idéntica a la nuestra. Supongo que los rumores de que los funcionarios de determinados ministerios se alimentan mejor que el resto no son ciertos. Al menos, no cuando comen en público.

—¿Cómo van las excursiones? —me pregunta Xander metiéndose unos cuantos tallarines en la boca.

—Me gustan —respondo sinceramente. «Menos hoy.»

—¿Más que nadar? —bromea—. Aunque nadar no nadabas mucho. Siempre estabas sentada en el borde de la piscina.

—Sí que nadaba —digo siguiéndole la corriente—. A veces. En fin, me gusta más que la piscina.

—Eso es imposible —arguye—. No hay nada como la natación. He oído que lo único que hacéis es subir y bajar la misma colina un montón de veces.

—Y lo único que haces tú en natación es recorrer la misma piscina un montón de veces.

—Es distinto. El agua siempre está en movimiento. Nunca es la misma.

El comentario de Xander me recuerda lo que dijo Ky en el auditorio sobre las canciones.

—Supongo que tienes razón. Pero la colina también está siempre en movimiento. El viento mueve las cosas, y las plantas crecen y cambian... —Me quedo callada. Nuestro funcionario bien planchado ladea la cabeza para escuchar nuestra conversación. Para eso está aquí, ¿no?

Jugueteo con el tenedor, y el movimiento circular me hace pensar en cuando escribo con Ky. Uno de los tallarines tiene forma de «C». «Basta.» Tengo que dejar de pensar en él.

Algunos de mis tallarines se niegan a enrollarse en mi tenedor. Giro varias veces el cubierto y al final me rindo y me meto un montón en la boca. Los extremos se me quedan colgando y tengo que sorber ruidosamente.

Qué vergüenza. Por algún motivo, los ojos se me llenan de lágrimas. Dejo el tenedor en la mesa y Xander alarga la mano para ponerlo recto. Al hacerlo, me mira a los ojos y es como si me lo estuviera preguntando en voz alta: «¿Qué te pasa».

Niego disimuladamente con la cabeza y también sonrío. «Nada.»

Miro a nuestro funcionario de soslayo. Está distraído, escuchando algo en su auricular. Por supuesto. Sigue de servicio.

—Xander, ¿por qué no… por qué no me besaste la otra noche? —pregunto de pronto, aprovechando que el funcionario no nos escucha en este momento. Debería darme vergüenza, pero no me da. Quiero saberlo.

—Había demasiada gente mirando. —Xander parece sorprendido—. Sé que a los funcionarios les da lo mismo, dado que somos pareja, pero ya sabes… —Inclina ligeramente la cabeza hacia el funcionario sentado a la mesa—. No es lo mismo cuando te vigilan.

—¿Cómo sabías que nos vigilaban?

—¿No te has fijado en la cantidad de funcionarios que hay últimamente en nuestra calle?

—¿Vigilando mi casa?

Xander enarca las cejas.

—¿Por qué iban a vigilar tu casa?

«Porque leo cosas que no debo leer y aprendo cosas que no debo saber y es posible que me esté enamorando de otra persona.» Lo que digo es:

—Mi padre… —No termino la frase.

Xander se ruboriza.

—Por supuesto. Debería haber caído… No es eso; al menos, no lo creo. Son funcionarios de nivel básico, policías. Últimamente están patrullando mucho más, y no solo en nuestro distrito, sino en todos.

Nuestra calle estaba atestada de funcionarios anoche y yo ni siquiera lo sabía. Ky debía de saberlo. Quizá por eso no quiso subir al porche. Quizá por eso no me toca nunca. Tiene miedo de que le pillen.

O quizá es incluso más simple que eso. Quizá no quiere tocarme. Quizá solo soy una amiga para él. Una amiga que quiere conocer su historia, nada más.

Y, al principio, eso es lo que fui. Quería saber más de ese chico que vivía entre nosotros pero que nunca hablaba sinceramente. De lo que sucedió antes. Quería saber más del chico con el que me emparejaron por error. Pero ahora me parece que saber cosas de él es un modo de saber cosas de mí. No esperaba amar sus palabras. No esperaba encontrarme en ellas.

Capítulo 18

Hay otro automóvil aéreo en nuestra calle, esta vez delante de la casa de Em.

—¿Qué pasa? —pregunto a Xander, que está asustado, con los ojos como platos. El funcionario que nos acompaña parece interesado pero no sorprendido. Resisto el impulso de agarrarlo por la pechera, de arrugarle la camisa. Me contengo para no espetar: «¿Por qué nos vigilan? ¿Qué saben?».

La puerta de la casa de Em se abre y salen tres funcionarios. El nuestro nos dice, casi con brusquedad:

—Espero que hayáis disfrutado de una velada agradable. Presentaré el informe al Comité de Emparejamientos mañana a primera hora.

—Gracias —digo de forma automática cuando él se da la vuelta para coger el próximo tren, aunque no sé por qué lo digo, porque no me siento agradecida.

Los funcionarios cruzan el patio de Em y se dirigen a la casa siguiente. Llevan una caja con el sello de la Sociedad y no sonríen. De hecho, si tuviera que describir su aspecto, diría que parecen tristes. Me dan mala espina.

—¿Vamos a ver si Em está bien? —pregunto, y en ese momento ella abre la puerta y se asoma. Al vernos, corre a nuestro encuentro.

—Cassia, todo es culpa mía. ¡Todo es culpa mía! —Le tiembla la voz y le ruedan lágrimas por las mejillas.

—¿Qué es culpa tuya, Em? ¿Qué ha pasado? —Miro la casa contigua para asegurarme de que los funcionarios no nos vigilan, pero ya han entrado. Los vecinos de Em les han abierto la puerta antes de que llamaran, como si los esperaran.

—¿De qué va esto? —El tono de Xander es brusco, y yo le lanzo una mirada intentando comunicarle que tenga paciencia.

Em se pone aún más pálida cuando me coge del brazo. Habla en voz baja.

—Los funcionarios están requisando todas las reliquias.

—¿Qué?

A Em le tiemblan los labios.

—Me han dicho que me vieron con una reliquia en mi banquete y que venían a requisarla. Yo les he dicho que no era mía, que tú me la habías prestado y te la había devuelto. —Traga saliva y recuerdo la noche de la pastilla verde. La rodeo con el brazo y miro a Xander. Em sigue hablando con voz temblorosa.

—No tendría que habérselo dicho, pero ¡estaba asustada! Ahora te la quitarán. Van de casa en casa.

De casa en casa. Enseguida llegarán a la mía. Quiero consolar a Em, pero debo intentar conservar mi reliquia, por fútiles que sean mis esfuerzos. «Tengo que ir a casa.» Abrazo a Em.

—Em, no es culpa tuya. Aunque no se lo hubieras contado, ellos ya saben que tengo una reliquia. Está registrada, y la llevé a mi banquete.

En ese momento me atenaza el miedo. «La reliquia de Ky.» Aún la tengo escondida en el armario. Los funcionarios saben lo de mi reliquia, pero no saben nada de la de Ky. Esto podría traernos problemas a los dos.

«¿Cómo la escondo?»

—Tengo que irme —digo esta vez en voz alta. Me separo de Em y me dirijo a casa. ¿Cuánto tiempo me queda antes de que lleguen los funcionarios? ¿Cinco minutos? ¿Diez?

Em comienza a llorar con más desconsuelo, pero no tengo tiempo de confortarla. Camino tan aprisa como puedo sin llamar la atención. Unos pasos después, Xander ya está a mi lado, entrelazando su brazo con el mío, como si regresáramos a casa después de un paseo.

—Cassia —dice. Yo no lo miro. No puedo dejar de pensar en todo lo que podríamos perder en unos instantes. Ky ya es un aberrante. Si descubren que tiene una reliquia, ¿se convertirá en un anómalo?

Podría encubrirlo. Podría decir que la reliquia es mía y que la he encontrado en el bosque durante una de mis excursiones. ¿Me creerían?

—Cassia —repite Xander—, puedo esconderla. Decir que la has perdido. Dar credibilidad a tu historia.

—No puedo permitir que hagas eso por mí.

—Sí puedes. Te esperaré fuera mientras entras a buscarla. Te cabe en la mano, ¿verdad? —Asiento—. Cuando vuelvas a salir, actúa como si estuvieras loca por mí, como si no quisieras despedirte. Échate en mis brazos y métemela por debajo de la camisa. Yo me ocuparé del resto.

«Nunca había visto esta faceta de Xander», pienso, pero enseguida me percato de que no es cierto. Cuando juega, es así. Tranquilo e inteligente, con mucho aplomo y atrevimiento. Y, al menos cuando juega, los riesgos que asume siempre le compensan.

—Xander, esto no es un juego.

—Lo sé. —Tiene el semblante serio—. Tendré cuidado.

—¿Estás seguro? —No debería dejarle hacer esto. Planteármelo es un signo de debilidad. Pero, aun así, puede quedarse con mi polvera. La salvaría por mí. Se arriesgaría por mí.

—Lo estoy.

Una vez en casa, cierro la puerta y corro a mi habitación lo más aprisa posible. Nadie de mi familia me ve, lo cual agradezco. Con las manos temblándome, abro el armario y rebusco entre mis mudas de diario hasta encontrar la que tiene la reliquia de Ky escondida en el bolsillo. Abro el sobre marrón y lo vuelco para sacar la cajita con la flecha. Me meto el sobre en el bolsillo; cojo la polvera del estante y miro los dos objetos.

Dorados y hermosos. Pese a no querer hacerlo, estoy tentada de dar mi polvera a Xander en lugar de la flecha giratoria de Ky, pero la dejo en la cama y me escondo la reliquia de Ky en la mano. Salvar la polvera sería un acto egoísta, porque solo salvaría una cosa. Pero salvar la reliquia de Ky nos libraría a los dos de un interrogatorio y a él de convertirse en un anómalo. ¿Quién soy yo para permitir que le arrebaten el último recuerdo de su antigua vida?

Asimismo, es menos peligroso para Xander. Ellos no saben de la existencia de la reliquia de Ky, así que, con un poco de suerte, no la echarán en falta. Encontrarán mi polvera y se la llevarán, según lo esperado, de manera que no buscarán la cajita de Ky ni sospecharán que me he deshecho de ella.

Corro a la puerta y la abro.

—¡Xander, espera! —grito intentando parecer alegre—. ¿No vas a darme un beso de despedida?

Xander se vuelve. Su expresión es franca y natural. No creo que nadie más perciba la astucia que le tiñe la mirada, pero yo lo conozco bien.

Bajo los escalones dando brincos y él abre los brazos. Nos fundimos en un abrazo. Él me rodea por la cintura y yo lo rodeo por el cuello. Meto las manos por debajo del cuello de su camisa y abro la que tengo cerrada. La reliquia resbala por su espalda y noto la calidez de su piel en la palma de mi mano. Nos miramos un momento a los ojos. Luego acerco los labios a su oído.

—No la abras —susurro—. No la guardes en casa. Entiérrala o escóndela en algún sitio. No es lo que crees.

Xander asiente.

—Gracias —digo, y después lo beso en los labios, con intención. Aunque sé que me estoy enamorando de Ky, es imposible no querer a Xander por todo lo que es y por todo lo que hace.

—¡Cassia! —grita Bram desde los escalones.

¡Bram! Hoy también va a perder algo. Pienso en el reloj del abuelo y la rabia se apodera de mí. ¿Tienen que llevárselo todo?

Xander se separa de mí. Tiene que esconder la reliquia antes de que lleguen a su casa.

—Adiós —dice sonriendo.

—Adiós —respondo.

—¡Cassia! —vuelve a gritar Bram asustado. Miro calle abajo, pero no veo a ningún funcionario todavía. Aún deben de estar en una de las casas entre la de Em y la mía.

—Hola, Bram —digo intentando parecer relajada. Es mejor para todos que no sospeche lo que acabamos de hacer Xander y yo—. ¿Dónde…?

—Se están llevando las reliquias —me interrumpe con voz temblorosa—. Han llamado a papá para que ayude a requisarlas.

Claro. Debería haberme dado cuenta. Necesitan a alguien como él para determinar si las reliquias son falsas o auténticas. Me asalta otro temor. ¿Debía requisar nuestras reliquias? ¿Ha fingido que la mía se ha perdido? ¿Ha mentido por Bram o por mí? ¿Cuántos errores absurdos está dispuesto a cometer por sus seres queridos?

—Oh, no —digo intentando actuar como si acabara de enterarme. Con un poco de suerte, Bram no se enterará de que Em ya me lo ha contado—. ¿Ha requisado las nuestras?

—No —responde Bram—. No dejan que nadie requise las de su propia familia.

—¿Sabía que iba a pasar esto?

—No. Cuando lo han llamado por el terminal, se ha sorprendido mucho, pero ha tenido que presentarse de inmediato. Me ha dicho que hiciera caso a los funcionarios y no me preocupara.

Quiero abrazar a Bram y consolarlo porque está a punto de perder algo importante. De manera que lo hago. Lo estrecho entre mis brazos y, por primera vez, él también me abraza con fuerza, como cuando era pequeño y yo era la hermana mayor que él admiraba más que a nadie en el mundo. Ojalá hubiera podido salvar su reloj, pero es del color equivocado, plateado y no dorado. Y los funcionarios saben de su existencia. «No podía hacer nada», me digo intentando convencerme.

Seguimos unos segundos abrazados y yo me separo para mirarlo a los ojos.

—Ve a buscarlo —digo—. Míralo durante los minutos que te quedan y recuérdalo. Recuérdalo.

Mi hermano no intenta disimular las lágrimas de sus ojos.

—Bram —digo, y vuelvo a abrazarlo—. Bram, al reloj podría haberle sucedido cualquier cosa. Podrías haberlo perdido. Incluso podrías haberlo roto. Pero, de esta forma, si le echas un último vistazo, no lo habrás perdido del todo porque permanecerá para siempre en tu recuerdo.

—¿Puedo intentar esconderlo? —pregunta. Parpadea y una lágrima le resbala por la mejilla. Se la enjuga con enfado—. ¿Me ayudarás?

—No, Bram —respondo con dulzura—. Ojalá pudiéramos, pero es demasiado peligroso. —Lo que arriesgo tiene un límite. No pondré en peligro a mi hermano.

Cuando los funcionarios llegan a nuestra casa y entran, nos encuentran a Bram y a mí sentados en el diván. Mi hermano sostiene plata; yo, oro. Los dos alzamos la vista. Pero Bram enseguida vuelve a mirar el bruñido objeto plateado de sus manos y yo hago lo mismo con el objeto dorado de las mías.

Mi cara me devuelve la mirada deformada por la curvatura de la polvera, igual que en mi banquete. Entonces, la pregunta que me hice fue: «¿Estoy guapa?».

Ahora, la pregunta que me hago es: «¿Soy fuerte?».

Mientras miro mis ojos y mi mandíbula apretada, me parece que la respuesta es sí.

Un funcionario bajo y casi calvo es el primero en hablar.

—El gobierno ha decidido que las reliquias fomentan la desigualdad entre los miembros de la Sociedad —dice—. Todo el mundo debe entregar sus reliquias para que sean catalogadas y expuestas en el museo de cada ciudad.

—Nuestros datos indican que hay dos reliquias legales en esta residencia —añade un funcionario alto. ¿Recalca la palabra «legal» o son imaginaciones mías?—. Un reloj plateado, una polvera dorada.

Ni Bram ni yo decimos nada.

—¿Son estas las reliquias? —pregunta el funcionario calvo mirando los objetos que tenemos en las manos. Parece cansado. Este debe de ser un cometido terrible. Imagino a mi padre requisando reliquias de ancianos como el abuelo, de niños como Bram, y me entran ganas de vomitar.

Asiento.

—¿Se las damos ya?

—Os las podéis quedar unos minutos. Tenemos que hacer un registro rápido de la casa.

Bram y yo permanecemos sentados en silencio mientras ellos registran la casa. No tardan mucho.

—Aquí no hay nada de valor —susurra uno en el pasillo.

Mi corazón está en llamas y tengo que mantener la boca cerrada para no intentar quemar a estos funcionarios con mi fuego. «Eso es lo que ustedes creen —me digo—. Creen que aquí no hay nada porque no estamos oponiendo resistencia. Pero tenemos palabras en la cabeza que nadie más sabe. Y mi abuelo murió a su manera, no a la de ustedes. Tenemos cosas de valor, pero ustedes no las encontrarán nunca porque ni siquiera saben dónde buscarlas.»

La funcionaria se adelanta y veo una marca blanca en su dedo, donde debía de llevar un anillo. Ella también ha perdido algo hoy. Le entrego mi polvera, pensando en cómo ha viajado desde una época anterior a la Sociedad, de un miembro a otro de la familia, hasta llegar a mí. Y ahora tengo que desprenderme de ella.

La funcionaria coge mi polvera y el reloj de Bram.

—Podéis ir a verlas al museo siempre que os apetezca.

—No es lo mismo —dice mi hermano irguiéndose. Y juro que veo al abuelo, sí. Se me hinche el corazón al pensar que, finalmente, quizá no nos haya dejado del todo—. Se la pueden llevar —continúa Bram—, pero siempre será mía.

Mi hermano se va a su habitación. Por su modo de arrastrar los pies y cerrar la puerta, sé que quiere estar solo.

Tengo ganas de dar un puñetazo a algo, pero, en cambio, me meto las manos en los bolsillos. En uno encuentro el sobre marrón: un arrugado envoltorio que ha contenido algo bello y valioso. Solo es un sobre, no una reliquia; los aparatos de los funcionarios ni siquiera lo han detectado. Lo saco y lo parto en dos, con rabia. Quiero hacerlo pedazos. Sus bordes serrados me complacen. Es agradable destruirlo. Me dispongo a infligirle otra herida. Busco otro sitio por donde rasgarlo.

Se me corta la respiración cuando veo lo que he estado a punto de destruir.

¡Otra parte de la historia de Ky! Otra cosa que los funcionarios no han encontrado.

«Me ahogo, bebo», dicen las palabras de la parte superior, escritas en una letra tan firme y bella como él. Imagino su mano escribiéndolas, su piel rozando la servilleta. Me muerdo el labio y miro los dibujos que hay debajo.

De nuevo dos Kys, el más joven y el de ahora, ambos con las manos todavía ahuecadas. El fondo del primer dibujo es un paisaje austero y yermo, con rocas desnudas alzándose a lo lejos. En el segundo, Ky está aquí, en este distrito. Veo un arce detrás de él. Llueve en ambos dibujos, pero en el primero Ky tiene la boca abierta, la cabeza echada hacia atrás, bebe del cielo. En el segundo, tiene la cabeza gacha, la mirada aterrada, la fuerte lluvia lo envuelve como una catarata. Llueve demasiado. Podría ahogarse.

«Cuando llueve, me acuerdo», son las palabras que ha escrito debajo.

Despego los ojos de las palabras y miro por la ventana, donde el fuerte sol se pone en un cielo despejado. No hay rastro de nubes, pero me prometo que, cuando llueva, también yo me acordaré. De este papel, de estos dibujos y palabras. De este pedazo de él.

Capítulo 19

A la mañana siguiente, el tren aéreo que nos lleva a la ciudad está casi totalmente en silencio. Nadie quiere hablar de lo que sucedió anoche en el distrito. Las personas que se han quedado sin sus reliquias sufren sumidos en el mutismo su pérdida; las que no han tenido nunca ninguna, guardan silencio por respeto. O quizá por satisfacción, porque ahora todo el mundo está en igualdad de condiciones.

Antes de bajarse en su parada para ir a natación, Xander me besa en la mejilla y me susurra:

—Debajo de las neorrosas delante de la casa de Ky.

Se apea del tren y se aleja con el resto de los estudiantes mientras yo sigo hasta el arboreto. Las preguntas se agolpan en mi mente: «¿Cómo ha escondido la reliquia en el jardín de los Markham sin que lo vieran? ¿Sabe que pertenece a Ky o es una coincidencia que haya decidido esconderlo en su casa?».

«¿Sabe lo que estoy empezando a sentir por Ky?»

Con independencia de lo que Xander sepa o imagine, una cosa es segura: no podía haber elegido un mejor escondite. Todos tenemos la obligación de mantener nuestros patios limpios y bien cuidados. Si Ky cava en el suyo, nadie sospechará nada. Solo tengo que decirle dónde buscar.

Como todos los demás, Ky mira por la ventanilla mientras el tren se dirige al arboreto. ¿Ha visto el beso de Xander? ¿Le ha importado? No me mira a los ojos.

—En las próximas excursiones vais a ir en pareja —dice el instructor cuando alcanzamos el pie de la Loma—. Os he emparejado basándome en vuestra aptitud, que he evaluado analizando los datos recogidos en las excursiones previas. Eso significa que Ky va con Cassia; Livy va con Tay...

A Livy se le ensombrece el rostro mientras yo intento mantener el mío impasible.

El instructor termina de leer la lista.

—En la Loma vais a tener un objetivo distinto —continúa—. Aquí no subiréis a la cima. La Sociedad nos ha pedido que utilicemos esta actividad para marcar obstáculos. —Señala unas bolsas apiladas junto a él que contienen tiras de tela roja—. Cada pareja debe coger una bolsa. Atad las telas a las ramas que estén cerca de los árboles caídos, también delante de los matorrales especialmente tupidos, etcétera. Más adelante vendrá una brigada de inspección. Van a desbrozar la Loma y hacer una carretera.

Van a pavimentar la Loma. Al menos, mi abuelo no tendrá que verlo.

—¿Y si nos quedamos sin telas? —gimotea Lon—. Hace años que no desbrozan la Loma. ¡Habrá obstáculos por todas partes! Ya puestos, podríamos señalar todos los árboles que veamos.

—Si os quedáis sin telas, utilizad piedras para construir hitos —responde el instructor. Se dirige a Ky—. ¿Sabes construir un hito?

Vacila un momento antes de responder.

—Sí.

—Enséñales.

Ky coge unas cuantas piedras del suelo y forma un montoncito con ellas, empezando por las más grandes. Sus manos son rápidas y seguras, como cuando me enseña a escribir. La torre parece inestable, pero no se derrumba.

—¿Lo veis? Es fácil —dice el instructor—. Cuando toque el silbato, tendréis que volver. Si os perdéis, tocad vuestros silbatos. —Nos da un silbato metálico reglamentario a cada uno—. No deberíais tener problemas si os limitáis a bajar por donde habéis subido.

La repugnancia apenas velada que le inspiramos solía divertirme hasta hoy, que la he comprendido. Siento repugnancia cuando pienso en cómo subimos nuestras insignificantes colinas cuando los funcionarios dan la orden. En cómo les entregamos nuestros objetos más preciados sin rechistar. En cómo no luchamos jamás.

Apenas hemos perdido de vista a los demás cuando Ky y yo nos miramos y, por un instante, creo que va a tocarme. Más que verla, percibo su mano alzándose ligeramente y luego volviendo a bajar. Me embarga una decepción mayor que la que he sentido esta mañana cuando he abierto el armario y no he visto la polvera en el estante.

—¿Estás bien? —pregunta—. Anoche, cuando registraron las casas, no me enteré hasta que llegué a casa.

—Estoy bien.

—Mi reliquia…

¿Es eso lo único que le importa? Le susurro con brusquedad:

—Está en tu patio. Enterrada debajo de las neorrosas. Solo tienes que desenterrarla.

—La reliquia no me importa —dice, y aunque sigue sin tocarme, el fuego de sus ojos me abrasa—. No he dormido en toda la noche pensando que podía haberte metido en un lío. Me importas tú.

Los árboles acallan sus palabras, pero en mi corazón suenan a todo volumen, más alto que las Cien Canciones cantadas a la vez. Y Ky tiene ojeras, de haber pensado en mí. Quiero tocarle esa piel que le bordea los ojos, el único lugar donde he percibido su vulnerabilidad, reconfortarlo. Y luego podría pasarle los dedos por el pómulo y bajarlos hasta sus labios, hasta el lugar donde su mandíbula se encuentra con su cuello, donde su cuello se encuentra con su clavícula. «Me gustan los sitios donde una parte se encuentra con otra —pienso—, el ojo con la mejilla, la muñeca con la mano.» Un poco asombrada de mis pensamientos, doy un paso atrás.

—¿Cómo…?

—Tuve ayuda.

—Xander —dice.

¿Cómo lo sabe?

—Xander —convengo.

Nos quedamos un momento callados y me aparto para verlo de cuerpo entero. Luego se da la vuelta y echa de nuevo a andar entre los árboles. Avanzamos despacio; la maleza es tan densa y está tan enmarañada que, más que caminar, tenemos que escalar. Los árboles caídos no han sido retirados y yacen como huesos gigantescos en el suelo del bosque.

—Ayer… —comienzo a decir. Tengo que preguntárselo, por intrascendente que ahora parezca la pregunta—, ¿estabas enseñando a escribir a Livy?

Ky se detiene y me mira. Sus ojos casi parecen verdes bajo los árboles.

—Claro que no —responde—. Quería saber qué estábamos haciendo. Nos vio escribiendo. No tuvimos suficiente cuidado.

Me siento estúpida y aliviada.

—Ah.

—Le dije que había estado enseñándote a dibujar árboles. —Coge un palo y comienza a hacer un dibujo que guarda un parecido extraordinario con la copa de un árbol. Luego, coloca el palo debajo para representar el tronco. Sigo mirándole las manos cuando ya ha terminado, sin estar segura de qué más hacer.

—Nadie dibuja cuando se hace mayor.

—Lo sé —dice—. Pero, al menos, no está prohibido de forma explícita.

Saco una tela roja de la bolsa y la ato a un árbol caído próximo a Ky. Mantengo la mirada baja, fijándome en mis dedos mientras anudo la tela.

—Siento cómo me comporté ayer. —Cuando me enderezo, Ky ya ha echado a andar.

—No lo sientas —dice arrancando unas enredaderas de un arbusto para que podamos pasar. Me las arroja y yo las cojo sorprendida—. Es agradable verte celosa de vez en cuando. —Sonríe, sol en el bosque.

Intento no devolverle la sonrisa.

—¿Quién ha dicho que estaba celosa?

—Nadie —dice—. Lo noto. Llevo mucho tiempo observando a la gente.

—¿Por qué me diste la cajita con la flecha? —pregunto—. Es bonita. Pero no estaba segura…

—Nadie excepto mis padres sabe que la tengo —responde—. Cuando Em me dio la polvera para que te la devolviera, me fijé en lo mucho se parecían. Quería que la vieras.

De pronto, su tono parece desamparado y casi oigo otra frase, la que el instinto le impide decir: «Quería que me vieras a mí». Porque ¿acaso no se trata de eso? ¿La cajita dorada con la flecha, los fragmentos de su historia? Ky quiere que alguien lo vea.

Quiere que yo lo vea.

Mis manos ansían tocarlo. Pero no puedo traicionar a Xander de esta forma, después de todo lo que ha hecho. Después de que nos salvara a los dos, a Ky y a mí, justo anoche.

Pero hay algo que puedo seguir dando a Ky que es solo mío, que no pertenece a Xander. El poema.

Solo tengo intención de recitarle unos pocos versos, pero, en cuanto empiezo, me cuesta contenerme y le recito el poema entero. Las palabras son inseparables. Algunas cosas se crean para no separarse.

—El poema no es tranquilizador —dice Ky.

—Lo sé.

—Entonces, ¿por qué me tranquiliza a mí? —pregunta asombrado—. No lo entiendo.

Seguimos caminando entre la maleza en silencio pensando en el poema.

Por fin, sé lo que quiero decir.

—Creo que es porque, cada vez que lo escuchamos, sabemos que no somos los únicos que se han sentido alguna vez así.

—Vuelve a recitármelo —susurra Ky. Respira de forma entrecortada y tiene la voz ronca.

Durante el tiempo que nos queda, hasta que oímos el silbato del instructor, caminamos por la Loma recitándonos el poema como una canción. Una canción que solo nosotros conocemos.

Antes de salir del bosque, Ky termina de enseñarme a escribir mi nombre sobre la tierra blanda debajo de uno de los árboles caídos. Nos agachamos con telas rojas en la mano, para que dé la impresión de que las estamos atando si alguien nos ve. Tardo un rato en aprender a trazar la «s», pero me gusta su forma, como si se recostara al viento. El palito y el punto de la «i» son fáciles, y ya sé escribir la «a».

Escribo todas las letras de mi nombre y las ligo, con la mano de Ky guiándome, muy próxima a la mía. No nos tocamos, pero noto el calor de su mano, la envergadura de su cuerpo agachado detrás de mí mientras escribo. «Cassia».

—Mi nombre —digo, apartándome para mirar las letras. Son vacilantes, menos seguras que las de Ky. Alguien que pasara quizá no las reconocería siquiera como letras. Pero yo sé lo que dicen.

—¿Y ahora qué?

—Ahora —responde Ky— volvemos al principio. Ya sabes la «a». Mañana te enseñaré la «b». Cuando las sepas todas, podrás escribir tus propios poemas.

—Pero ¿quién los leería? —pregunto riéndome.

—Yo —responde. Me da otra servilleta doblada. En ella, entre huellas grasientas y restos de comida, me muestra otra parte de él.

Me meto la servilleta en el bolsillo y lo imagino escribiendo su historia con sus manos enrojecidas, escaldadas por el trabajo que hace. Lo imagino arriesgándolo todo cada vez que se mete una servilleta en el bolsillo. Ha sido muy precavido durante todos estos años, pero ahora está dispuesto a arriesgarse. Porque ha encontrado a alguien que quiere saber. Alguien con quien él quiere sincerarse.

—Gracias —digo— por enseñarme a escribir.

—Gracias a ti —responde. Hay luz en sus ojos, y soy yo quien la ha puesto ahí—. Por salvar mi reliquia y por el poema.

Tenemos más cosas que decirnos, pero estamos aprendiendo a hablar. Juntos, salimos del bosque. Sin tocarnos. Todavía.

Capítulo 20

Regreso a casa con Em desde la parada del tren después de ir a clase y clasificar. Cuando el resto de nuestros compañeros se han adelantado o rezagado, me pone una mano en el brazo.

—Lo siento muchísimo —susurra.

—Em, no te preocupes más por eso. No estoy enfadada. —La miro para que sepa que hablo en serio, pero ella sigue teniendo una expresión triste en los ojos. A lo largo de mi vida he sentido muchas veces que mirarla era como ver otra versión de mí misma, pero ya no me siento así. Últimamente, han cambiado demasiadas cosas. No obstante, continúa siendo mi mejor amiga. Que nos hayamos distanciado no cambia el hecho de que creciéramos juntas; nuestras raíces siempre estarán entrelazadas. Me alegra que así sea—. No hace falta que sigas disculpándote —insisto—. Estoy contenta de habértela prestado. Al menos, pudimos disfrutarla las dos antes de que se la llevaran.

—Sigo sin entenderlo —susurra—. Ya hay muchas exposiciones en el museo. No tiene sentido.

Nunca le había oído decir nada tan rayano en la insubordinación y le sonrío. A lo mejor no somos tan distintas.

—¿Qué hacemos esta noche? —pregunto cambiando de tema.

Parece aliviada de poder hablar de otra cosa.

—He hablado con Xander, quiere ir al centro recreativo. ¿A ti qué te apetece?

Lo que de verdad me apetece es regresar a la cima de la primera colina. La perspectiva de meterme en ese centro mal ventilado y atestado de gente cuando podríamos estar sentados y hablando bajo el limpio cielo nocturno me resulta casi insoportable. Pero puedo hacerlo. Puedo hacer lo que haga falta para que mi vida continúe siendo normal. Tengo palabras de Ky que leer. Y, quizá, con un poco de suerte, lo vea esta noche. Espero que nos acompañe.

Em interrumpe mis pensamientos diciendo:

—Mira. Tu madre te está esperando.

Tiene razón. Mi madre está sentada en los escalones de casa con la cara vuelta hacia nosotras. Cuando ve que la miro, se levanta, saluda y comienza a caminar hacia nosotras. Yo también la saludo, y Em y yo apretamos el paso.

—Ha vuelto —digo en voz alta, y al percibir la sorpresa de mi voz es cuando reconozco que a una parte de mí le preocupaba que no fuera a hacerlo nunca.

—¿Estaba de viaje? —pregunta Em, y me percato de que la ausencia de mi madre es probablemente una de las cosas que no debemos mencionar fuera de la familia. No es que los funcionarios nos lo pidieran explícitamente, pero es la clase de información que hemos aprendido a no contar a nadie.

—Ha vuelto antes del trabajo —aclaro. Ni siquiera es una mentira.

Em se despide y entra en su casa. Su arce no va a sobrevivir, pienso al fijarme en que, incluso en pleno verano, solo tiene unas diez ra-

quíticas hojas verdes. Luego miro mi casa, donde el arce está crecido, las flores son hermosas y mi madre sale a mi encuentro.

Esto me recuerda la época en que yo todavía iba al centro de
primera enseñanza y el trabajo de mi madre terminaba antes de que
yo regresara a casa. A veces, ella y Bram iban a buscarme a la parada del tren aéreo. Nunca llegaban muy lejos, porque mi hermano se
detenía a mirarlo todo por el camino. «Esa atención al detalle puede ser una señal de que tiene madera de clasificador», solía decir
mi padre, hasta que Bram creció y se hizo patente que había perdido su capacidad para fijarse en los detalles junto con sus dientes de
leche.

Cuando nos encontramos, mi madre me abraza al instante en la
misma acera.

—Oh, Cassia —dice. Está pálida y parece cansada—. Lo siento
muchísimo. Me he perdido tu primera cita oficial con Xander.

—Anoche también te perdiste otra cosa —observo, con la cara
apoyada en su hombro. Es más alta que yo y no creo que vaya a al-
canzarla nunca. Soy menuda, como la familia de mi padre. Como mi
abuelo. Percibo su familiar olor a flores y a ropa limpia e inspiro
hondo. Cuánto me alegro de que haya vuelto.

—Lo sé. —Mi madre nunca habla contra el gobierno. La vez que
ha estado más insolente fue cuando los funcionarios cachearon a mi
padre. No espero que se ponga a criticar a los funcionarios por haber
requisado las reliquias, como efectivamente no hace. Se me ocurre
que, si lo hiciera, estaría criticando a su propio marido. A fin de
cuentas, también él es funcionario.

Aunque no fue él quién alargó la mano y nos pidió que le entre-
gáramos nuestras preciadas pertenencias, lo hizo con otras personas.

Cuando regresó a casa anoche, nos dio un fuerte abrazo a Bram y a mí y se fue a su habitación sin decir nada. Quizá porque no soportaba ver el dolor en nuestras caras y recordar que se lo había infligido a otros.

—Lo siento, Cassia —me dice mi madre mientras regresamos a casa—. Sé cuánto significaba para ti esa polvera.

—Yo lo siento por Bram.

—Lo sé. Y yo.

Cuando entramos en casa, oigo la campanilla que anuncia la llegada de nuestra cena. Pero, cuando entro en la cocina, solo veo dos bandejas.

—¿Y papá y Bram?

—Tu padre ha pedido que le adelanten la cena para dar un paseo con Bram antes de sus horas lúdicas.

—¿En serio? —pregunto. No solemos hacer esa clase de peticiones.

—Sí. Ha pensado que a Bram le vendría bien algo especial después de todo lo que ha pasado últimamente.

Me alegro, sobre todo por Bram, de que los funcionarios de nutrición hayan accedido.

—¿Por qué no has ido tú también?

—Quería verte. —Mi madre me sonríe y mira a su alrededor—. Hace mucho que no cenamos juntas. Y, por supuesto, quiero que me cuentes cómo fue tu cita con Xander.

Nos sentamos una enfrente de la otra y vuelvo a reparar en lo cansada que parece.

—Háblame de tu viaje —digo antes de que me pregunte por la cita de anoche—. ¿Qué has visto?

—Aún no estoy segura —responde en voz baja, casi para sí. Se pone derecha—. Fuimos a otro arboreto a ver unos cultivos. Después tuvimos que ir a varios territorios agrarios. Nos llevó bastante tiempo.

—Pero ahora todo ha vuelto a la normalidad, ¿no?

—Más o menos. Tengo que redactar un informe oficial y presentarlo a los funcionarios que gestionan el otro arboreto.

—¿De qué trata el informe?

—Lo siento, pero es información confidencial —se lamenta mi madre.

Nos quedamos calladas, pero es un silencio agradable, entre madre e hija. Ella tiene la cabeza en otra parte, en el arboreto quizá. A lo mejor está redactando mentalmente el informe. Pero a mí no me importa. Me relajo y también dejo vagar el pensamiento, que vuela hacia Ky.

—¿Pensando en Xander? —pregunta mi madre sonriéndome con complicidad—. Yo también me pasaba el día fantaseando con tu padre.

Le devuelvo la sonrisa. No tiene sentido decirle que estoy pensando en el chico inapropiado. No, el chico «inapropiado» no. Ky puede ser un aberrante, pero no tiene nada de inapropiado. Es nuestro gobierno, su sistema de clasificación y todos sus sistemas los que son inapropiados. Incluido el sistema de emparejamientos.

Pero, si el sistema es inapropiado, falso e irreal, ¿qué ocurre con el amor de mis padres? Si su amor surgió porque la Sociedad intervino, ¿puede, pese a ello, ser real, bueno, «correcto»? Esta es la pregunta que no logro quitarme de la cabeza. Quiero que la respuesta sea afirmativa. Que su amor sea auténtico. Quiero que sea hermoso y real con independencia de cualquier otra cosa.

—Debería prepararme para irme al centro recreativo —le informo, y ella bosteza—. Y tú deberías acostarte. Podemos seguir hablando mañana.

—Bueno, a lo mejor descanso un rato —dice. Nos levantamos; llevo su bandeja al cubo de la basura y ella lleva mi botella de agua al esterilizador—. Pero ven a despedirte antes de marcharte, ¿vale?

—Claro.

Mi madre se va a su habitación y yo entro en la mía. Tengo unos minutos antes de salir. ¿Me da tiempo a leer otro fragmento de la historia de Ky? Decido que sí. Me saco la arrugada servilleta del bolsillo.

Quiero saber más cosas de él antes de verlo esta noche. Siento que, cuando caminamos entre los árboles de la Loma, somos nosotros mismos. Pero los sábados por la noche, cuando estamos con todos los demás, se nos hace difícil. Atravesamos un bosque complicado, plagado de obstáculos y sin hitos para guiarnos aparte de los que nosotros construimos.

Cuando me siento a leer en la cama, miro el estante donde guardaba mi polvera. El corazón se me encoge al pensar en su pérdida y vuelvo a concentrarme en la historia de Ky. Pero, mientras leo y las lágrimas me ruedan por las mejillas, me percato de que no sé nada sobre pérdidas.

En mitad del doblez, Ky ha dibujado un pueblo, casitas, personitas. Pero todas las personas están postradas. No queda nadie en pie, aparte de los dos Ky. El más joven ya no tiene las manos vacías; llevan algo. Una mano coge la palabra «madre», que cuelga por el borde y tiene una forma que recuerda un poco a un cuerpo. El palito de la «d» está vuelto hacia arriba, como un brazo alzado.

La otra mano coge la palabra «padre», también postrada e inmóvil. Y el joven Ky tiene la espalda encorvada bajo el peso de estas dos breves palabras y el rostro vuelto hacia el cielo, donde advierto que la lluvia se ha convertido en algo oscuro, algo mortífero y sólido. Munición, creo. Lo he visto en la proyección.

El Ky mayor ha dado la espalda al pueblo dibujado en mitad de la servilleta, al otro chico. Ya no tiene las manos abiertas, sino los puños cerrados. Detrás de él, personas con uniformes de funcionario lo vigilan. Sonríen con los labios, pero no con la mirada. Ky lleva ropa de diario recién planchada, con la raya hecha en los pantalones.

al principio cuando la lluvia cayó
de la inmensidad del cielo
olió a salvia, mi olor preferido
subí a la meseta para verla llegar
para ver los regalos que siempre traía
pero la lluvia azul se tornó negra
y no dejó
nada.

Hay pocos funcionarios en el centro recreativo, a pesar de estar abarrotado de personas que juegan, ganan y pierden. Veo tres funcionarios vigilando la mesa más grande. Vestidos de blanco, parecen serios, nerviosos, con las facciones más tensas que de costumbre. Esto es extraño. Por lo general, hay doce o más funcionarios de bajo nivel en el centro, manteniendo la paz, manteniendo el orden. ¿Dónde están los demás esta noche?

En alguna parte, las cosas no van del todo bien.

Pero aquí, por lo que a mí respecta, una cosa sí va bien. Ha venido Ky. Lo miro una vez mientras seguimos a Xander entre la multitud, esperando que entienda en esa mirada que he leído su historia, que me importa. Él camina justo detrás de mí y quiero cogerle la mano, pero hay demasiadas personas. Lo único que puedo hacer por él es protegerlo, callarme lo que quiero decirle hasta encontrar un lugar seguro donde poder hacerlo. Y recordar las palabras que ha escrito, los dibujos que ha hecho, aunque desearía que esa parte de la historia no le hubiera sucedido jamás.

«Sus padres murieron. Él lo vio. La muerte cayó del cielo y eso es lo que recuerda cada vez que llueve.»

Xander se detiene y los demás también lo hacemos. Para mi sorpresa, señala una mesa con juegos de uno contra uno. Juegos en los que no suele participar. Le gusta jugar en grupo, ganar cuando hay mucho en juego y participan más jugadores. Pone sus aptitudes más a prueba: el desafío es mayor, hay más variables. Es menos personal.

—¿Quieres jugar? —pregunta Xander.

Me vuelvo para ver a quién se ha dirigido.

Ky.

—Vale —responde él sin vacilar, sin dejar traslucir nada en la voz.

Observa a Xander, esperando a que dé el siguiente paso.

—¿Qué te apetece? ¿Un juego de habilidad o uno de azar?

—¿Percibo un desafío velado en la voz de Xander? Su expresión no se altera en absoluto, ni tampoco la de Ky.

—Me da lo mismo —responde Ky.

—¿Qué te parece un juego de azar? —sugiere Xander, lo cual vuelve a sorprenderme. Él odia los juegos de azar. Le gustan mucho más los que requieren habilidad.

Em, Piper y yo nos quedamos a mirar mientras Xander y Ky se sientan e insertan sus tarjetas digitales en el terminal de la mesa. Xander reparte las cartas, rojas con marcas negras en el centro, golpeándolas antes dos veces contra el metal para que queden bien apiladas.

—¿Empiezas tú? —pregunta Xander a Ky, que asiente y alarga la mano para cortar.

—¿A qué juegan? —pregunta alguien a mi lado. Livy. Ha venido por Ky. Lo sé por la forma en que devora sus manos con la mirada.

«Esas manos no soy tuyas», le digo mentalmente, y vuelvo a recordar que tampoco son mías. Debería estar mirando a Xander. Debería querer que ganara él.

—Al dilema del prisionero —responde Em—. Juegan al dilema del prisionero.

—¿Qué es eso? —pregunta Livy.

¿No conoce el juego? La miro sorprendida. Es uno de los más fáciles y conocidos. Em intenta explicárselo en voz baja para no molestar a los jugadores.

—Los dos ponen una carta en la mesa al mismo tiempo. Si los dos tienen una carta par, ganan dos puntos cada uno. Si es impar, ganan un punto.

Livy interrumpe a Em.

—¿Y si uno la tiene par y el otro impar?

—Si uno la tiene par y el otro impar, el que tiene la impar gana tres puntos y el que tiene la par ninguno.

Livy escruta la cara de Ky. Celosa, pienso que, aunque lo vea tan detalladamente como yo, lo cual dudo, no sabe nada de él. ¿Estaría igual de interesada en Ky si supiera que es un aberrante?

Me asalta un pensamiento que me paraliza: ¿lo estaría yo si no supiera que es un aberrante? Nunca le había prestado especial atención antes de conocer su clasificación.

«Ni antes de ver su cara en la microficha —me recuerdo—. Naturalmente, eso despertó tu interés. Además, se supone que no debías interesarte en nadie hasta que te emparejaran.»

Me angustia un poco pensar que Livy quizá vea el auténtico valor de Ky en un sentido más puro; está interesada en él y nada más. Sin razones ocultas. Sin enredos. Sin más capas aparte de su atracción hacia él.

Pero, por otra parte, soy consciente de que nunca se sabe. Podría esconder algo, como yo. Todos podríamos esconder algo.

Vuelvo a concentrarme en la partida y observo las caras de Ky y Xander con atención. Ninguno de los dos parpadea, vacila antes de jugar, muestra sus cartas.

Al final, da lo mismo. Ky y Xander terminan empatados. Los dos han ganado, y perdido, la misma cantidad de manos.

—Salgamos un momento a pasear —dice Xander cogiéndome de la mano. Quiero mirar a Ky antes de entrelazar los dedos con los de Xander, pero no lo hago. Yo también tengo que seguir el juego. Seguro que Ky lo entenderá.

«Pero ¿y Xander? ¿Si supiera lo mío con Ky y que compartimos palabras en la Loma?»

Aparto este pensamiento y me alejo de la mesa con Xander. Livy ocupa su lugar de inmediato y comienza a charlar con Ky.

Xander y yo salimos solos al pasillo. Me pregunto si está a punto de besarme y qué voy a hacer si lo hace, pero me susurra al oído palabras quedas y cercanas.

—Ky pierde aposta.

—¿Estás seguro?

—Sí.

—Habéis empatado. No ha perdido.

No sé adónde quiere llegar.

—Esta noche, no. Porque no era un juego de habilidad. Precisamente esos son los que suele perder aposta. Llevo un tiempo observándolo. Lo hace con mucho disimulo, pero estoy seguro de que eso es lo que hace.

Me quedo mirándolo sin saber muy bien cómo reaccionar.

—Es fácil perder aposta en un juego de habilidad, sobre todo cuando el grupo es grande. O en un juego como el Jaque, en el que puedes arriesgar tus piezas y hacer que parezca natural. Pero hoy, en un juego de azar, mano a mano, no ha perdido. No es tonto. Sabía que lo estaba observando. —Xander sonríe. Luego pone cara de desconcierto—. Lo que no entiendo es por qué lo hace.

—¿Por qué hace qué?

—Porque pierde aposta tantas veces. Sabe que los funcionarios nos observan. Sabe que buscan personas que jueguen bien. Sabe que nuestra forma de jugar probablemente influye en las profesiones que nos asignan. No tiene sentido. ¿Qué razón puede haber para que no quiera que sepan lo inteligente que es? Porque inteligente es, de eso no cabe duda.

—No vas a contarle esto a nadie, ¿verdad? —De pronto estoy preocupada por Ky.

—Claro que no —responde Xander pensativo—. Debe de tener sus motivos. Eso lo respeto.

Xander está en lo cierto. Ky tiene sus buenos motivos. Los leí en la última servilleta, la que tiene las manchas que sé que deben de ser salsa de tomate pero que parecen sangre. Sangre seca.

—Juguemos por última vez —dice Ky mirando a Xander cuando regresamos. Baja brevemente la vista y creo que se ha fijado en mi mano, cogida a la de Xander, pero no estoy segura. Su cara no expresa ninguna emoción.

—De acuerdo —accede Xander—. ¿Azar o habilidad?

—Habilidad —sugiere Ky. Y, por su expresión, me parece adivinar que esta vez quizá no pierda aposta. Quizá juegue para ganar.

Em pone los ojos en blanco y señala a los chicos como diciendo: «Son como hombres de las cavernas». Pero las dos los seguimos a otra mesa. Livy también viene.

Me siento entre Ky y Xander, a la misma distancia de los dos. Es como si yo fuera un pedazo de metal y ellos fueran dos imanes que ejercieran su atracción sobre mí. Los dos se han arriesgado por mí: Xander con la reliquia; Ky con el poema y su historia.

Xander es mi pareja, mi amigo más antiguo y una de las mejores personas que conozco. Cuando nos besamos, su beso fue dulce. Me siento atraída por él y nos atan los hilos de mil recuerdos distintos.

Ky no es mi pareja, pero podría haberlo sido. Él me ha enseñado a escribir mi nombre, a conservar los poemas, a construir una torre de piedras que, pese a parecer inestable, no se derrumba. Nunca nos hemos besado y no sé si alguna vez lo haremos, pero creo que su beso podría ser más que dulce.

Es casi incómoda, mi conciencia de él. De cada pausa, cada movimiento cuando coloca una pieza en el tablero negro y gris. Quiero cogerle la mano y ponérsela justo encima de mi corazón, justo donde más me duele. No sé si hacerlo me curaría o me lo haría pedazos, pero, en ambos casos, esta espera ávida y constante cesaría.

Xander juega con osadía e inteligencia; Ky con una suerte de intuición profunda y mesurada: los dos son fuertes. Están muy igualados.

Le toca a Ky. En el silencio que precede a su jugada, Xander lo observa con atención. Ky deja la mano suspendida sobre el tablero. Por un momento, mientras tiene la ficha en el aire, veo dónde podría colocarla para ganar y sé que también lo ve él, que ha planeado toda la partida para esta última jugada. Mira a Xander y este le sostiene la mirada, respondiendo a un desafío que parece más hondo y antiguo que lo que ocurre en este tablero.

Ky baja la mano y deja la ficha en una casilla donde Xander puede terminar tomándole la delantera y ganando. No vacila al colocarla; lo hace con contundencia, se recuesta en la silla y mira al techo. Me parece entrever un amago de sonrisa en sus labios, pero no puedo estar segura; se ha esfumado más deprisa que un copo de nieve en una vía del tren aéreo.

La jugada de Ky quizá no sea la jugada brillante que sé que podría haber hecho, pero él tampoco es idiota. Ha elegido la jugada de un jugador mediocre. Cuando baja la cabeza, se encuentra con mi mirada y me la mantiene, igual que ha mantenido su ficha en el aire antes de colocarla. Con ese silencio me transmite lo que no puede expresar en voz alta.

Ky sabe jugar a esto. Sabe jugar a todos los juegos de la Sociedad, incluido el que acaba de perder. Conoce sus cartas, y por eso pierde sistemáticamente.

Capítulo 21

Al día siguiente, me cuesta concentrarme en mis clasificaciones. Los domingos son para trabajar; no hay actividades de ocio, de manera que no veré a Ky hasta el lunes. Hasta entonces, no podré hablar de su historia con él; no podré decirle: «Siento lo de tus padres». Ya dije esas palabras cuando Ky vino a vivir con los Markham y todos le dimos la bienvenida y lo acompañamos en el sentimiento.

Pero es distinto ahora que sé lo que sucedió. Antes, sabía que habían muerto, pero no sabía cómo. No sabía que él lo vio mientras miraba con impotencia. Quemar la servilleta que contenía esa parte de su historia es una de las cosas más difíciles que he hecho nunca. Como los libros de la vieja biblioteca, como el poema de mi abuelo, la historia de Ky, pedazo a pedazo, se está convirtiendo en polvo y cenizas.

Salvo que él la recuerda, y ahora también lo hago yo.

Aparece un mensaje de Norah en mi pantalla que interrumpe mi clasificación. «Por favor, preséntate en el puesto de supervisión». Alzo la cabeza para mirarla y me levanto sorprendida.

Los funcionarios han regresado.

Me observan mientras paso entre los puestos de otros empleados y me parece percibir aprobación en sus ojos. Siento alivio.

—Enhorabuena —me dice el funcionario de pelo cano cuando llego—. Has sacado muy buena nota en el examen.

—Gracias —digo, como siempre hago con los funcionarios. Pero esta vez soy sincera.

—La fase siguiente será una clasificación aplicada a la vida real —me explica—. Un día de estos, vendremos a buscarte y te acompañaremos al lugar donde realizarás el examen.

Afirmo con la cabeza. También sabía esto. Te llevan a clasificar algo real —datos auténticos, como noticias, o personas de carne y hueso, o un subconjunto de un curso escolar— para determinar si eres capaz de aplicar tus conocimientos al mundo real. Si lo eres, pasas a la siguiente fase, que es probablemente tu puesto de trabajo definitivo.

Esto va muy aprisa. De hecho, últimamente todo parece acelerarse: la precipitada requisa de las reliquias, el repentino viaje de mi madre y ahora esto: cada vez más alumnos que dejamos antes la escuela.

Los funcionarios esperan a que reaccione.

—Gracias —digo.

Por la tarde, mi madre recibe un mensaje en el trabajo: «Váyase a casa y haga las maletas». La necesitan para otro viaje que puede ser incluso más largo que el anterior. Sé que a mi padre no le gusta la idea; ni a Bram. Ni, de hecho, tampoco a mí.

Me siento en la cama y la observo mientras hace el equipaje. Dobla dos mudas de ropa de diario. Dobla su pijama, su ropa interior, sus calcetines. Abre su pastillero y cuenta las pastillas.

Le falta una, la verde. Me mira y yo disimulo.

Deduzco que estos viajes quizá sean más duros de lo que parecen y me percato de que, al ver la pastilla que falta, no he presenciado un ejemplo de su debilidad, sino de su fortaleza. Lo que tiene entre manos es tan difícil que la ha obligado a tomarse la pastilla verde, de manera que también debe de resultarle difícil contenerse, no contárnoslo. Pero ella es fuerte y sabe guardar los secretos, porque así nos protege.

—¿Cassia? ¿Molly? —Mi padre entra en la habitación y yo me levanto para salir. Me acerco rápidamente a mi madre para abrazarla. Cuando me separo, nos miramos a los ojos y le sonrío. Quiero que sepa que no me avergüenzo de ella. Sé cuánto cuesta guardar un secreto. Puede que sea una clasificadora como mi padre y mi abuelo, pero también soy hija de mi madre.

El lunes por la mañana, Ky y yo nos adentramos en la espesura y encontramos el lugar donde terminamos la última vez. Comenzamos a poner señales rojas otra vez. Ojalá fuera igual de fácil empezar donde lo dejamos en otros aspectos. Al principio, vacilo, no queriendo perturbar la paz de este bosque con los horrores de las provincias exteriores, pero ha sufrido solo durante tanto tiempo que no soporto hacerle esperar ni un minuto más.

—Ky, lo siento mucho. Siento que ya no estén.

Él no dice nada y se agacha para atar una tela roja a un arbusto especialmente espinoso. Le tiemblan un poco las manos. Sé lo que significa esta breve pérdida del control para alguien como Ky y quiero consolarlo. Le pongo la mano en la espalda con suavidad y dulzu-

ra, solo para que sepa que lo apoyo. Cuando mi mano toca su camisa, se vuelve con rapidez y yo me aparto al ver el dolor de sus ojos. Su
mirada me ruega que no diga más. Es suficiente con que lo sepa. Podría ser excesivo.

—¿Quién es Sísifo? —pregunto intentando pensar en algo que lo
distraiga—. Lo mencionaste cuando el instructor nos dijo que iría-
mos a la Loma.

—Alguien cuya historia se cuenta desde hace mucho tiempo.
—Ky se levanta y echa de nuevo a andar. Se nota que hoy necesita estar en movimiento—. Era una de las historias que más le gustaba explicar a mi padre. Creo que quería ser como Sísifo, porque Sísifo era
astuto y sigiloso y siempre causaba problemas a la Sociedad y a los
funcionarios.

Es la primera vez que Ky habla de su padre. Su voz carece de
emoción; por su tono, no logro saber qué siente por el hombre que
murió hace años, el hombre cuyo nombre asía en la mano en su dibujo.

—Cuentan que Sísifo pidió una vez a un funcionario que le en-
señara a disparar un arma y terminó apuntándolo con ella.

Mi asombro debe de ser patente, pero Ky parece haber anticipa-
do mi sorpresa. Su mirada es amable cuando prosigue.

—Es una vieja historia, de la época en la que los funcionarios llevaban armas. Hoy ya no las usan.

Lo que no dice, porque los dos lo sabemos, es que ahora no necesitan llevarlas. La amenaza de la reclasificación basta para mante-
nernos a todos a raya.

Ky se da la vuelta y echa a andar. Lo observo moverse, con los
músculos de la espalda a pocos centímetros de mí; lo sigo de cerca

para pasar entre las ramas que aparta para mí. Por un instante, el olor del bosque parece ser simplemente su olor. Me pregunto a qué huele la salvia, su aroma preferido en su antigua vida. Espero que el olor de este bosque sea ahora su favorito. Yo sé que es el mío.

—La Sociedad decidió que necesitaba imponer un castigo a Sísifo, uno especial, por atreverse a pensar que podía ser tan listo como uno de ellos, cuando no era ni funcionario, ni tan siquiera ciudadano. No era nada. Un aberrante de las provincias exteriores.

—¿Qué le hicieron?

—Le dieron un trabajo. Tenía que empujar una piedra, una piedra enorme, hasta la cima de una montaña.

—No parece tan horrible. —Hay alivio en mi voz. Si la historia termina bien para Sísifo, quizá también lo haga para Ky.

—No era tan fácil como parece. Cuando estaba a punto de llegar arriba, la piedra volvía a rodar hasta el pie de la montaña y él tenía que volver a empezar. Eso ocurrió todas las veces. Jamás consiguió subir la piedra hasta arriba. Se pasó la vida empujando.

—Comprendo —digo, percatándome de por qué nuestras excursiones por la primera colina le recordaban a Sísifo. Todos los días hacíamos lo mismo: subir y volver a bajar—. Pero nosotros llegábamos a la cima.

—Pero no nos dejaban quedarnos mucho rato —señala Ky.

—¿Sísifo era de tu provincia? —Me interrumpo, creyendo haber oído el silbato del instructor, pero solo es el chillido de un pájaro entre el follaje.

—No lo sé. No sé si es un personaje real —responde Ky—. Si existió alguna vez.

—Entonces, ¿por qué contar su historia? —No lo entiendo y,

por un instante, me siento traicionada. ¿Por qué me ha hablado Ky de una persona despertando mi compasión si no hay pruebas de su existencia?

Ky se detiene un momento antes de responder, con los ojos grandes y profundos como los mares de otras historias o como el cielo de la suya.

—Aunque él no viviera su historia, muchos de nosotros hemos tenido vidas como esa. Así que es cierta de todos modos.

Pienso en lo que ha dicho mientras echamos de nuevo a andar a buen paso, atando telas y ayudándonos uno a otro en los tramos más enmarañados. Percibo un olor que ya conozco: el olor a materia en descomposición, pero no huele a podrido. Casi huele bien, a plantas que retornan a la tierra, a madera que se transforma en polvo.

Pero la Loma podría ocultar algo. Recuerdo las palabras y los dibujos de Ky y sé que ningún lugar es enteramente bueno, ni ningún lugar enteramente malo. He estado pensando en términos absolutos; primero, creía que nuestra Sociedad era perfecta. La noche en que nos requisaron las reliquias, creí que era malvada. Ahora, sencillamente, no sé que pensar.

Ky trastoca mi concepción del mundo. También me ayuda a ver con claridad. Espero hacer lo mismo por él.

—¿Por qué pierdes adrede? —le pregunto cuando nos detenemos en un pequeño claro.

Se le tensan las facciones.

—Tengo que hacerlo.

—¿Siempre? ¿Nunca te permites pensar en ganar?

—Siempre pienso en ganar —responde. Sus ojos vuelven a arder cuando parte una rama para que podamos pasar. La arroja, aparta otra y espera a que pase, pero yo me quedo donde estoy, a su lado. Él me mira y hay sombras de hojas en su cara, y también sol. Me está mirando a los labios y me cuesta hablar, aunque sé lo que quiero decir.

—Xander sabe que pierdes aposta.

—Ya lo sé —dice. Una sonrisa le curva las comisuras de la boca, similar a la que me pareció ver anoche—. ¿Alguna otra pregunta?

—Solo una —respondo—. ¿De qué color son tus ojos? —Quiero saber qué piensa, cómo se ve a sí mismo, cómo ve al verdadero Ky, cuando se atreve a hacerlo.

—Azules —responde, y parece sorprendido—. Siempre han sido azules.

—No para mí.

—¿Cómo son para ti? —pregunta desconcertado y divertido. Ya no me mira a la boca, sino a los ojos.

—De muchos colores —respondo—. Al principio, me parecieron castaños. Una vez me parecieron verdes, y otra grises. Aunque casi siempre son azules.

—¿Cómo son ahora? —pregunta. Los agranda un poco, se acerca más, dejándome sumergirme en ellos durante el tiempo que quiero.

Y hay tanto que ver... Son azules, y negros, y también de otros colores, y yo sé parte de lo que han visto y lo que espero que estén viendo ahora. A mí. Cassia. Lo que siento, lo que soy.

—¿Y bien? —pregunta.

—Todo —respondo—. Lo son todo.

Por un momento, no nos movemos, atrapados por nuestros ojos y las ramas de esta Loma que quizá no terminemos nunca de subir.

Soy yo quien se mueve primero. Lo adelanto y me abro camino entre la maraña de hojas y sorteo un arbolillo caído.

Oigo a Ky haciendo lo mismo detrás de mí.

Me estoy enamorando. Estoy enamorada. Y no es de Xander, aunque lo quiero. De eso estoy segura, tanto como del hecho de que siento algo distinto por Ky.

Mientras ato otra tela roja a un árbol y deseo la caída de nuestra Sociedad y sus sistemas, incluido el sistema de emparejamientos, para poder estar con Ky, me doy cuenta de que mi deseo es egoísta. Aunque la caída de nuestra Sociedad mejorara la vida de algunos, empeoraría la de otros. «¿Quién soy yo para intentar cambiar las cosas, para volverme codiciosa y querer más? Si nuestra Sociedad cambia y las cosas son distintas, ¿quién soy yo para decir a la chica que habría disfrutado de la vida segura y protegida que ahora tiene que elija y corra riesgos por mí?»

La respuesta es: no soy nadie. Solo soy una persona que ha tenido la suerte de pertenecer a la mayoría. Durante toda mi vida, lo he tenido todo a mi favor.

—Cassia —dice Ky. Parte otra rama y se agacha con rapidez para escribir en el suelo del bosque. Tiene que apartar la hojarasca, y una araña sale huyendo—. Mira —añade enseñándome otra letra. La «K».

Agradecida por la distracción, me agacho junto a él. La letra es más difícil y necesito probar varias veces antes de garabatear algo que se le aproxime. Pese a mi práctica con las otras letras, mis manos aún no están habituadas a esto, a escribir si no es en un teclado. Cuando por fin la hago bien y lo miro, descubro que me está sonriendo.

—Ya me sé la «K» —digo también sonriéndole—. Qué raro. Pensaba que íbamos por orden alfabético.

—Sí —corrobora—. Pero la «K» me parece una letra interesante.

—Entonces, ¿cuál viene ahora? —pregunto con fingida inocencia—. ¿La «Y» quizá?

—Sí —responde. Ya no sonríe, pero tiene la mirada pícara.

El silbato suena abajo, detrás de nosotros. Al oírlo, me pregunto cómo he podido confundirlo con el chillido de pájaro que he oído antes. El silbato del instructor tiene un sonido metálico y artificial y el chillido ha sido agudo, claro, hermoso.

Suspiro y paso la mano por el suelo, devolviendo las letras a la tierra. Luego cojo una piedra para construir un hito. Ky hace lo mismo. Lo erigimos juntos, piedra a piedra.

Cuando coloco la última piedra, Ky pone su mano sobre la mía. No la retiro. No quiero que el hito se derrumbe. Además, me gusta sentir su mano áspera y cálida sobre la mía, con la fresca y lisa superficie de la piedra debajo. Vuelvo la mano despacio y nuestros dedos se entrelazan.

—No puedo tener pareja —dice Ky fijándose primero en nuestras manos y mirándome después a los ojos—. Soy un aberrante. —Aguarda mi reacción.

—Pero no eres un anómalo —observo intentando quitar importancia a sus palabras, a sabiendas de que es un error; nada de esto puede tomarse a la ligera.

—No aún —dice, pero su tono jocoso parece forzado.

Una cosa es escoger tu condición y otra bien distinta que te la impongan. Siento una soledad honda y desgarradora. ¿Cómo sería estar sola? ¿Saber que no tengo alternativa?

Es entonces cuando me doy cuenta de que no me importan las estadísticas de los funcionarios. Sé que hay muchas personas que son felices y me alegro por ellas. Pero es Ky. Si es el único que se queda en el borde del camino mientras el noventa y nueve por ciento restante es feliz y se realiza, a mí ya no me parece justo. Me doy cuenta de que no me importa el instructor que se pasea por abajo, ni el resto de los excursionistas entre los árboles ni, de hecho, ninguna otra cosa, y es entonces cuando me doy cuenta de lo peligroso que es esto.

—Pero, si pudieras tener pareja —susurro—, ¿cómo crees que sería?

—Como tú —responde él prácticamente antes de que yo termine—. Como tú.

No nos besamos. No hacemos nada salvo esperar y respirar, pero aun así lo sé. Ya no puedo entrar dócil. Ni tan siquiera por mis padres, mi familia.

Ni tan solo por Xander.

Capítulo 22

Unos días después, estoy en clase de lectura y escritura, observando a la instructora mientras insiste en la importancia de escribir mensajes sucintos cuando nos comunicamos por los terminales. En ese momento, como si quisiera ilustrar su argumento, llega un mensaje con esas características por el terminal del aula.

—Cassia Reyes. Procesal. Infracción. Un funcionario irá a buscarte en breve.

Todos me miran. El aula se queda en silencio: los alumnos dejan de escribir en sus calígrafos; sus dedos se quedan inmóviles. Incluso la instructora se permite expresar sorpresa; no intenta seguir dando la clase. Hace mucho tiempo que nadie cometía una infracción. Sobre todo, una anunciada públicamente.

Me levanto.

En cierto sentido, estoy preparada para esto. Lo esperaba. Nadie puede infringir tantas normas como yo sin que lo pillen, de algún modo, en algún momento.

Recojo el lector y el calígrafo y los meto en mi bolsa junto al pastillero. De pronto, me parece muy importante estar preparada para la funcionaria. Porque no tengo la menor duda de quién va a ser. La primera, la del espacio verde próximo al centro recreativo, la que me dijo que todo iría bien y nada cambiaría con respecto a mi emparejamiento.

¿Me mintió? ¿O dijo la verdad y mis actos han convertido sus palabras en mentiras?

Cuando salgo del aula, la profesora se despide de mí con un movimiento de cabeza, un gesto sencillo que yo le agradezco.

El pasillo vacío es largo y tiene el suelo recién encerado, otro lugar más por el que no puedo correr.

No espero a que vengan a buscarme. Echo a andar, pisando con precisión, teniendo mucho cuidado de no resbalar, de no caerme, de no correr mientras me vigilan.

Ella está en el espacio verde próximo al centro de segunda enseñanza. Tengo que atravesar el césped para sentarme en el banco bajo su atenta mirada. Ella aguarda. Yo camino.

No se levanta para saludarme. Cuando llego, no me siento. Hay mucha luz y el blanco de su uniforme y el metal del banco, ambos deslumbrantes, nítidos, perfilados bajo el sol, me obligan a entornar los ojos.

Me pregunto si ella y yo vemos las cosas de distinta manera ahora que ya no solo vemos lo que deseamos ver.

—Hola, Cassia —dice.

—Hola.

—Últimamente, tu nombre se ha mencionado en varios ministerios de la Sociedad. —Me indica que tome asiento—. ¿Por qué crees que es?

«Podría ser por muchas razones —pienso—. ¿Por dónde empiezo? He escondido reliquias, he leído poemas robados, he aprendido a escribir. Me he enamorado de alguien que no debo y se lo estoy ocultando a mi pareja.»

—No estoy segura —respondo.

Ella se ríe.

—Oh, Cassia. Fuiste muy sincera conmigo la última vez que hablamos. Debería haber sabido que eso podía cambiar. —Señala el banco para que me siente a su lado.

Obedezco. Tenemos el sol casi encima y la luz es poco favorecedora. Su tez empapada de sudor tiene un aspecto apergaminado. Sus contornos parecen difuminados, su uniforme y su insignia pequeños, menos poderosos que la última vez que hablamos. Me digo esto para no caer presa del pánico, para no revelar nada ni delatar a Ky.

—No seas tan modesta —dice—. Seguro que sabes lo bien que hiciste el examen.

«Gracias a Dios. ¿Ha venido por eso? Pero ¿y la infracción?»

—Has sacado la mejor nota del año. Naturalmente, todos se están peleando para que trabajes en su ministerio. En el Ministerio de Emparejamientos siempre buscamos buenos clasificadores.

Me sonríe. Como la última vez, eso me alivia y me reconforta, me tranquiliza con respecto a mi lugar en la Sociedad. ¿Por qué la odiaré tanto?

Lo sé al cabo de un momento.

—Por supuesto —continúa en un tono que parece apesadumbrado—, he tenido que decir a los funcionarios examinadores que, a menos que observemos un cambio en algunas de tus relaciones personales, no somos partidarios de contratarte. Y he tenido que mencionarles que es posible que tampoco seas apta para otros empleos relacionados con la clasificación si sigues así.

No me mira mientras habla; observa la fuente construida en el centro del espacio verde, que, advierto de pronto, se ha quedado sin agua. Cuando se vuelve hacia mí, el corazón se me acelera y noto el pulso latiéndome en las yemas de los dedos.

Lo sabe. Una parte, al menos, si no todo.

—Cassia —dice en un tono amable—, los adolescentes sois apasionados, rebeldes. Es parte del proceso de maduración. De hecho, cuando consulté tus datos, estaba previsto que tuvieras algunos sentimientos de esta índole.

—No sé de qué me habla.

—Claro que lo sabes, Cassia. Pero no es nada preocupante. Puede que ahora sientas algo por Ky Markham, pero, cuando tengas veintiún años, la probabilidad de que todo haya terminado es del noventa y cinco por ciento.

—Ky y yo somos amigos. Formamos pareja en las excursiones.

—¿Pensabas que esto no pasaba? —pregunta aparentemente divertida—. Casi el setenta y ocho por ciento de los adolescentes emparejados tienen algún tipo de aventura amorosa. Y la mayoría de las aventuras ocurren durante el año siguiente a su emparejamiento. No es ninguna novedad.

Odio especialmente a los funcionarios cuando actúan como si lo supieran todo, como si supieran todo de mí, cuando, en realidad, no saben nada. Solo han visto mis datos en una pantalla.

—Por lo general, en estas situaciones nos limitamos a sonreír y a dejar que las cosas se resuelvan solas. Pero, en tu caso, hay más en juego porque Ky es un aberrante. Tener una aventura amorosa con un ciudadano de buena reputación es una cosa. Vuestro caso es distinto. Si esto continúa, podrían declararte aberrante. Ky Markham, por supuesto, podría tener que volver a las provincias exteriores. —Se me hiela la sangre. Pero todavía no ha terminado conmigo. Se humedece los labios, que están tan secos como la fuente—. ¿Lo entiendes?

—No puedo dejar de hablar con él. Formamos pareja en las excursiones. Vivimos en el mismo distrito…

Me interrumpe.

—Claro que puedes hablar con él, pero hay límites que no deberíais cruzar. Besaros, por ejemplo. —Me sonríe—. No te gustaría que Xander se enterara de esto, ¿verdad? No quieres perderlo, ¿no?

Estoy enfadada y se me nota en la cara. Y lo que dice es cierto. No quiero perder a Xander.

—Cassia, ¿lamentas tu decisión de tener pareja? ¿Preferirías haberte quedado soltera?

—No es eso.

—Pues, ¿qué es?

—Creo que las personas deberían poder elegir a su pareja —respondo sin convicción.

—¿Adónde conduciría eso, Cassia? —pregunta con un tono paciente—. Luego dirías que las personas deberían poder elegir cuántos hijos tienen y dónde quieren vivir. O cuándo quieren morir.

Me quedo callada, pero no porque esté de acuerdo. Estoy pensando en mi abuelo. «No entres dócil en esa buena noche.»

—¿Qué infracción he cometido? —pregunto.

—¿Disculpa?

—Cuando ha interrumpido la clase, el mensaje del terminal decía que he cometido una infracción.

La funcionaria se ríe. Su risa parece relajada y cálida, lo cual me produce un frío hormigueo en el cuero cabelludo.

—Ah, ha sido un error. Otro más, por lo visto. Parece que todos te tocan siempre a ti. —Se acerca más—. No has cometido ninguna infracción, Cassia. De momento.

Se levanta mientras me quedo mirando la fuente seca, ordenando mentalmente al agua que vuelva a manar.

—Esto es una advertencia, Cassia. ¿Comprendes?

—Comprendo —respondo. Mis palabras no son del todo mentira. La comprendo, en cierta medida. Sé por qué tiene que intentar que todo siga como está y una parte de mí lo respeta. Eso es lo que más detesto.

Cuando por fin la miro, tiene cara de satisfacción. Sabe que ha vencido. Ve en mis ojos que no me arriesgaré a empeorar la situación de Ky.

—Hay un paquete para ti —me informa ilusionado Bram cuando llego a casa—. Lo ha traído un hombre. Debe de ser algo bueno. He tenido que introducir mi huella dactilar en su terminal portátil cuando lo he aceptado.

Me sigue a la cocina, donde hay un paquetito en la mesa. Al ver el tosco papel marrón que lo envuelve, pienso en cuánta parte de su historia podría escribir Ky en esas páginas. Pero ya no puede seguir haciéndolo. Es demasiado peligroso.

De todos modos, no puedo evitar abrir el paquete con cuidado. Lo desenvuelvo sin romper el papel, tomándome mi tiempo, lo cual casi exaspera a Bram.

—¡Vamos! ¡Date prisa! —No envían paquetes todos los días.

Cuando por fin vemos lo que contiene, suspiramos. El suspiro de mi hermano es de decepción y el mío expresa otra emoción que no sé definir con exactitud. ¿Anhelo? ¿Nostalgia?

Es un retal del vestido que llevé en mi banquete. Siguiendo la tradición, han prensado la seda entre dos cristales transparentes y les han colocado un marco plateado. Tanto el cristal como la tela reflejan la luz, lo cual me ciega de forma momentánea y me recuerda el espejo de la polvera que ya no tengo. Miro la seda, intentando acordarme de la noche de mi banquete, en la que todos íbamos vestidos de rosa, rojo, dorado, verde, violeta y azul.

Mi hermano refunfuña.

—¿No es más que eso? ¿Un trozo de tu vestido?

—¿Qué pensabas, Bram? —pregunto, sorprendida por la acritud de mi tono—. ¿Pensabas que nos devolverían nuestras reliquias? ¿Pensabas que sería tu reloj? Pues no lo es. No van a devolvernos nada. Ni la polvera. Ni el reloj. Ni al abuelo.

Mi hermano me mira con cara de sorpresa y dolor y, antes de que yo pueda decir nada, sale de la cocina.

—¡Bram! —le grito—. ¡Bram!

Oigo cerrarse la puerta de su habitación.

Cojo la caja del retal enmarcado. Al hacerlo, advierto que tiene el tamaño justo para que quepa un reloj. Mi hermano ha abrigado esperanzas y yo me he reído de él.

Quiero coger este retal y llevármelo al centro del espacio verde. Me quedaré junto a la fuente sin agua y esperaré a que la funcionaria me encuentre. Y cuando lo haga y me pregunte qué hago, les diré a ella y a todos los demás que sé que nos están dando pedacitos de la vida real en vez de la vida entera. Y le diré que no quiero que mi vida sea a base de muestras y retales. Una degustación de todo pero un banquete de nada.

Han perfeccionado el arte de darnos la libertad justa; la libertad justa para que, cuando estemos a punto de estallar, nos den un hueso y nosotros nos pongamos panza arriba, a gusto y apaciguados como un perro que vi una vez cuando visitamos a mis abuelos en los territorios agrarios. Han tenido décadas para perfeccionar esto: ¿por qué me sorprendo cuando da resultado conmigo una vez, y otra, y otra?

Aunque me avergüenzo de mí, acepto el hueso. Lo mordisqueo. Ky no debe correr peligro. Eso es lo que importa.

No me tomo la pastilla verde; todavía soy más fuerte que ellos. Pero no tanto como para quemar el último retazo de la historia de Ky sin leerlo, el retazo que me ha puesto en la mano mientras bajábamos de la Loma. «No habrá más después de este —me digo—. Solo este y ninguno más.»

Este dibujo es el primero en color. Un sol rojo, próximo al horizonte, de nuevo pintado en el doblez de la servilleta para que sea parte de ambos chicos, de ambas vidas. El Ky más joven ya no coge las palabras «padre» y «madre»; ambas han desaparecido del dibujo. Olvidadas, o abandonadas, o siendo tan parte de él que ya no le hace falta escribirlas. Mira al Ky mayor, alarga la mano hacia él.

pesaban demasiado
así que las dejé atrás

por una vida nueva, en un lugar nuevo
pero nadie ha olvidado quién fui
yo no lo he hecho
ni tampoco las personas que vigilan
llevan años vigilándome
me vigilan ahora

El Ky mayor, el actual, tiene las manos esposadas y está flanqueado por dos funcionarios. También se ha pintado las manos de rojo: no sé si quiere representar el aspecto que tienen después del trabajo o si quiere expresar otra cosa. La sangre de sus padres todavía en sus manos, después de tantos años, aunque no los mató él.

Los funcionarios también tienen las manos rojas. Y reconozco en las facciones esbozadas con unas cuantas líneas de trazo seguro a una.

Mi funcionaria. También lo ha visitado a él.

Capítulo 23

La mañana siguiente me despierta un chillido tan agudo y penetrante que me levanto de un salto, arrancándome los identificadores de sueños.

—¡Bram! —grito.

No está en su cuarto.

Corro a la habitación de mis padres. Mi madre regresó de su viaje anoche; espero encontrarlos a los dos. Pero su dormitorio también está vacío y es evidente que han salido a toda prisa; veo sábanas arrugadas y una manta en el suelo. Retrocedo. Hacía mucho tiempo que no veía su cama deshecha y, pese al miedo que siento, la intimidad de su desordenada ropa de cama me llama la atención.

—¿Cassia? —Es la voz de mi madre.

—¿Dónde estás? —grito aterrada volviéndome.

Mi madre corre a mi encuentro por el pasillo, todavía en pijama. Sus largos cabellos rubios le ondean por detrás y casi me parece de otro mundo hasta que me estrecha entre sus brazos, fuertes y reales.

—¿Qué ha pasado? —pregunta—. ¿Estás bien?

—Los gritos —digo mirando alrededor para ver de dónde proceden.

Justo en ese momento, otro sonido se suma a los gritos: el chirrido del metal al penetrar en la madera.

—No son gritos —se lamenta mi madre—. Lo que oyes son sierras. Están talando los arces.

Corro al porche, donde me encuentro con Bram y mi padre. Hay más familias fuera de sus casas, muchas de ellas todavía en pijama como nosotros. Esta muestra de intimidad es tan sorprendente y excepcional que me quedo desconcertada. No recuerdo haber visto a mis vecinos vestidos así en ningún otro momento.

O quizá sí. La vez en que Patrick Markham salió a la calle y estuvo paseándose en pijama después de que muriera su hijo hasta que el padre de Xander lo encontró y lo condujo a su casa.

La sierra penetra en el tronco de nuestro arce, lo atraviesa tan rápida y limpiamente que, al principio, creo que no ha sucedido nada aparte del chirrido. Por un instante, el árbol parece ileso, pero está muerto, pese a seguir en pie. Luego se cae.

—¿Por qué? —pregunto a mi madre.

Viendo que no responde enseguida, mi padre la rodea con el brazo y me lo explica.

—Los arces se han convertido en un problema. Las hojas lo ensucian todo en otoño. No están creciendo de forma uniforme. Por ejemplo, el nuestro ha crecido demasiado. El de Em, demasiado poco. Y algunos tienen enfermedades, así que no queda más remedio que cortarlos todos.

Miro nuestro arce, sus hojas que aún quieren alcanzar el sol, que aún trabajan para convertir la luz en alimento. Todavía no saben que están muertas. Nuestro patio parece un lugar distinto sin el majestuoso árbol que se alzaba delante de nuestra casa. Todo parece más pequeño.

Miro la casa de Em. Su patio, en cambio, apenas a cambiado ahora que ha desaparecido su patético y esmirriado arce. Nunca fue nada más que un simple arbolillo endeble con unas pocas hojas en la copa.

—Para Em no será tan triste —digo—. Apenas notará la pérdida de su arce.

—Esto es triste para todos —afirma mi madre con contundencia.

Anoche, desvelada, me agazapé cerca de la pared para oír de lo que hablaba con mi padre. Susurraron tanto que no distinguí ni una sola palabra, pero ella me pareció cansada y triste. Al final, me di por vencida y volví a acostarme. Ahora parece enfadada, cruzada de brazos en el porche.

Los trabajadores ya se han ido con sus sierras a la casa siguiente ahora que nuestro árbol está talado. Esa ha sido la parte fácil. Arrancar las raíces será la difícil.

Mi padre abraza a mi madre. Él no es un amante de los árboles como ella; pero la comprende, porque también muchas cosas que le apasionan han sido destruidas. Mi madre es una amante de las plantas; mi padre un apasionado de la historia de las cosas. Ellos se quieren.

Y yo los quiero a los dos.

Si cometo una infracción, no solo perjudicaré a Ky, a Xander y a mí. También perjudicaré a todas las personas que quiero.

—Es una advertencia —dice mi madre para sus adentros.

—¡Yo no he hecho nada! —exclama Bram—. ¡Llevo semanas sin llegar tarde a clase!

—La advertencia no es para ti —aclara mi madre—. Es para otra persona.

Mi padre le pasa la mano por la espalda y, por su forma de mirarla, parece que estén los dos solos.

—Molly, te prometo que no he…

Y, al mismo tiempo, yo abro la boca para decir algo, no sé muy bien qué, algo acerca de lo que he hecho y de que todo es culpa mía. Pero, antes de que mi padre termine de hablar y yo empiece, lo hace mi madre.

—Es una advertencia para mí.

Se da la vuelta y entra en casa pasándose la mano por los ojos. Mientras la veo alejarse, la culpa me cercena como la sierra ha cortado el arce.

No creo que la advertencia sea para mi madre.

Si es cierto que los funcionarios ven mis sueños, deberían estar contentos con lo que soñé anoche. Quemé la última parte de la historia de Ky en el incinerador, pero, después, seguí pensando en lo que representaba, en lo que quería contarme: el sol estaba rojo y próximo al horizonte cuando los funcionarios fueron a apresarlo.

En sueños, vi innumerables escenas de Ky rodeado de funcionarios vestidos de blanco, con un cielo rojo a sus espaldas y los últimos rayos de sol en el horizonte. No sé si amanecía o anochecía; no tenía ningún sentido de la orientación en el sueño. En cada escena, Ky no mostraba ningún miedo. Las manos no le temblaban: su expresión permanecía serena. Pero yo sabía que tenía miedo y, cuando la roja luz del sol le iluminaba el rostro, parecía sangre.

No quiero ver esta escena reproducida en la vida real. Pero tengo que saber más. ¿Cómo se libró la última vez? ¿Qué sucedió?

Me debato entre estos dos deseos: el deseo de protegerme y el deseo de saber. No sé cuál de los dos vencerá.

Mi madre apenas habla cuando realizamos juntas el trayecto en tren hasta el arboreto. Me mira y sonríe de vez en cuando, pero se nota que está absorta en sus pensamientos. Cuando le hago preguntas sobre su viaje, tarda en responder y termino callándome.

Ky ha cogido el mismo tren aéreo que yo y nos encaminamos juntos a la Loma. Intento ser cordial pero reservada, como era antes con él, aunque quiero tocarle otra vez la mano, mirarle a los ojos y preguntarle por su historia. Por lo que sucedió luego.

Solo hacen falta unos segundos en el bosque para que pierda el control y se lo pregunte. Le pongo la mano en el brazo mientras nos dirigimos al lugar donde pusimos las últimas señales. Cuando lo toco, él me sonríe y eso me emociona tanto que me cuesta retirar la mano, resignarme. No sé si puedo hacer esto, pese a desear protegerlo incluso más de lo que lo deseo a él.

—Ky, una funcionaria se puso en contacto conmigo ayer. Sabe lo nuestro. Saben lo nuestro.

Ky asiente.

—Por supuesto que lo saben.

—¿Hablaron también contigo?

—Sí.

Para alguien que se ha pasado la vida evitando llamar la atención de los funcionarios, parece increíblemente tranquilo. Sus ojos tienen la misma mirada profunda de siempre, pero transmiten una calma que yo desconocía.

—¿No estás preocupado?

En vez de responder, Ky se mete la mano en el bolsillo de la camisa y saca un papel. Me lo da. Es distinto al papel marrón de las servilletas y envoltorios que ha estado utilizando: más blanco y suave. La letra no es suya. Está impresa por algún tipo de terminal o calígrafo, pero no es corriente.

—¿Qué es? —pregunto.

—Un regalo de cumpleaños atrasado para ti. Un poema.

Se me desencaja la mandíbula. ¿Un poema? ¿Cómo? Y Ky se apresura a tranquilizarme.

—No te preocupes. Destruiremos el papel enseguida para no meternos en líos. No nos costará mucho memorizarlo. —Su cara resplandece de felicidad y, de pronto, me percato de, con esta expresión franca y alegre, se parece un poco a Xander. Y recuerdo las caras sucediéndose en la pantalla del terminal al día siguiente de mi emparejamiento, cuando vi a Xander y luego a Ky. Pero ahora solo veo a Ky. Solo a Ky y a nadie más.

¡Un poema!

—¿Lo has escrito tú?

—No —responde—, pero es del mismo autor que escribió el otro poema. «No entres dócil.»

—¿Cómo? —pregunto. No había más poemas de Dylan Thomas en el terminal de la biblioteca.

Ky niega con la cabeza, eludiendo la pregunta.

—No está completo. Solo he podido pagar parte de una estrofa. —Antes de que pueda preguntarle qué ha dado a cambio del poema, se aclara la garganta con cierto nerviosismo y se mira las manos—. Me ha gustado porque menciona un cumpleaños y porque me recuerda a ti. Cómo me sentí la primera vez que te vi en la piscina, dentro del agua. —Parece confundido y percibo cierta tristeza en su cara—. ¿No te gusta?

Miro el papel blanco, pero las lágrimas me empañan tanto la vista que no puedo leerlo.

—Ten —digo devolviéndole el poema—. ¿Me lo lees tú? —Me doy la vuelta y echo a andar entre los árboles prácticamente a trompicones, tan cegada estoy por la belleza de esta sorpresa, tan abrumada por su posibilidad y su imposibilidad.

Oigo la voz de Ky detrás de mí. Me detengo a escuchar.

Mi cumpleaños se inició con los pájaros del agua
y con los pájaros de árboles alados que llevaban en vuelo mi nombre
sobre las granjas y los blancos caballos
y me levanté
en el otoño lluvioso
y eché a andar bajo el aguacero de todos mis días.

Me pongo otra vez a andar, sin preocuparme por los hitos, las telas ni nada que pueda frenar mi avance. No tengo cuidado y molesto a un grupo de pájaros, que alzan el vuelo y se alejan en el cielo, huyendo de nosotros. Blanco sobre azul, como los colores del ayuntamiento. Como los colores de los ángeles.

—Están llevando tu nombre en vuelo —dice Ky detrás de mí.

Me doy la vuelta y lo veo parado en el bosque, con el poema blanco en la mano.

Los chillidos de los pájaros se alejan con ellos. En el silencio que sigue a su huida, no sé quién se mueve primero, si Ky o yo, pero pronto estamos juntos, cerca pero sin tocarnos, respirando agitadamente pero sin besarnos.

Ky se inclina hacia mí sin dejar de mirarme, tanto que oigo la débil crepitación del poema cuando se mueve.

Cierro los ojos y sus cálidos labios me acarician la mejilla. Pienso en las semillas de álamo de Virginia rozándome al caer aquel día en el tren aéreo. Sedosas, livianas, cargadas de promesas.

Capítulo 24

K y me hace tres regalos para mi cumpleaños: un poema, un beso y la vana y hermosa esperanza de que lo nuestro es posible. Cuando abro los ojos y me toco donde sus labios me han rozado la mejilla, digo:

—Yo no te regalé nada para tu cumpleaños. Ni siquiera sé cuándo es.

—No te preocupes por eso —dice.

—¿Qué puedo hacer? —pregunto.

—Deja que crea en esto —responde—, en todo esto, y créelo tú también.

Y yo lo hago.

Durante todo el día, dejo que su beso me arda en la mejilla y en la sangre sin apartar el recuerdo. No es la primera vez que beso ni me besan. Esto es distinto. Este, más que mi verdadero cumpleaños el día de mi banquete, me parece un día señalado. Este beso, estas palabras, me parecen un comienzo.

Me permito imaginar futuros imposibles, a los dos juntos. No dejo de hacerlo ni siquiera en el trabajo, fingiendo que cada número que clasifico es una clave, un mensaje cifrado donde digo a Ky que guardaré nuestro secreto. Nos protegeré; no revelaré nada. Cada clasificación que realizo correctamente nos ayuda a pasar desapercibidos.

Como esta noche no me toca ponerme los identificadores de sueños, me dejo llevar en sueños. Para mi sorpresa, no sueño con Ky en la Loma. Sueño que está sentado en los escalones de mi casa contemplando las hojas del arce mecidas por el viento. Sueño que me lleva a un comedor privado y aparta la silla para que me siente, acercándose tanto a mí que incluso las falsas velas parpadean ante su presencia. Sueño que estamos cavando en la tierra de las neorrosas de su patio y que me enseña a utilizar su reliquia. Todo lo que sueño es sencillo, corriente y cotidiano.

Por eso sé que son sueños. Porque las cosas sencillas, corrientes y cotidianas son las que no podremos tener jamás.

—¿Cómo? —le pregunto al día siguiente en la Loma una vez que nos hemos adentrado lo bastante en el bosque como para que nadie nos oiga—. ¿Cómo es posible que creamos que esto puede salir bien? ¡La funcionaria amenazó con mandarte otra vez a las provincias exteriores, Ky!

Tarda un momento en responder y tengo la sensación de haber gritado cuando, en realidad, he hablado tan bajo como he podido. Cuando pasamos junto al hito del último día, me mira a los ojos y juro que vuelvo a notar su beso. Pero, esta vez, lo noto en los labios.

—¿Sabes qué es el dilema del prisionero? —pregunta.

—Claro. —¿Se está burlando de mí?—. Es a lo que jugasteis Xander y tú. Todos hemos jugado a eso.

—No, el juego no. La Sociedad lo ha cambiado. Me refiero a la teoría en la que se basa.

No sé de qué habla.

—Creo que no.

—Si dos personas son cómplices en un delito, las cogen y luego las separan para interrogarlas, ¿qué pasa?

Sigo perdida.

—No lo sé. ¿Qué pasa?

—Ese es el dilema. ¿Se acusan la una a la otra con la esperanza de llegar a un acuerdo con los funcionarios? ¿Se niegan a decir nada que delataría a su cómplice? La mejor táctica es que ninguna diga nada. Así se protegen.

Nos hemos detenido cerca de unos cuantos árboles caídos.

—Se protegen —digo.

Ky asiente.

—Pero eso no pasa nunca.

—¿Por qué?

—Porque un prisionero casi siempre termina delatando al otro. Casi siempre termina diciendo lo que sabe para que le reduzcan la pena.

Creo que sé lo que me está pidiendo. Cada vez interpreto mejor su mirada, cada vez sé mejor lo que piensa. Quizá se deba a que conozco su historia, a que por fin sé más cosas de él. Le doy una tela roja; ninguno de los dos intenta ya que nuestros dedos no se toquen, se junten, se queden pegados antes de separarse.

Ky continúa:

—Pero, en la situación ideal, ninguno diría nada.

—¿Y crees que nosotros podemos hacerlo?

—Nunca estaremos seguros —dice acariciándome la cara—. Al fin lo comprendo. Pero confío en ti. Nos protegeremos tanto como podamos durante el máximo tiempo posible.

Lo cual significa que nuestros besos tienen que continuar siendo promesas, promesas conservadas como su primer beso, dulce en mi mejilla. Nuestros labios no se unen. No todavía. Porque, cuando lo hagan, habremos cometido una infracción. Habremos traicionado a la Sociedad. Y también a Xander. Los dos lo sabemos. ¿Cuánto tiempo podemos escamotearles? ¿Escamotearnos? Porque en sus ojos veo que él desea ese beso tanto como yo.

Nuestras vidas tienen otras facetas: muchas horas de trabajo para Ky; clasificar e ir a clase para mí. Pero, cuando piense en esta época de mi vida, sé que no recordaré esos momentos como recuerdo cada detalle de los días pasados con Ky en la Loma.

Salvo un recuerdo de un tenso sábado por la noche en el que Xander me coge de la mano en el cine y Ky actúa como si nada hubiera cambiado. Hay un momento horrible al final cuando las luces se encienden y veo a la funcionaria del espacio verde mirando a su alrededor. Al cruzarse con mi mirada y vernos cogidos de la mano, me sonríe con disimulo y desaparece. Miro a Xander y me atenaza la nostalgia, una nostalgia tan honda y real que aún la siento después, cuando pienso en esa noche. La nostalgia no es por Xander, es por cómo eran las cosas entre nosotros. Sin secretos ni complicaciones.

Pero, de todos modos, aunque me siento culpable con Xander, aunque me preocupo por él, estos días son para Ky y para mí. Para aprender más historias y escribir más letras.

Algunas veces, Ky me pregunta si me acuerdo de cosas.

—¿Te acuerdas del primer día de clase de Bram? —me preguntó un día mientras corríamos por el bosque para compensar el tiempo que nos habíamos pasado escribiendo.

—Pues claro —respondo sin aliento, por la carrera y por pensar en sus manos cogiendo las mías.

Bram quería quedarse en casa y montó una escena en la parada del tren aéreo. Todo el mundo se acuerda. —Los niños comienzan la escuela en otoño, después de cumplir seis años. Se supone que es un importante rito de iniciación, una preparación para los banquetes venideros. Al final del primer día, se llevan un pastelito a casa para comérselo después de cenar, junto con un colorido puñado de globos. No sé qué hacía más ilusión a Bram, si el pastel, que comemos en tan raras ocaciones, o los globos, que solo se reparten el primer día de escuela. Ese también era el día en que le darían su lector y su calígrafo, pero eso no le importaba lo más mínimo.

Cuando fue hora de subir al tren para ir al centro de primera enseñanza, Bram se negó.

—No quiero ir —dijo—. Prefiero quedarme aquí.

Era por la mañana y la estación estaba llena a rebosar de trabajadores y estudiantes. Muchas cabezas se volvieron para observarnos mientras Bram se negaba a subir al tren con mis padres. Mi padre se preocupó, pero mi madre se lo tomó con calma.

—No te preocupes —me susurró—. Los funcionarios de su centro de preenseñanza ya me avisaron de que pasaría esto. Predijeron que este paso le costaría un poco. —Se arrodilló junto a mi hermano y le dijo—: Subamos al tren, Bram. Acuérdate de los globos y del pastel.

—No los quiero. —Y entonces, para sorpresa de todos, mi hermano se puso a llorar. Nunca lloraba, ni siquiera cuando era muy pequeño. Mi madre se derrumbó y lo estrechó entre sus brazos. Bram es el segundo hijo que no creía que fuera a tener. Después de concebirme a mí rápida y fácilmente, tardó años en volver a quedarse encinta y mi hermano nació semanas antes de que ella cumpliera treinta y un años, la edad límite para tener hijos. Todos nos sentimos afortunados de tener a Bram; especialmente, mi madre.

Yo sabía que si mi hermano seguía llorando, tendríamos problemas. Por aquel entonces, en cada calle vivía un funcionario cuya misión consistía en vigilar por si surgían problemas.

De manera que dije a Bram:

—Tú te lo pierdes. Ni lector ni calígrafo. Nunca sabrás escribir. Nunca sabrás leer.

—¡Eso no es verdad! —gritó él—. Puedo aprender.

—¿Cómo? —pregunté.

Él entornó los ojos, pero al menos dejó de llorar.

—Me da igual si no sé leer o escribir.

—Vale —dije, y por el rabillo del ojo, vi que alguien llamaba a la puerta de la casa contigua a la parada del tren donde vivía el funcionario. «No. Bram ya tiene demasiadas citaciones de su centro de preenseñanza.»

El tren se detuvo, y en ese momento supe lo que tenía que hacer. Cogí la cartera de Bram y se la di.

—Tú decides —dije mirándolo a los ojos sosteniéndole la mirada—. Puedes hacerte mayor o seguir siendo un crío.

Bram pareció ofendido. Le puse la cartera en los brazos y le susurré al oído:

—Sé una forma de jugar con el calígrafo.

—Ah, ¿sí?

Asentí.

A Bram se le iluminó la cara. Cogió la cartera y cruzó las puertas del tren aéreo sin mirar atrás. Mis padres y yo subimos detrás de él y mi madre me abrazó cuando estuvimos a bordo.

—Gracias —dijo.

Por supuesto, en el calígrafo no había ningún juego. Tuve que inventarme unos cuantos, pero por algo soy una clasificadora nata. Bram tardó meses en descubrir que ninguno de los otros niños tenía hermanos mayores que ocultaban series de números y dibujos en pantallas llenas de letras y luego cronometraban el tiempo que tardaban en encontrarlos todos.

Por eso supe mucho antes que nadie que Bram nunca sería un buen clasificador. Pero, aun así, inventé niveles y récords y, durante aquellos meses, dediqué casi todo mi tiempo libre a inventar juegos que creía que le gustarían. E incluso cuando lo descubrió, no se enfadó. Nos habíamos divertido demasiado y, a fin de cuentas, yo no le había mentido: efectivamente, sabía un modo de jugar con el calígrafo.

—Ese fue el día —dice Ky deteniéndose.

—¿Qué?

—El día que te vi de verdad.

—¿Por qué? —pregunto un poco ofendida—. ¿Porque viste que seguía las reglas? ¿Que obligaba a mi hermano a seguirlas?

—No —responde él, como si fuera evidente—. Porque vi cuánto querías a tu hermano y porque vi que eras lo bastante inteligente como para ayudarlo. —Me sonríe—. Ya te había visto, pero ese día te vi de verdad.

—Oh —digo.

—¿Qué hay de mí? —pregunta.

—¿A qué te refieres?

—¿Cuándo me viste de verdad?

Por alguna razón, no se lo puedo decir. No puedo decirle que fue ver su cara en la pantalla al día siguiente de mi banquete, el error, lo que me llevó a verlo de otra forma. No puedo decirle que no lo vi hasta que me ordenaron que mirara.

—En la cima de la primera colina —digo en cambio, deseando no haber tenido que decirle esta mentira, cuando él sabe más de mi verdad que ninguna otra persona de este mundo.

Esta noche me percato de que Ky no me ha dado ningún otro retazo de su historia y de que yo no se lo he pedido. Quizá sea porque ahora vivo en su historia. Ahora formo tan parte de ella como él de la mía y, a veces, la parte que escribimos juntos me parece la única que importa.

Pero, aun así, la pregunta sigue obsesionándome: «¿Qué pasó cuando los funcionarios se lo llevaron y el sol estaba rojo y próximo al horizonte?».

Capítulo 25

El tiempo que pasamos juntos es como una tormenta, como viento huracanado y lluvia, como algo demasiado grande para controlarlo pero demasiado poderoso para eludirlo. Sopla a mi alrededor y me enreda el cabello, me deja la cara mojada, hace que me sienta viva, viva, viva.

Hay algunos momentos de calma y silencio, como en toda tormenta, y otros momentos en que nuestras palabras relampaguean, al menos para nosotros.

Caminamos juntos por la Loma a buen paso, tocándonos las manos, tocando los árboles. Hablando. Tenemos cosas que contarnos y no hay tiempo suficiente, nunca lo hay.

—Hay personas que se hacen llamar archivistas —explica Ky—. Cuando el Comité de los Cien realizó sus selecciones, los archivistas sabían que las obras que descartara se convertirían en un bien de consumo. Así que conservaron algunas. Tienen terminales ilegales, construidos por ellos, para almacenar cosas. Han conservado el poema de Thomas que te traje.

—No tenía ni idea —digo conmovida. Jamás pensé que alguien pudiera ser tan previsor como para conservar algunos de los poemas.

¿Lo sabía mi abuelo? Parece poco probable. Nunca les dio su poema para que lo archivaran.

Ky me pone una mano en el brazo.

—Cassia. Los archivistas no son altruistas. Vieron un bien de consumo e hicieron lo que pudieron para conservarlo. Cualquiera dispuesto a pagar puede tenerlo, pero los precios son altos. —Se interrumpe como si hubiera revelado demasiado: que el poema le ha costado algo.

—¿Por qué lo cambiaste? —pregunto súbitamente asustada. Que yo sepa, Ky tiene dos cosas de valor: su reliquia y las palabras del poema «No entres dócil». Y, por alguna razón, la idea de intercambiar nuestro poema me repugna. Egoístamente, no quiero que lo tenga cualquiera. Me percato de que, en ese aspecto, no soy mucho mejor que los funcionarios.

—Por una cosa —responde, y me mira divertido—. No te preocupes por el precio.

—Tu reliquia…

—No te preocupes. No lo cambié por eso. Ni tampoco por nuestro poema. Pero, Cassia, si alguna vez te hace falta, no conocen el poema. Pregunté cuántos escritos de Dylan Thomas tenían y había muy poca cosa. El poema del cumpleaños y un relato. Nada más.

—¿Si alguna vez me hace falta para qué?

—Para intercambiarlo —responde con cautela—. Para intercambiarlo por otra cosa. Los archivistas tienen información, contactos. Podrías recitarles uno de los poemas que te dio tu abuelo. —Frunce el entrecejo—. Aunque demostrar su autenticidad podría ser un problema, al no tener el papel original… aun así, estoy seguro de que valdrían algo.

—Me daría demasiado miedo negociar con gente así —digo, y enseguida desearía no haberlo hecho. No quiero que piense que me asusto con facilidad.

—No son del todo malos —aduce—. Estoy intentando que veas que no son mejores ni peores que los demás. Ni mejores ni peores que los funcionarios. Con ellos, tienes que ser igual de precavida que con el resto de la gente.

—¿Dónde podría encontrarlos? —pregunto asustada por su necesidad de explicarme esto. ¿Qué piensa que va a suceder? ¿Por qué cree que puedo necesitar saber cómo vender nuestro poema?

—En el museo —responde—. Ve al sótano y quédate delante de la exposición titulada «La gloriosa historia de la provincia de Oria». Nadie va nunca a verla. Si te quedas el tiempo suficiente, alguien te preguntará si quieres saber más cosas. Tú di que sí. Sabrán que quieres ponerte en contacto con un archivista.

—¿Cómo sabes eso? —pregunto sorprendida una vez más de todos los recursos que tiene para sobrevivir.

Ky niega con la cabeza.

—Es mejor que no lo sepas.

—¿Y qué pasa si va alguien que sí quiere saber más cosas?

Ky se ríe.

—Nunca va nadie, Cassia. Aquí nadie quiere saber nada del pasado.

Apretamos el paso sin dejar de tocarnos las manos entre las ramas. Oigo a Ky tararear una melodía de las Cien Canciones, la que oímos juntos.

—Me encanta —digo, y él asiente—. La mujer que la canta tiene una voz preciosa.

—Ojalá fuera real —observa.

—¿Qué quieres decir? —pregunto.

Me mira sorprendido.

—Su voz. Ella no es real. Es una voz creada. La voz perfecta. Como la de todos los cantantes, de todas las canciones. ¿No lo sabías?

Niego con la cabeza incrédula.

—Eso es imposible. La oigo respirar cuando canta.

—Eso también es falso —dice Ky con la mirada ausente, recordando algo—. Saben que nos gusta tener la sensación de que las cosas son auténticas. Que nos gusta oírles respirar.

—¿Cómo lo sabes?

—He oído cantar a personas de verdad.

—Y yo en clase. Y mi padre me cantaba.

—No —dice—. Me refiero a cantar a viva voz, a todo pulmón. Siempre que te apetezca. He oído a personas cantar así, pero no aquí. Y hasta la voz más hermosa del mundo era muchísimo más imperfecta que la voz del auditorio.

Por una fracción de segundo, lo imagino en su hogar, en el paisaje que ha dibujado para mí, oyendo a otros cantar. Ky mira el sol que se cuela entre los árboles. Está calculando la hora. Confía en el sol más que en su reloj. Me he fijado en eso. Mientras está parado, protegiéndose los ojos con una mano, recuerdo otro verso del poema de Thomas: «Los locos que atraparon y cantaron al sol en su carrera».

Me gustaría oír cantar a Ky.

Él se mete la mano en el bolsillo y saca mi poema de cumpleaños.

—¿Ya te lo sabes bien?

Sé a qué se refiere. Es hora de destruir el poema. Es peligroso guardarlo durante demasiado tiempo.

—Sí —respondo—. Pero deja que le dé un último vistazo. —Vuelvo a leerlo antes de mirarlo—. Este no me da tanta pena destruirlo —añado diciéndoselo a él y recordándomelo a mí—. Lo conocen otras personas. Continúa existiendo en otra parte.

Ky asiente.

—¿Quieres que me lo lleve a casa y lo incinere? —pregunto.

—He pensado que podríamos dejarlo aquí —responde—. Enterrarlo en la tierra.

Me acuerdo de cuando plantamos neorrosas con Xander. Pero este poema no tiene nada ligado a él; lo han separado, limpiamente, de su origen. Sabemos el nombre del autor. No sabemos nada de él, no sabemos qué quería que significara el poema, qué pensaba cuando formó las palabras, cómo lo escribió. Hace tanto tiempo, ¿había calígrafos? No lo recuerdo de las Cien Lecciones de Historia. ¿O lo escribió como escribe Ky con sus manos? ¿Sabía el poeta lo afortunado que era de tener palabras tan hermosas y un lugar donde verterlas y conservarlas?

Ky me coge el poema.

—Espera —digo—. No lo enterremos todo.

Alargo la mano y él me lo deja en la palma. No está entero; solo hay una pequeña parte, una estrofa. Será fácil de enterrar. Separo con cuidado el verso que habla de los pájaros: «Y con los pájaros de árboles alados que llevaban en vuelo mi nombre».

Lo rompo hasta que los pedazos son diminutos y livianos. Entonces los lanzo al aire, para dejar que vuelen por un instante. Son tan pequeños que no veo dónde se posan la mayoría, pero uno lo hace con suavidad en una rama próxima a mí. Quizá un pájaro auténtico lo utilice para un nido, lo esconda del resto del mundo, como he hecho yo con el otro poema de Thomas.

Sí sabemos cosas del autor, pienso mientras Ky y yo enterramos el resto del papel. Lo conocemos a través de sus palabras.

Y algún día tendré que compartir los poemas. Lo sé. Y algún día tendré que explicar a Xander qué está sucediendo aquí en la Loma.

Pero todavía no. He quemado poesía para protegerme. No puedo hacerlo ahora. Me aferro con fuerza a la poesía de nuestros momentos compartidos, protegiéndolos, protegiéndonos. A todos.

—Háblame de tu banquete —me pregunta Ky en otra ocasión.

¿Quiere que le hable de Xander?

—No de Xander —añade leyéndome el pensamiento y sonriéndome de ese modo que tanto me gusta. Incluso ahora que sonríe más a menudo, sigo ávida de su sonrisa. A veces, le toco los labios cuando sonríe, como hago ahora, y noto cómo se mueven cuando dice—: De ti.

—Estaba nerviosa, emocionada... —me interrumpo.

—¿En qué pensabas?

Ojalá pudiera decirle que pensaba en él, pero ya le he mentido una vez y no quiero volver a hacerlo. Y, además, tampoco pensaba en Xander.

—Pensaba en ángeles —respondo.

—¿Ángeles?

—Ya sabes, los de las antiguas historias. En que saben volar.

—¿Crees que todavía hay gente que cree en ellos? —pregunta.

—No lo sé. No. ¿Tú crees en ellos?

—Yo creo en ti —responde con voz queda y casi reverente—. Tengo más fe de la que nunca creí que fuera a tener.

Avanzamos con rapidez entre los árboles. Más que verlo, percibo que debemos de estar acercándonos a la cima de la Loma. Al final, nuestro cometido terminará aquí y se cerrará una etapa. Ya no nos lleva mucho tiempo subir el primer tramo; todo está pisado y bien señalizado y sabemos adónde vamos, al menos al principio. Pero aún queda territorio por explorar. Aún quedan cosas por descubrir. Estoy agradecida por ello. Estoy tan agradecida que ojalá creyera en los ángeles para poder expresar mi gratitud a alguien o algo.

—Cuéntame más —insiste Ky.

—Llevé un vestido verde.

—Verde —repite—. Nunca he visto cómo te queda el verde.

—Nunca has visto cómo me queda nada aparte del marrón y el negro —preciso—. Ropa de diario marrón. Traje de baño negro. —Me ruborizo.

—Retiro lo de antes —dice Ky más adelante, cuando oímos el silbato—. Sí he visto cómo te queda el verde. Lo veo todos los días, aquí, entre los árboles.

Al día siguiente, le pregunto:

—¿Puedes decirme por qué lloraste el día de la proyección?

—¿Me viste?

Asiento.

—No pude evitarlo. —Tiene la mirada ausente, endurecida—. No sabía que tuvieran secuencias como esas. Podría haber sido mi pueblo. Sin duda, era una de las provincias exteriores.

—Espera. —Pienso en las personas, sombras oscuras corriendo—. Estás diciendo que era…

—Real —termina él—. Sí. No son actores. No es un decorado. Eso pasa en todas las provincias exteriores, Cassia. Cuando me fui, cada vez pasaba con más frecuencia.

«Oh, no.»

El silbato no va a tardar en sonar, lo sé. Él también lo sabe. Pero me acerco y lo abrazo aquí, en el bosque, donde los árboles nos ocultan y los cantos de los pájaros ahogan nuestras voces. La Loma entera es cómplice de nuestro abrazo.

Yo me separo primero porque tengo algo que escribir antes de que nuestro tiempo se agote. He estado practicando en el aire, pero quiero grabarlo en la tierra.

—Cierra los ojos —le pido; me agacho y le oigo respirar mientras espera—. Ya está —digo, y él mira lo que he escrito.

«Te quiero.»

Me entra vergüenza, como si fuera una niña que ha escrito estas palabras en su calígrafo y se las ha dado a un niño de su escuela para que las lea. Mi letra es torpe y desigual, irregular, no como la de Ky.

¿Por qué es más fácil escribir algunas cosas que decirlas?

De todos modos, es innegable que me siento audaz y vulnerable mientras aguardo en el bosque con palabras de las que no me puedo retractar. Mis primeras palabras escritas, aparte de nuestros nombres. No son muy poéticas, pero creo que el abuelo lo comprendería.

Ky me mira. Por primera vez desde la proyección, veo lágrimas en sus ojos.

—No hace falta que tú me lo escribas —digo sintiéndome insegura—. Solo quería que lo supieras.

—No quiero escribírtelo —responde. Y entonces lo dice, justo aquí, en la Loma, y de todas las palabras que he escondido, conservado y atesorado, estas son las que nunca olvidaré, las más importantes de todas.

—Te quiero.

Palabras. Una vez que relampaguean, bañando el cielo de blanco, ya no hay vuelta atrás.

Ha llegado el momento. Lo siento, lo sé. Mis ojos en los suyos, los suyos en los míos, y los dos respirando expectantes, cansados de esperar. Ky cierra los ojos, pero los míos siguen abiertos. ¿Cómo serán, sus labios en los míos? ¿Como un secreto revelado, una promesa cumplida? ¿Como ese verso del poema —«el aguacero de todos mis días»—: una lluvia plateada que me envuelve, donde el relámpago se encuentra con la tierra?

Abajo, el silbato suena y el momento pasa. Estamos a salvo.

Por ahora.

Capítulo 26

Bajamos la Loma a toda prisa. Veo destellos de blanco entre los árboles y sé que no son los pájaros que hemos visto. Estas figuras blancas no están hechas para volar.

—Funcionarios —digo a Ky, y él asiente.

Nos presentamos ante el instructor, a quien parece preocuparle un poco que los visitantes nos estén esperando. Vuelvo a preguntarme cómo ha terminado haciendo este trabajo. Incluso supervisar la señalización de la Loma parece una pérdida de tiempo para alguien de su rango. Al alejarme, veo todas las arrugas que la disciplina ha grabado en su rostro y vuelvo a percatarme de que ya no es joven.

Cuando estoy más cerca, descubro que a estos funcionarios ya los conozco. Son los que evaluaron mis aptitudes para la clasificación. Esta vez, es la funcionaria rubia la que asume el mando; parece que esta parte del examen le corresponde a ella.

—Hola, Cassia —me saluda—. Hemos venido para llevarte al sitio en el que vas a realizar la segunda parte de tu examen. ¿Te parece que nos puedes acompañar ahora? —Mira al instructor con cierta deferencia.

—Adelante —dice él antes de dirigirse a los demás excursionistas que han regresado de la Loma—. Podéis iros todos. Nos vemos aquí mañana.

Unos cuantos chicos me miran con interés pero no preocupación; muchos de nosotros estamos a la espera de que nos asignen nuestro puesto de trabajo definitivo y los funcionarios forman parte del proceso.

—Cogeremos el tren aéreo —me informa la funcionaria rubia—. El examen solo durará unas horas. Deberías estar en casa para la cena.

Nos dirigimos a la parada del tren, con dos funcionarios a mi derecha y uno a la izquierda. Es imposible librarse de ellos: no me atrevo a volverme para mirar a Ky. Ni siquiera cuando nos subimos al tren que también coge él. Cuando pasa por mi lado, su «hola» es perfecto: cordial, indiferente. Continúa hasta el final del vagón y se sienta junto a la ventanilla. Cualquiera que lo esté observando se convencería de que no siente nada por mí. Casi me ha convencido a mí.

No nos apeamos en la parada del ayuntamiento ni en ninguna de las otras paradas de la ciudad. Continuamos. Cada vez suben más trabajadores vestidos de azul que ríen y conversan. Uno de ellos da un pequeño golpe a Ky en el hombro y él se ríe. No veo ningún otro funcionario ni nadie más vestido de estudiante como yo. Estamos los cuatro sentados en este mar azul mientras el tren serpentea como un río y sé que es difícil luchar contra una corriente tan fuerte como la Sociedad.

Miro por la ventanilla y deseo con todas mis fuerzas que esto no sea lo que creo. Que no nos estemos dirigiendo al mismo sitio. Que no tenga que clasificar a Ky.

¿Es una trampa? ¿Nos están vigilando? «Qué pregunta tan absurda —pienso—. Claro que nos están vigilando.»

Feos edificios grises se apiñan en esta parte del extrarradio; veo letreros, pero el tren aéreo corre demasiado para que pueda leerlos. No obstante, sé dónde estamos: el distrito industrial.

Al final del vagón, veo que Ky se levanta. No tiene que agarrarse a las barras del techo; no se desestabiliza cuando el tren se detiene. Por un momento, creo que todo va a ir bien. Los funcionarios y yo continuaremos, dejaremos atrás los edificios grises, el aeropuerto con sus pistas de aterrizaje y sus llamativas banderas rojas ondeando al viento como cometas, igual que las señales de la Loma. Continuaremos hasta los territorios agrarios, donde no tendré que clasificar nada más importante que un cultivo o unas ovejas.

Pero los funcionarios sentados a mi lado se levantan y no tengo más remedio que seguirles. «No te dejes llevar por el pánico —me digo—. Mira todos estos edificios. Mira todos estos trabajadores. La clasificación podría ser de cualquier cosa o de cualquiera. No saques conclusiones precipitadas.»

Ky se no vuelve para ver si también he bajado. Escruto su espalda y sus manos por si descubro en ellas la misma tensión que me recorre a mí por dentro. Pero tiene los músculos relajados y sus pasos son regulares cuando se dirige al costado del edificio por el que entran los empleados. Muchos trabajadores vestidos de azul cruzan la misma puerta. Ky tiene las manos relajadas, abiertas. Vacías.

Cuando él entra en el edificio, la funcionaria rubia me conduce a la parte delantera, a una especie de antesala. Los otros funcionarios le dan unos identificadores de datos y ella me los coloca detrás de la oreja, en la cara interna de la muñeca, por debajo del cuello de la camisa. Lo hace con rapidez y eficiencia; ahora que me están controlando, me esfuerzo incluso más por relajarme. No quiero parecer excepcionalmente nerviosa. Respiro hondo mientras cambio las palabras del poema. Me digo que debo entrar dócil, solo por ahora.

—Este es el sector dedicado a la distribución de alimentos —me informa la funcionaria—. Como ya te hemos dicho, el objetivo de esta clasificación aplicada a la vida real reside en determinar si eres capaz de clasificar personas y situaciones reales atendiendo a determinados parámetros. Queremos comprobar si puedes ayudar al gobierno a mejorar su funcionamiento y eficacia.

—Comprendo —digo, pese a no estar segura de hacerlo.

—Pues empecemos. —Abre la puerta y otro funcionario sale a recibirnos. Al parecer, está a cargo de este edificio y los galones naranjas y amarillos de su camisa indican que trabaja en uno de los ministerios más importante de todos, el Ministerio de Nutrición.

—¿Cuántos traen hoy? —pregunta, y me percato de que no soy la única que va a realizar el examen práctico. Saberlo me relaja un poco.

—Una —responde la funcionaria—, pero es la que ha sacado mejor nota.

—Magnífico —dice el funcionario—. Avíseme cuando terminen.
—Se aleja y yo me quedo quieta, abrumada por lo que veo y huelo. Y por el calor.

Estamos en un espacio inmenso, una cámara más grande que el gimnasio del centro de segunda enseñanza. Parece una caja metálica: suelos metálicos salpicados de sumideros, paredes de hormigón pintadas de gris y aparatos de acero inoxidable alineados a lo largo de las paredes y colocados en hileras en el centro. Un espeso vaho se arremolina por toda la cámara. Los respiraderos del techo y las paredes del edificio comunican con el exterior, pero no hay ventanas. Los aparatos, los envases alimentarios de papel de aluminio, el agua humeante que sale de los grifos: todo es gris.

Salvo los trabajadores vestidos de azul oscuro y sus manos escaldadas y enrojecidas.

Suena un silbato y una nueva tanda de trabajadores entra por la izquierda mientras los otros salen por la derecha. Van encorvados, cansados. Todos se enjugan la frente y salen sin mirar atrás.

—Los trabajadores han pasado por una cámara de esterilización para eliminar todos los contaminantes externos —me informa la funcionaria en un tono familiar—. Ahí es donde cogen su número y se lo pegan al uniforme. Tú vas a trabajar con este turno.

Señala arriba y veo varios puntos de observación repartidos por toda la cámara: pequeñas torres metálicas con funcionarios en su atalaya. Hay tres torres; la central está vacía.

—Estaremos ahí.

La sigo por las escaleras metálicas, que son iguales a las que tenemos en las paradas del tren aéreo. No obstante, estas conducen a una pequeña plataforma donde apenas cabemos los cuatro. El funcionario de pelo cano ya está transpirando profusamente y tiene la cara enrojecida. El cabello se me pega a la nuca. Y lo único que tenemos que hacer es observar. Ni tan siquiera tenemos que trabajar.

Sabía que el trabajo de Ky era duro, pero no me imaginaba que lo sería tanto.

Hay incontables tinas llenas de envases alimentarios sucios junto a una serie de fregaderos y tubos de reciclaje. A través de una gran abertura del final del edificio, los envases alimentarios sucios llegan en un río interminable que fluye desde los cubos de basura reciclable de nuestras residencias y comedores. Los trabajadores llevan guantes protectores transparentes, pero no entiendo cómo el plástico o el látex no se derriten y se les adhieren a la piel mientras rocían los envases con agua caliente. A continuación, colocan los envases limpios en los tubos de reciclaje.

Nunca termina, un flujo continuo de vapor, agua hirviendo y envases de papel de aluminio. La mente amenaza con nublárseme y bloqueárseme como hace cuando me enfrento a una clasificación de especial dificultad que creo que me supera. Pero esto no son números en una pantalla. Son personas.

¡Es Ky!

De manera que me obligo a mantener la mente despejada y centrada. Me obligo a observar esos hombros encorvados, esas manos escaldadas y la avalancha de basura plateada que transportan las vagonetas.

Uno de los trabajadores levanta la mano y un funcionario baja de su atalaya para hablar con él. El hombre le da una bandeja de papel de aluminio y el funcionario pasa su terminal portátil por un lado para registrar el código de barras. Poco después se la lleva a un despacho contiguo a la espaciosa cámara. El trabajador ya se ha puesto de nuevo a limpiar.

La funcionaria me mira como si esperara algo.

—¿Qué opinas? —me pregunta.

No estoy segura de lo que quiere, de manera que respondo con evasivas.

—Naturalmente, lo más eficaz sería incorporar máquinas.

—Eso no es una opción —dice con amabilidad—. La preparación y distribución de los alimentos tienen que realizarlas personas. Trabajadores. Es una norma. Pero querríamos destinar algunos trabajadores a otros proyectos y profesiones.

—No veo cómo aumentar la eficacia —digo—. Está la respuesta obvia: alargarles el horario, pero ya parecen agotados. —Mi voz se apaga, una voluta de vapor demasiado insignificante para que importe.

—No te pedimos que encuentres una solución. —Parece divertida—. Los altos funcionarios ya lo han hecho. Se alargará el horario y se eliminarán las horas de ocio. De esa forma, parte de los trabajadores de este sector puede destinarse a otra profesión.

Comienzo a entenderlo y ojalá no lo hiciera.

—Entonces, si no quieren que clasifique las otras variables en el lugar de trabajo, quieren que…

—Clasifiques a las personas —dice.

Me entran ganas de vomitar.

Me da un terminal portátil.

—Tienes tres horas para observarlos. Introduce los números de los trabajadores que crees que son más eficientes, los que deberíamos enviar a trabajar en un proyecto alternativo.

Miro los números que los trabajadores llevan en la espalda de la camisa. Es como una clasificación en la pantalla; tengo que estar atenta a la rapidez. Quieren averiguar si mi mente registrará de forma automática a los trabajadores más rápidos. Este trabajo podrían hacerlo ordenadores y es probable que lo hagan. Pero ahora quieren comprobar si también puedo hacerlo yo.

—Y Cassia —dice la funcionaria ya en las escaleras. La miro—. Tu clasificación valdrá. Es parte del examen. Queremos comprobar si eres capaz de tomar decisiones cuando sabes que tienen consecuencias.

Percibe mi sorpresa y continúa. Se nota que intenta ser amable.

—Es un turno de un grupo de baja categoría, Cassia. No te preocupes. Tú hazlo lo mejor que sepas.

—Pero ¿cuál es el otro proyecto? ¿Tendrán que irse de la ciudad?

La funcionaria parece sorprendida.

—No podemos responder a eso. No es pertinente para la clasificación.

El funcionario de pelo cano, que aún respira con dificultad, se vuelve desde las escaleras para averiguar qué sucede. La funcionaria le indica que ya baja con un gesto de la cabeza y me dice en un tono amable:

—Los mejores trabajadores obtienen mejores puestos de trabajo, Cassia. Es lo único que te hace falta saber.

No quiero hacer esto. Por un instante, me planteo arrojar el terminal portátil a uno de los fregaderos, y dejar que se hunda en el agua.

«¿Qué haría Ky en mi lugar?»

No me deshago del terminal portátil. Respiro hondo varias veces. El sudor me corre por la espalda y el pelo se me mete en los ojos. Me lo aparto de la cara con una mano, me pongo derecha y miro a los trabajadores. Mis ojos van de uno a otro. Intento no ver caras, sino solo números. Busco indicios de rapidez y lentitud. Y empiezo a clasificar.

La parte más inquietante de la experiencia reside en que esto se me da increíblemente bien. En cuanto me decido a hacer lo que haría Ky, no vacilo. Durante la clasificación, estoy atenta al ritmo, a la velocidad, a la resistencia. Veo a los trabajadores más lentos pero constantes que hacen más de lo que parece. Veo a los rápidos y hábiles que son los mejores de todos. Veo a los que se quedan atrás. Veo sus manos enrojecidas moviéndose entre el vapor y veo el río plateado de envases que entran sucios y salen limpios.

Pero no veo personas. No veo caras.

Cuando las tres horas ya casi han transcurrido, termino mi clasificación y sé que lo he hecho bien. Sé que he clasificado a los mejores trabajadores del grupo según el número.

Pero no puedo resistirme. Miro el número del trabajador que está en la mitad, que se halla en el límite entre los mejores y los peores del grupo.

Alzo la vista. Es el número que lleva Ky.

Quiero reír y llorar. Es como si me mandara un mensaje. Nadie se adapta como él; nadie más domina tan bien el arte de ser mediocre. Por unos segundos, me permito observar al muchacho de pelo oscuro vestido de azul. Mi instinto me dicta que lo coloque en el grupo más eficiente; sé que ese es su sitio. Que es el grupo que cambiará de profesión. Quizá tenga que abandonar la ciudad, pero, al menos, no estaría atrapado aquí para siempre. Aun así, no creo que pueda hacerlo. ¿Cómo sería mi vida si él se fuera?

Me permito imaginar que bajo la escalera y lo abrazo en mitad de todo este calor y ruido. Y luego imagino algo incluso mejor. Imagino que me acerco a él, le cojo la mano y lo saco de este lugar a la luz y al aire libre. Eso podría hacerlo. Si lo coloco en el grupo superior, ya no tendrá que trabajar aquí. Y, de pronto, ese deseo, ese deseo de ayudarle, es incluso más intenso que mi deseo egoísta de tenerlo cerca.

No obstante, pienso en el chico de la historia que él me ha dado. El chico que ha hecho todo lo posible para sobrevivir. ¿Qué le dictaría su instinto?

—¿Estás acabando? —me pregunta la funcionaria. Espera en la escalera, a cierta distancia. Asiento. Ella sigue subiendo y yo cambio el número de Ky por el de otro trabajador mediocre para que no sepa que estaba fijándome en él.

Cuando se detiene a mi lado, mira el número y luego al trabajador.

—Los trabajadores mediocres son los más difíciles de clasificar —dice en un tono comprensivo—. Cuesta saber qué hacer.

Asiento, pero no ha terminado aún.

—Los trabajadores de baja categoría como estos no suelen vivir hasta los ochenta —dice. Baja la voz—. Muchos de ellos son aberrantes, ¿sabes? A la Sociedad no le preocupa tanto que alcancen la edad óptima. Muchos mueren antes. No muchísimo antes, por supuesto. No como antes de la Sociedad, ni como en las provincias exteriores, sino a los sesenta o setenta. Las profesiones de bajo nivel relacionadas con el reciclaje de envases alimentarios revisten especial peligro, incluso con todas las precauciones que tomamos.

—Pero… —Mi consternación no le sorprende y me doy cuenta de que esto también debe de formar parte del examen. Encontrarte con un factor desconocido en mitad de una clasificación por lo demás sencilla justo cuando pensabas que habías terminado. Y me pregunto: «¿Qué pasa aquí? ¿Por qué hay tanto en juego en un mero examen de clasificación?».

Algo sucede que es más grande que yo, más grande que Ky.

—Naturalmente, todo esto es información confidencial —dice la funcionaria, que mira su terminal portátil—. Tienes dos minutos.

Necesito concentrarme, pero mi mente está realizando una clasificación de otra clase, haciéndose preguntas y ordenándolas para obtener una respuesta:

¿Por qué mueren antes los trabajadores?

¿Por qué no pudo mi abuelo compartir la comida de su plato en su cena final?

¿Por qué trabajan tantos aberrantes en la limpieza de envases alimentarios?

¡Envenenan la comida de los ancianos!

Ahora lo veo todo con claridad. Nuestra Sociedad se precia de no matar nunca a nadie, de haber abolido la pena de muerte, pero lo que veo aquí y lo que me han contado de las provincias exteriores me indica que nuestro gobierno ha encontrado otra forma de ocuparse de todo. Los fuertes sobreviven. Selección natural. Con la ayuda de nuestros dioses, por supuesto: los funcionarios.

Si tengo la oportunidad de jugar a ser dios, o ángel, debo hacer todo lo posible por Ky. No puedo permitir que muera antes ni que pase su vida en esta cámara. Tiene que haber algo mejor para él en alguna parte. Aún me queda suficiente fe en mi Sociedad para creer eso: he visto muchas personas que viven bien y quiero que Ky sea una de ellas. Aunque yo no forme parte de su vida.

Coloco a Ky en el grupo superior y cierro el terminal portátil como si no me hubiera costado nada decidirme.

Por dentro, grito. Espero haber tomado la decisión correcta.

—Cuéntame más cosas de tu hogar —digo a Ky en la Loma al día siguiente, deseando que no perciba la desesperación de mi voz, que no me pregunte por la clasificación. Tengo que conocer más detalles de su historia. Tengo que saber si he hecho lo correcto. La clasificación ha cambiado las cosas entre los dos; nos sentimos vigilados, incluso aquí, entre los árboles. Hablamos en voz baja; no nos miramos durante demasiado tiempo.

—Allí todo es rojo y naranja. Colores que aquí no se ven a menudo.

—Eso es cierto —digo, e intento pensar en cosas rojas. Algunos vestidos del banquete. Los fuegos de los incineradores. La sangre.

—¿Por qué hay tanto verde, marrón y azul aquí? —me pregunta.

—Quizá porque son colores campestres y gran parte de nuestra provincia es agrícola —respondo—. Ya sabes. El azul es el color del agua, y el marrón el color del otoño y de la siega. Y el verde es el color de la primavera.

—La gente siempre dice eso —observa Ky—. Pero el primer color de la primavera es el rojo. Es el verdadero color del renacimiento. De los comienzos.

Me percato de que tiene razón. Pienso en la tonalidad bermeja de las yemas cerradas de los árboles. En el color rojo de sus manos el día antes en la planta de reciclaje y en el nuevo comienzo que espero haberle dado.

Capítulo 27

«Alerta. Alerta.» La luz de la pista dual parpadea y aparecen palabras en la pantalla. «Ha alcanzado la velocidad máxima antes de lo recomendado para esta sesión de entrenamiento.»

Aumento la velocidad de la cinta todavía más.

«Alerta. Alerta. Ha sobrepasado su frecuencia cardíaca óptima.»

Por lo general, cuando me fuerzo demasiado en la pista dual, paro a tiempo. Llego al límite, pero nunca lo rebaso. Pero si continúo llegando al límite, al final me empujarán por el borde o me caeré yo.

Quizá sea hora de saltar. Pero no puedo hacerlo sin arrastrar conmigo a todas las personas que quiero.

«Alerta. Alerta.»

Corro demasiado. Estoy demasiado cansada. Lo sé. Pero mi caída continúa sorprendiéndome.

Resbalo y, antes de que me dé cuenta, me he caído en la cinta, que sigue rodando y me quema, me quema la piel. Me quedo un momento tumbada en ella, conmocionada y ardiendo, antes de bajarme tan aprisa como puedo. La pista dual sigue funcionando, pero sé que no tardará en advertir mi ausencia. Se detendrá y ellos sabrán que no he podido mantener el ritmo. Pero, si vuelvo a subirme enseguida, nadie se enterará de lo sucedido. Me miro la piel, que la cinta me ha dejado roja y en carne viva. ¡Roja!

Me levanto de un salto. Tenso los músculos y echo a correr. Cuando he alcanzado suficiente velocidad, vuelvo a subirme a la cinta. Una. Dos. Una dos tres.

Me sangran las rodillas y los codos y tengo lágrimas en los ojos, pero sigo corriendo. Mi ropa de diario mañana me tapará las heridas y nadie sabrá nunca que me he caído. Nadie sabrá qué ha sucedido hasta que ya sea demasiado tarde.

Cuando subo arriba después de correr en la pista dual, mi padre me señala el terminal.

—Justo a tiempo —dice—. Hay una comunicación para ti.

Los funcionarios que me han hecho el examen aguardan en la pantalla.

—Tu clasificación es excelente —me informa la funcionaria rubia—. Enhorabuena por haber aprobado el examen. Estoy segura de que pronto tendrás noticias referentes a tu puesto de trabajo.

Asiento, sudando y sangrando por los cortes de las rodillas y los brazos. «Ella solo ve que estoy sudando», pienso. Me bajo un poco las mangas para asegurarme de que lo tapan todo, para que nadie sepa que estoy herida y ensangrentada.

—Gracias. Estoy impaciente. —Me aparto, creyendo que la comunicación ha terminado, pero la funcionaria tiene una última pregunta para mí.

—¿Estás segura de que no quieres hacer ningún cambio antes de que pongamos en práctica tu clasificación?

Mi última oportunidad de retractarme. Casi lo digo. Me sé el número de Ky de memoria; sería tan fácil... Entonces recuerdo lo que la funcionaria me dijo sobre la esperanza de vida y las palabras se petrifican en mi boca, impidiéndome hablar.

—¿Cassia?

—Lo estoy.

Me aparto del terminal y casi choco con mi padre.

—Enhorabuena —dice—. Perdona. Espero que no te moleste que os haya escuchado. No han dicho que fuera una comunicación privada.

—Tranquilo —digo, y añado—: ¿Te has preguntado alguna vez...? —me interrumpo sin estar segura de cómo expresarlo. De cómo preguntarle si alguna vez dudó de que mi madre fuera su pareja ideal. Si alguna vez deseó a otra persona.

—¿Si me he preguntado alguna vez qué? —dice él.

—Da igual —respondo, porque creo que sé la respuesta. Por supuesto que no lo hizo. Ellos se enamoraron de inmediato y nunca vacilaron.

Entro en mi habitación y abro el armario que una vez contuvo la polvera y el poema. Ahora está vacío con la salvedad de mi ropa, mis zapatos y el retal enmarcado de mi vestido. No sé dónde está mi cajita plateada y me asusto. ¿Se la llevaron por error cuando requisaron las reliquias? No, claro que no. Ellos saben qué son las cajitas plateadas. Jamás las confundirían con un objeto del pasado. Las cajitas del banquete son claramente para el futuro.

Estoy hurgando entre mis escasas pertenencias cuando entra mi madre. Regresó tarde anoche de su tercer viaje fuera de Oria.

—¿Buscas algo? —pregunta.

Me enderezo.

—Lo he encontrado —digo enseñándole el retal enmarcado de mi vestido. No quiero que sepa que no encuentro la cajita de mi banquete.

Ella coge el retal y, al alzarlo, la seda verde refleja la luz.

—¿Sabes que antes había ventanas con vidrieras de colores? —pregunta—. La gente las ponía en los lugares de culto. O en sus casas.

—Vidrieras —digo—. Papá me lo ha contado. —Parece hermoso: luz que atraviesa colores, ventanas como arte o tributo.

—Claro —observa riéndose de sí misma—. Hoy por fin he presentado el informe, y estoy tan cansada que no pienso con claridad.

—¿Va todo bien? —pregunto. Quiero preguntarle qué quiso decir el día que talaron los arces, por qué creyó que su pérdida era una advertencia para ella, pero creo que no quiero saberlo. Después de mi clasificación en la planta de reciclaje, tengo la sensación de que no puedo soportar más presión; de que sé demasiado. Además, hace semanas que mi madre no parecía tan feliz y no quiero cambiar eso.

—Creo que sí —responde.

—Ah, bien —digo. Nos quedamos un momento calladas mirando mi retal enmarcado.

—¿Vas a tener que hacer más viajes?

—No. Creo que no —responde—. Creo que ya ha terminado. Eso espero. —Parece agotada, pero se nota que presentar el informe le ha quitado un peso de encima.

Recupero el recuerdo de mi banquete que tiene en la mano y, al hacerlo, se me ocurre una cosa.

—¿Puedo ver el retal de tu vestido? —La última vez que lo vi fue la noche anterior a mi banquete. Estaba un poco nerviosa y ella me enseñó el retal de su vestido y volvió a contarme la historia de su emparejamiento con su feliz final. Pero muchas cosas han cambiado desde entonces.

—Claro —dice, y la sigo a su dormitorio.

El retal enmarcado está en un estante del armario que comparte con mi padre, junto a las dos cajitas plateadas, la suya y la de mi padre, que contuvieron sus microfichas y, después, las alianzas de su contrato matrimonial. Por supuesto, las alianzas solo son para la ceremonia: no se las pudieron quedar. Y devolvieron las microfichas a los funcionarios en la celebración del contrato matrimonial. De manera que las cajitas plateadas de mis padres están vacías.

Cojo su retal enmarcado y lo pongo a contraluz. El vestido de mi madre era azul y, gracias a las técnicas de conservación, el satén sigue bonito y lustroso en su marco.

Lo coloco junto al mío en el alféizar de la ventana. Puestos uno al lado del otro, imagino que se asemejan un poco a una vidriera. La luz los ilumina por detrás y casi imagino que puedo mirar a través de los colores y ver un mundo embellecido y cambiado.

Mi madre comprende.

—Sí —dice—. Supongo que las vidrieras eran un poco así.

Quiero contárselo todo, pero no puedo. No ahora. Me siento demasiado frágil. Me siento atrapada entre dos cristales y quiero liberarme y respirar hondo, pero tengo demasiado miedo de que me duela.

Mi madre me rodea con el brazo.

—¿Me cuentas qué te pasa? —pregunta con dulzura—. ¿Tiene algo que ver con tu emparejamiento?

Cojo el retal de mi vestido y dejo el suyo solo en el alféizar. No me fío de lo que pueda decirle, de modo que niego con la cabeza. ¿Cómo puedo explicar a mi madre, felizmente emparejada, todo lo que ha sucedido? ¿Todo lo que he arriesgado? ¿Cómo puedo explicarle que volvería a hacerlo? ¿Cómo puedo decirle que detesto el sistema que ha creado su vida, su amor, su familia? ¿Que me ha creado a mí?

En cambio, pregunto:

—¿Cómo lo has sabido?

Ella también coge su retal del alféizar.

—Al principio, me di cuenta de que cada vez estabas más enamorada, pero no me preocupé porque pensaba que tu pareja era ideal para ti. Xander es maravilloso. Y a lo mejor podíais quedaros en Oria, cerca, ya que vuestras dos familias viven aquí. Como madre, no podía imaginar nada mejor.

Se queda callada y me mira.

—Y, después, el trabajo me ha tenido ocupadísima. No me he dado cuenta de que me equivocaba hasta hoy: no estabas pensando en Xander.

«No lo digas —le suplico con la mirada—. No digas que sabes que estoy enamorada de otra persona.»

—Cassia —dice, y el amor por mí que veo en sus ojos es verdadero y puro. Por eso me cala tan hondo lo que dice a continuación, porque sé que solo piensa en mi bien—. Estoy casada con un hombre maravilloso. Tengo dos hijos adorables y un trabajo que me gusta. Vivo bien. —Me enseña el retal azul de satén—. ¿Sabes qué pasaría si rompiera este cristal?

Asiento.

—La tela se desintegraría. Se estropearía.

—Sí —dice, y después parece que hable para sus adentros—. Se estropearía. Todo se estropearía.

Me pone la mano en el brazo.

—¿Te acuerdas de lo que dije el día que cortaron los árboles?

Por supuesto que me acuerdo.

—¿Que era una advertencia para ti?

—Sí. —Se ruboriza—. No era cierto. Estaba tan preocupada que no actuaba de forma racional. Claro que no era una advertencia para mí. No era una advertencia para nadie. Había que talar los árboles, eso es todo.

Percibo en su voz cuán desesperadamente desea creer que lo que dice es cierto, cómo casi se lo cree. Quiero saber más, pero sin presionarla demasiado, de manera que pregunto:

—¿Por qué era tan importante ese informe? ¿En qué se diferencia de otros informes que has redactado?

Mi madre suspira. No me responde directamente, sino que dice:

—No sé cómo lo soportan los empleados del centro médico cuando trabajan con personas o asisten en los partos. Es demasiado duro tener la vida de otros en tus manos.

Mi pregunta no expresada flota en el aire: «¿A qué te refieres?». Mi madre se queda callada. Parece estar decidiendo si me responde o no, y yo me quedo completamente inmóvil hasta que vuelve a hablar. Distraída, coge el retal de su vestido y comienza a frotar el cristal.

—En Grandia, y luego en otra provincia, alguien informó de que estaban apareciendo cultivos extraños. El de Grandia era en el arboreto, en un campo experimental que llevaba mucho tiempo en barbecho. El otro campo estaba en los territorios agrarios de la segunda provincia. El gobierno nos pidió a otros dos compañeros y a mí que nos desplazáramos a los campos y presentáramos un informe sobre los cultivos. Querían saber dos cosas: ¿los cultivos eran viables como comestibles?, ¿o estaban los cultivadores planeando una rebelión?

Contengo la respiración. Está prohibido cultivar comestibles a menos que el gobierno lo haya solicitado de forma específica. Ellos controlan los alimentos; ellos nos controlan. Algunas personas saben cultivar comestibles, otras cosecharlos y aun otras procesarlos; y algunas saben cocinarlos. Pero ninguno de nosotros sabe hacerlo todo. Jamás podríamos sobrevivir solos.

—Los tres coincidimos en que los cultivos podían utilizarse como comestibles. El cultivador del arboreto tenía un campo entero de zanahorias. —De pronto, la cara se le transforma, se le ilumina—. Oh, Cassia, era precioso. Yo solo había visto matas sueltas. Esto era un campo entero, mecido por el viento.

—Zanahorias —digo.

—Zanahorias —repite ella entristecida—. El segundo cultivador tenía una planta que yo no conocía, con unas flores blancas incluso más bonitas que las primeras. Las llaman azucenas. Uno de mis compañeros sabía qué eran. El bulbo se puede comer. Ambos cultivadores dijeron que no sabían que las plantas podían utilizarse como comestibles; ambos afirmaron que su interés residía en las flores. Insistieron en que no conocían las plantas y en que las cultivaban como experimento, por las flores.

Su voz, queda y triste desde que ha mencionado el campo de zanahorias, se fortalece.

—A la vuelta del segundo viaje, nos pasamos todo el trayecto discutiendo. Un experto estaba convencido de que los cultivadores decían la verdad. El otro creía que mentían. Presentaron informes contradictorios. Todos esperaban el mío. Solicité hacer un último viaje para asegurarme. Después de todo, van a basarse en nuestros informes para reubicar o reclasificar a los cultivadores. El mío inclinaría la balanza en uno u otro sentido.

Deja de frotar el cristal y mira el retal azul como si llevara algo escrito. Y me percato de que para ella lo lleva. Este retal azul representa la noche que la emparejaron con mi padre. Este cuadrado de satén azul lleva escrita su vida, la vida que quiere.

—Lo supe desde el principio —susurra—. Lo supe al ver el miedo en sus ojos nada más llegar. Sabían lo que hacían. Y una cosa que dijo el cultivador de zanahorias en mi segunda visita me acabó de convencer. Actuaba como si, antes de cultivarla, solo hubiera visto la planta en los terminales, pero se crió en una población próxima a la mía y yo sabía que había visto la flor silvestre allí.

»Pero, aun así, tenía dudas. Y entonces, cuando volví a casa y os vi a todos, supe que tenía que decir la verdad. Tenía que cumplir mi deber con la Sociedad y garantizar nuestra felicidad. Y protegernos a todos.

La última frase la dice casi en susurros, y su voz me recuerda el roce de la seda de mi vestido.

—Lo entiendo —digo, y lo hago. Y su influencia en mí es mucho mayor que la de los funcionarios, porque la quiero y la admiro.

En mi habitación, descubro que mi cajita plateada se ha caído dentro de una de mis botas de invierno. La abro y saco la microficha con toda la información de Xander y las instrucciones para el cortejo. Si no se hubiera producido un error, si solo hubiera visto su cara y todo hubiera sido normal, nada de esto habría sucedido. No me habría enamorado de Ky ni me habría costado tanto decidirme en la clasificación. Todo habría ido bien.

Aún puede ir todo bien. Si la clasificación es lo que sospecho, si Ky se marcha para tener una vida mejor, ¿recompondré yo mi vida aquí? No me resultaría difícil hacerlo alrededor de la pieza más grande, mi emparejamiento con Xander. Podría quererle. Le quiero. Y, porque lo hago, debo hablarle de Ky. No me importa engañar a la Sociedad. Pero no voy a seguir engañando a Xander. Aunque me duela, tengo que contárselo. Porque, pase lo que pase, la vida que construya tiene que fundamentarse en la verdad.

La idea de contárselo a Xander me duele casi tanto como la perspectiva de perder a Ky. Me tumbo en la cama con el pastillero en la mano. «Piensa en otra cosa.»

Recuerdo la primera vez que vi a Ky en la cima de la colina recostado, con el sol en la cara, y me percato de que fue entonces cuando me enamoré de él. Al final, no le he mentido. No lo vi de otra forma porque su cara se apareció en el terminal al día siguiente de mi emparejamiento, sino porque lo vi al aire libre, desprevenido, con los ojos del color del cielo antes de caer la noche. Lo vi viéndome.

Tumbada en la cama, con el cuerpo cansado y el alma herida, me doy cuenta de que los funcionarios tienen razón. Todo cambia en cuanto quieres algo. Ahora, yo lo quiero todo. Más y más y más. Quiero elegir mi puesto de trabajo. Casarme con quien decida. Desayunar hojaldre y correr por una calle de verdad en vez de hacerlo en la pista dual. Ir deprisa o despacio cuando me plazca. Decidir qué poemas quiero leer y qué palabras quiero escribir. Es tanto lo que deseo… Es un sentimiento tan intenso que soy agua, un río de deseos con la forma de una muchacha llamada Cassia.

Por encima de todo, deseo a Ky.

—Esto se acaba —dice Ky.

—Lo sé. —Yo también cuento los días. Aunque su nuevo puesto de trabajo continúe estando en la ciudad, las actividades de verano casi han terminado. Lo veré mucho menos. Me permito fantasear unos segundos: ¿y si su nuevo puesto de trabajo le deja más tiempo libre? Podría asistir a todas las actividades de los sábados por la noche—. Solo nos quedan dos semanas de excursiones.

—No me refiero a eso —dice acercándose más—. ¿No lo notas? Algo está cambiando. Algo pasa.

Claro que lo noto. Para mí, todo está cambiando.

Veo recelo en sus ojos, como si aún se sintiera vigilado.

—Algo importante, Cassia —continúa, y baja la voz—. Creo que la Sociedad tiene problemas con su guerra en las fronteras.

—¿Qué te hace pensar eso?

—Lo presiento —responde—. Por lo que me has contado de tu madre. Por la escasez de funcionarios en las horas lúdicas. Y va a haber cambios en el trabajo. Lo noto. —Me mira y yo bajo la cabeza.

—¿Quieres explicarme por qué fuiste? —dice con dulzura.

Trago saliva. Me preguntaba cuándo querría saberlo.

—Fue una clasificación aplicada a la vida real. Tuve que dividir a los trabajadores en dos grupos.

—Comprendo —dice, y espera por si digo algo más.

Ojalá pudiera. Pero las palabras se me atragantan. En cambio, digo:

—No me has dado ningún otro papel con tu historia. ¿Qué pasó después de que los funcionarios fueran a buscarte? ¿Cuándo pasó eso? Sé que no hace mucho, porque… —No termino la frase.

Ky ata una tela roja al árbol despacio, metódicamente, y me mira. Después de haberme pasado años viéndole expresar solo emociones superficiales, a veces, las nuevas y más hondas me sobresaltan. La expresión que tiene ahora no me resulta conocida.

—¿Qué pasa? —pregunto.

—Tengo miedo —dice sin más—. De lo que vas a pensar.

—¿Sobre qué? ¿Qué ocurre? —Después de todo lo que ha pasado, ¿Ky tiene miedo de lo que pueda pensar?

—Fue en primavera. Vinieron al trabajo para hablar conmigo, me llevaron a una habitación. Me preguntaron si alguna vez me había planteado cómo sería mi vida si no fuera un aberrante. —Tensa la mandíbula y yo lo miro con lástima. Al volverse, la percibe en mi cara y aprieta la mandíbula todavía más. No quiere mi lástima, de manera que miro al frente y sigo escuchándole—. Dije que nunca pensaba mucho en eso. Que no me preocupaba por cosas que no podía cambiar. Entonces me dijeron que se había producido un error. Que habían introducido mis datos en la clasificación de parejas.

—¿Tus datos? —pregunto sorprendida. «La funcionaria me dijo que era un error de la microficha, que la fotografía de Ky estaba donde no debía. Me dijo que no lo habían incluido en la clasificación de parejas.»

«Mintió. El error fue mucho mayor de lo que dijo.»

Ky continúa.

—Ni siquiera soy un ciudadano de pleno derecho. Dijeron que el incidente había sido totalmente irregular. —Sonríe torciendo la boca, con una amargura que me duele presenciar—. Entonces me enseñaron una fotografía. La chica que habría sido mi pareja si yo no fuera lo que soy. —Traga saliva.

—¿Quién era? —pregunto. Mi voz está áspera, rasposa. «No digas que era yo. No digas que era yo, porque entonces sabré que me viste porque te ordenaron que miraras.»

—Tú —responde.

Y ahora lo entiendo. El amor de Ky por mí, que yo creía puro y no mancillado por ningún funcionario, dato o clasificación, no lo es. Incluso eso han adulterado.

Siento como si algo se estuviera extinguiendo, algo que no tiene arreglo. «Si los funcionarios han orquestado nuestra aventura, la única cosa de mi vida que creía que había ocurrido a pesar de ellos…» No puedo terminar el pensamiento.

El bosque que me rodea se convierte en un manchón verde y, sin las marcas rojas que señalan el camino, no sabría bajar. La emprendo contra ellas, arrancándolas de las ramas.

—Cassia —dice Ky detrás de mí—. Cassia, ¿qué más da?

Niego con la cabeza.

—¡Cassia —me grita—, tú también me ocultas algo!

Abajo suena un silbato, agudo y claro. Hemos llegado lejos, pero nunca hasta la cima.

—Creía que almorzabas en el arboreto —dice Xander. Estamos sentados en el comedor del centro de segunda enseñanza.

—He cambiado de opinión —respondo—. Hoy quería comer aquí.

El personal de nutrición me ha puesto mala cara cuando he pedido uno de los almuerzos que siempre tienen de sobra, pero, después de comprobar mis datos, me lo han dado sin más comentarios. Deben de haber visto que casi nunca hago esto. O quizá haya otro indicador en mis datos que no se me ocurre en este momento. No después de lo que Ky me ha revelado.

Reparo en cuánta comida contiene esta vez mi bandeja, ahora que es una ración general no destinada exclusivamente a mí. Han ido reduciendo mis raciones, de eso no cabe duda. «¿Con qué propósito? ¿Estoy demasiado gorda?» Me miro los brazos y las piernas, fortalecidos por las excursiones. No lo creo. Y vuelvo a percatarme de lo distraídos que deben de estar mis padres; en circunstancias normales, se habrían dado cuenta y se habrían quejado al personal de nutrición.

Nada va bien.

Retiro la silla.

—¿Vienes?

Xander consulta su reloj.

—¿Dónde? La clase empieza enseguida.

—Lo sé —respondo—, No iremos lejos. Por favor.

—Está bien —dice mirándome con cara de desconcierto.

Lo conduzco a la zona de las aulas y abro la puerta del final del pasillo. Salimos al pequeño recinto parecido a un patio que alberga el estanque botánico de ciencias aplicadas. Estamos los dos solos.

Tengo que decírselo. Se trata de Xander. Merece saber lo de Ky, y merece que se lo diga yo. No un funcionario en un espacio verde, un día u otro.

Respiro hondo y miro el estanque. No es azul como la piscina donde nadamos. Esta agua está verdosa bajo su superficie plateada, rebosante de vida.

—Xander —digo tan quedo como si estuviéramos escondidos entre los árboles de la Loma—, tengo que decirte algo.

—Te escucho —responde esperando, mirándome. Siempre firme. Como siempre es Xander.

Es mejor que se lo diga rápido, antes de que me sienta totalmente incapaz de hacerlo.

—Creo que me estoy enamorando de otra persona. —Hablo tan bajo que casi no me oigo la voz, pero Xander sí.

Casi antes de que termine, ya está negando con la cabeza y diciendo «No», alzando la mano para interrumpirme antes de que diga nada más. Pero lo que me lleva a callar no es ninguno de estos gestos ni tampoco la negativa. Es el dolor de sus ojos. Y lo que dicen no es «No», sino «¿Por qué?».

—No —repite volviendo la cara.

No soporto que no me mire, de modo que me pongo delante de él, e intento también verlo a él. Xander sigue con la cara vuelta. No sé qué decir. No me atrevo a tocarlo. Solo puedo quedarme donde estoy, esperando a que me mire.

Cuando lo hace, aún hay dolor en sus ojos.

Y también hay otra cosa. Algo que no parece sorpresa, sino reconocimiento. ¿Sabía en su fuero interno que estaba ocurriendo esto? ¿Por eso desafió a Ky en el centro recreativo?

—Lo siento —farfullo—. Tú eres mi amigo. También te quiero. —Es la primera vez que le digo estas palabras y no me salen bien. Por cómo suenan, apresuradas y tensas, parecen menos de lo que son.

—¿También me quieres? —repite Xander con frialdad—. ¿A qué estás jugando?

—No estoy jugando a nada —susurro—. Te quiero. Pero es distinto.

Xander no dice nada. Se me escapa una risa histérica; es como la última vez que discutimos y él se negó a hablarme. Fue hace años, cuando decidí que los juegos ya no me gustaban tanto como antes. Xander se enfadó. «Pero nadie juega como tú», dijo. Y luego, cuando no cedí, dejó de dirigirme la palabra. Yo seguí sin jugar.

Pasaron dos semanas antes de que hiciéramos las paces, el día que me vio saltar del trampolín detrás de mi abuelo. Salí a la superficie, asustada y eufórica, y él se acercó nadando para darme la enhorabuena. En el calor del momento, quedó todo olvidado.

¿Qué pensaría mi abuelo de este salto que estoy dando? ¿Me diría en esta ocasión que me agarrara al borde con todas mis fuerzas? ¿Que me aferrara al trampolín hasta tener los dedos ensangrentados y en carne viva? ¿O me animaría a soltarme?

—Xander, los funcionarios han jugado conmigo. Al día siguiente de nuestro banquete, metí la microficha en el terminal. Tu cara apareció y se borró. —Trago saliva—. Y luego apareció la cara de otra persona. La de Ky.

—¿Ky Markham? —pregunta incrédulo.

—Sí.

—Pero Ky no es tu pareja —dice—. No puede serlo, porque…

—¿Por qué? —pregunto. ¿Conoce el estatus de Ky? ¿Cómo?

—Porque tu pareja soy yo —responde.

Nos quedamos un buen rato sin hablar. Xander no aparta la mirada y yo no creo que vaya a poder soportarlo. Si tuviera una pastilla verde en la boca, la mordería, saborearía la amargura que precede a la calma. Recuerdo el día en el comedor en que me dijo que Ky era de fiar. Xander creía eso. Y creía que podía fiarse de mí.

¿Qué piensa ahora de nosotros?

Se acerca más, sin apartar sus ojos azules de los míos, su mano casi sobre la mía. Cierro los ojos tanto para esquivar el dolor de su mirada como para no volver la mano, entrelazar mis dedos con los suyos, inclinarme hacia él, besarle en los labios. Abro los ojos y vuelvo a mirarlo.

—Yo también salí en la pantalla, Cassia —dice en voz baja—. Pero fue él a quién decidiste ver. —Luego, tan deprisa como un jugador que pone fin a una partida, se levanta y se marcha, dejándome sola.

«¡Al principio no! —quiero decirle—. ¡Y sigo viéndote!»

Una a una, las personas con las que puedo hablar se han ido. Mi abuelo. Mi madre. Y ahora Xander.

«Eres lo bastante fuerte para pasar sin ella», me dijo mi abuelo con respecto a la pastilla verde.

«Pero, abuelo, ¿soy lo bastante fuerte para pasar sin ti? ¿Sin Xander?»

Me da el sol donde me he detenido. No hay árboles, sombras ni ningún desnivel desde el que pueda contemplar lo que he hecho. Y en caso de que lo hubiera, las lágrimas no me dejarían verlo.

Capítulo 28

Esta noche, en casa, vuelvo a sacar la pastilla verde. Sé lo que puede hacer por mí; lo vi en Em. «Me dará calma.» La palabra, «calma», me parece de una hermosura extraordinaria, de una simplicidad maravillosa. Una palabra como un remanso de paz, una palabra que puede quitar el filo al miedo, lustrarlo, tornarlo brillante. «Calma.» «Dócil.»

Guardo la pastilla y me fijo en otra clase de verde que tengo a mi lado. Mi retal enmarcado. Me envuelvo la mano con uno de mis calcetines y aprieto con fuerza. Un débil crujido. Alzo la mano.

Romper algo cuesta más de lo que parece. ¿Habrá llegado la Sociedad a esa misma conclusión con respecto a mí? Bajo otra vez la mano y aprieto con más fuerza.

Sería fácil si nadie vigilara, si nadie pudiera oírme. Si estas paredes no fueran tan finas ni mi vida fuera tan transparente, podría arrojar el cristal contra la pared, hacerlo añicos con una piedra, destruirlo con ruido y abandono. Creo que el cristal haría un sonido rutilante al romperse; me gustaría verlo estallar en un millón de pedazos y brillar hasta tocar el suelo. Pero, en cambio, tengo que ser cautelosa.

Otra larga raja plateada atraviesa la superficie del cristal. Debajo, la suave tela verde sigue intacta. Con cuidado, separo los trozos de cristal, levanto el más grande y saco la tela.

Me quito el calcetín y me miro la mano. Ni siquiera me he cortado. Ni tan solo sangro.

Después de la áspera lana del calcetín, el tacto de la seda me parece fresco, sensual, como el agua. «Mi cumpleaños se inició con los pájaros del agua», pienso mientras doblo el retal, y sonrío.

Meto la tela y el pastillero en el bolsillo de la muda de diario que me pondré mañana y me acuesto con esta imagen en la cabeza. Agua. Esta noche flotaré en sueños. De esa forma, los identificadores no captarán nada en mi mente salvo a mí misma, Cassia, flotando sobre las olas, dejando que soporten mi peso durante un rato.

Hoy no ha venido nuestro instructor de excursionismo.

En su lugar, tenemos a un funcionario joven que habla deprisa, recalcando cada palabra, como si creyera que así es como hablan los instructores. Nos mira uno a uno, feliz de poder supervisarnos, dirigirnos.

—Este verano han decidido acortar las actividades de ocio. Hoy es vuestra última excursión. Quitad todas las señales rojas que podáis y derribad los hitos.

Lanzo una mirada a Ky, que no parece sorprendido. Intento no mirarle más de lo debido, no buscar respuestas en sus ojos. Esta mañana, los dos hemos actuado con corrección y normalidad en el tren; ambos sabemos disimular cuando nos vigilan. Pero yo no he dejado de preguntarme qué pensó ayer en la Loma cuando salí huyendo.

Qué pensará de mí cuando sepa cómo lo he clasificado y si aceptará el regalo que quiero hacerle hoy.

O si me hará lo que yo hice a Xander y me rechazará.

—¿Por qué? —pregunta Lon en tono lastimero—. ¡Nos hemos pasado medio verano marcando estos caminos!

Me parece entrever un amago de sonrisa en la cara de Ky y me percato de que aprecia a Lon, que hace las preguntas que nadie más hace a pesar de no obtener nunca respuesta. Pienso que a su manera tiene valentía. Una valentía cargante, pero a fin de cuentas valentía.

—No hagáis preguntas —le espeta el funcionario—, y empezad.

Y así, por última vez, Ky y yo comenzamos a subir la Loma.

Cuando estamos lo bastante alejados como para que nadie nos vea, Ky me coge la mano cuando voy a desatar la tela roja de uno de los arbustos.

—Olvídate de todo eso —dice—. Hoy subimos a la cima.

Nuestras miradas se cruzan. Nunca lo había visto con una expresión tan temeraria. Abro la boca para hablar, pero me interrumpe.

—A menos que no quieras intentarlo.

Su voz encierra un desafío que es nuevo para mí. Su tono no es cruel, pero Ky no solo siente curiosidad. Necesita saber la respuesta; lo que yo haga en este momento le indicará algo de mí. No hace ninguna alusión a lo que sucedió ayer. Su expresión es franca, los ojos le brillan, su cuerpo está tenso y cada músculo dice: «Es ya la hora».

—Quiero intentarlo —digo. Para demostrarlo, echo a andar por el camino que hemos señalado juntos. No tardo mucho en notar su mano rozando la mía y, cuando entrelazamos los dedos, siento la misma urgencia que él. «Tenemos que llegar a la cima.»

No me vuelvo, pero cojo su mano con fuerza.

Cuando entramos en el último tramo de bosque, el tramo que no hemos explorado, me detengo.

—Espera —digo. Si es cierto que vamos a alcanzar la cima, antes quiero terminar de aclararlo todo para que podamos hacerlo con libertad y sin secretos.

Tras la actitud paciente de Ky percibo preocupación, preocupación por que no nos dé tiempo de hacerlo. Si ahora sonara el estridente silbato del funcionario, los latidos de nuestros corazones y el ruido de nuestra respiración, inspirando y espirando el mismo aire, no me lo dejarían oír.

—Ayer me asusté.

—¿De qué?

—De que nos hubiéramos enamorado solo por culpa de los funcionarios —respondo—. Ellos te hablaron de mí. Y me hablaron de ti al día siguiente de mi banquete, cuando tu cara apareció en mi microficha por error. Tú y yo ya nos conocíamos, pero no hicimos nada hasta… —No puedo terminar la frase, pero Ky sabe a qué me refiero.

—No se desaprovecha una oportunidad solo porque la hayan predicho ellos —protesta.

—Pero no quiero estar condicionada por sus decisiones —argumento.

—No lo estás —dice—. Puedes no estarlo nunca.

—Sísifo y la piedra —añado recordando. Mi abuelo habría comprendido la historia. Empujó la piedra, llevó la vida que la Sociedad había planeado para él, pero siempre pensó por sí mismo.

Ky sonríe.

—Exacto. Pero nosotros —tira de mi mano con suavidad— vamos a llegar arriba. Y a lo mejor hasta nos quedamos un minuto. Vamos.

—Tengo que decirte otra cosa —digo.

—¿Es sobre la clasificación? —pregunta.

—Sí...

Me interrumpe.

—Nos lo dijeron. Estoy en el grupo que va a cambiar de profesión. Ya lo sé.

¿Lo sabe? ¿Sabe que su vida será más corta si continúa trabajando en la planta de reciclaje? ¿Sabe que estaba justo en el límite entre los que se quedaban y los que ascendían? ¿Sabe lo que hice?

Lee las preguntas en mis ojos.

—Sé que tenías que clasificarnos en dos grupo. Sé que, probablemente, yo estaba justo en medio.

—¿Quieres saber lo que hice?

—Me lo imagino —responde—. Te hablaron de la esperanza de vida y de los venenos, ¿verdad? Por eso me colocaste donde lo hiciste.

—Sí —respondo—. ¿Tú también sabes lo de los venenos?

—Claro. La mayoría lo deducimos. Pero ninguno estamos en situación de quejarnos. Nuestra vida continúa siendo mucho más larga aquí que en las provincias exteriores.

—Ky —me cuesta preguntárselo, pero debo saberlo—. ¿Te vas?

Él mira arriba. Por encima de nosotros, feroz y dorado, el sol asciende en el cielo.

—No estoy seguro. Aún no nos lo han dicho. Pero sé que no tenemos mucho tiempo.

Cuando llegamos a la cima, todo parece completamente distinto en algunos aspectos y en otros no. Él continúa siendo Ky. Yo continúo siendo Cassia. Pero nos hallamos juntos en un lugar en el que no habíamos estado ninguno de los dos.

Es el mismo mundo, gris, azul, verde y dorado, que llevo viendo toda mi vida. El mismo mundo que veía desde la ventana de mi abuelo y la cima de la primera colina. Pero ahora estoy a más altitud. Si tuviera alas, podría extenderlas. Podría volar.

—Quiero regalarte esto —dice Ky dándome su reliquia.

—No sé usarla —aduzco, sin querer revelar lo mucho que deseo aceptar su regalo. Cuán hondamente deseo coger y poseer algo que forma parte de su historia y de él.

—Creo que Xander puede enseñarte —dice con dulzura, y yo respiro hondo. ¿Se está despidiendo de mí? ¿Me está diciendo que confíe en Xander? ¿Que esté con Xander?

Antes de poder preguntárselo, me atrae hacia sí y oigo sus palabras en mi oído, cálidas y susurradas.

—Te ayudará a encontrarme —dice—. Si alguna vez voy a alguna parte.

Mi cara encaja a la perfección en el hueco de su hombro, cerca de su cuello, donde oigo su corazón y huelo su piel. Aquí también me siento protegida. Una parte muy honda de mí se siente más protegida con él que con ninguna otra persona.

Me pone otro trozo de papel en la mano.

—La última parte de mi historia —dice—. ¿La guardarás? No la mires aún.

—¿Por qué?

—Tú solo espera —responde en voz baja y con firmeza—. Espera un poco.

—Yo también tengo algo para ti —digo separándome solo un poco, metiéndome la mano en el bolsillo. Le doy mi retal, la seda verde de mi vestido.

Él lo pone junto a mi cara para ver qué aspecto tuve la noche de mi banquete.

—Preciosa —dice con dulzura.

Me abraza en la cima de la Loma. Desde aquí, veo nubes y árboles y, a lo lejos, la cúpula del ayuntamiento y las casitas de los distritos. Por un breve instante, lo veo todo, mi mundo, y luego vuelvo a mirar a Ky.

Él dice «Cassia» y cierra los ojos. Y yo también cierro los míos para poder encontrarme con él en la oscuridad. Noto sus brazos envolviéndome y la suavidad de la seda verde cuando apoya su mano en mi rabadilla y me atrae hacia sí. «Cassia», repite en voz baja, tan cerca que sus labios se encuentran con los míos por fin. Por fin.

Pienso que quizá tenía intención de decir algo más, pero, cuando nuestros labios se tocan, las palabras, por una vez, son completamente innecesarias.

Capítulo 29

Vuelve a desatarse el caos en el distrito, pero esta vez no lo provocan las sierras, sino gritos humanos.

Abro los ojos. Es tan temprano que el cielo está más negro que azul y el resplandor que asoma por el horizonte es una promesa más que una realidad.

Mi puerta se abre de golpe y veo a mi madre en el rectángulo de luz.

—Cassia —dice aliviada, y se vuelve para gritar a mi padre—: ¡Está bien!

—¡Bram también! —chilla él antes de que salgamos todos al pasillo y nos dirijamos a la puerta de casa, porque hay alguien gritando en nuestra calle y el sonido es tan poco habitual que nos sobrecoge. Es posible que en nuestro distrito no estemos acostumbrados a oír lamentos de dolor, pero todavía conservamos nuestro instinto de querer ayudar.

Mi padre abre la puerta y miramos hacia la calle.

La luz de las farolas parece más débil; las batas de los funcionarios, grises y mortecinas. Caminan deprisa, con una figura entre ellos, seguidos de unas cuantas personas más. Policías.

Y alguien más, gritando. Incluso a la débil luz de las farolas la reconozco. Aida Markham. Una persona que ya ha sufrido y vuelve a hacerlo ahora mientras persigue a la figura rodeada de funcionarios y policías.

¡Ky!

—¡Ky!

Por primera vez en mi vida, echo a correr en público, tan aprisa como puedo. Sin pista dual que me frene, sin ramas que me detengan. Mis pies vuelan sobre la hierba, sobre el cemento. Atajo por los patios de mis vecinos y sus macizos de flores, intentando alcanzar al grupo que va en cabeza y se dirige a la parada del tren aéreo. Un policía se separa de ellos y corre hacia Aida. Está llamando demasiado la atención; otras casas tienen la puerta abierta y personas en el porche observando.

Corro más aprisa; bajo mis pies, noto la hierba áspera y fresca del patio de Em. «Unas cuantas casas más.»

—¿Cassia? —me grita Em desde el porche—. ¿Adónde vas?

Los gritos de Aida han impedido que Ky me oiga. Su grupo casi ha alcanzado las escaleras que conducen al andén del tren aéreo. Cuando Ky pasa por debajo de la farola que las alumbra, veo que va esposado.

«Igual que en el dibujo.»

—¡Ky! —vuelvo a gritar, y él alza la cabeza con brusquedad. Me mira, pero estoy demasiado lejos y no le veo los ojos. Tengo que verle los ojos.

Otro policía se separa del grupo y corre hacia mí. Debería haber esperado a estar más cerca antes de gritar, pero soy veloz y ya casi lo he logrado.

Parte de mi mente intenta asimilar lo que está sucediendo. «¿Lo llevan a su nuevo puesto de trabajo? En ese caso, ¿por qué lo hacen tan temprano? ¿Por qué está Aida tan disgustada? ¿No debería haberse alegrado de saber que Ky tiene otra oportunidad mejor que limpiar envases alimentarios? ¿Por qué lo llevan esposado? ¿Ha intentado resistirse?»

«¿Vieron el beso? ¿Es eso lo que pasa?»

Veo el tren aéreo deslizándose por los raíles hacia la estación, pero no es el tren en el que solemos viajar, el de color blanco plateado. Es el tren de larga distancia gris carbón, la clase de tren que solo parte del centro de la ciudad. También lo oigo acercase; es más pesado, más ruidoso que el blanco.

Algo no va bien.

Y, por si no lo supiera ya, la palabra que Ky me grita cuando le obligan a subir las escaleras lo confirma todo. Porque aquí, en público, todos sus instintos de supervivencia lo abandonan y otro instinto se apodera de él.

Grita mi nombre.

—¡Cassia!

En esa única palabra, lo oigo todo: que me quiere. Que tiene miedo. Y oigo el adiós que intentaba decirme ayer en la Loma. Él lo sabía. No solo se marcha a trabajar; se va a algún lugar del que no cree que vaya a regresar nunca.

Oigo pasos detrás de mí, amortiguados por la hierba, y pasos delante de mí, resonando en el metal. Miro atrás y veo un policía persiguiéndome; miro al frente y un funcionario baja las escaleras corriendo. Aida ya no chilla; quieren detenerme como han hecho con ella.

No puedo alcanzar a Ky. No así. No ahora. No puedo esquivar al policía de las escaleras. No soy tan fuerte como para vencerlos ni tan rápida como para dejarlos atrás…

«No entres dócil.»

No sé si Ky me transmite mentalmente las palabras, si yo las pienso para mis adentros, o si mi abuelo está en algún lugar en esta noche casi completa, diciendo palabras al viento, palabras aladas como los ángeles.

Giro y echo a correr junto al andén elevado, pisando el cemento. Ky me ve y se da la vuelta, un movimiento brusco que le concede un segundo de libertad antes de que vuelvan a sujetarlo.

Es suficiente.

Se asoma brevemente por el borde del andén iluminado y yo veo lo que necesito ver. Veo sus ojos, rebosantes de vida y fuego, y sé que no dejará de luchar. Aunque sea la clase de lucha soterrada que no siempre se ve. Y yo tampoco dejaré de luchar.

Los gritos de los funcionarios y el sonido del tren aéreo al detenerse sofocarán mis palabras. Ky no podrá oír nada de lo que diga.

De manera que, en medio del ruido, señalo el cielo, esperando que entienda lo que quiero decir, que son muchas cosas: mi corazón siempre enarbolará su nombre. No entraré dócil. Hallaré una forma de volar como los ángeles de las historias y lo encontraré.

Y sé que él me entiende por la profundidad de su mirada. Mueve mudamente los labios y sé lo que dice: las palabras de un poema que solo conocen dos personas en el mundo.

Los ojos se me inundan de lágrimas, pero parpadeo para ahuyentarlas. Porque, si hay un momento en mi vida que quiero ver con claridad, es este.

El policía me alcanza primero, agarrándome por el brazo y tirando de mí.

—Déjela en paz —dice mi padre. No sabía que corriera tanto—. No ha hecho nada. —Mi madre y Bram se acercan a toda prisa, seguidos de Xander y su familia.

—Está armando alboroto —aduce el policía con seriedad.

—Por supuesto —replica mi padre—. Se han llevado a un buen amigo suyo de madrugada mientras su madre chillaba. ¿Qué pasa?

Mi padre ha tenido la osadía de hacer esta pregunta en voz muy alta y lanzo una mirada a mi madre para ver su reacción. En su cara solo percibo orgullo mientras lo mira.

Para mi sorpresa, habla el padre de Xander.

—¿Dónde se llevan al chico?

Un funcionario vestido de blanco asume el mando y alza la voz para que todos lo oigamos. Habla recalcando cada palabra, con tono solemne.

—Pido disculpas por haberles molestado de madrugada. Han asignado un nuevo puesto de trabajo a este joven y únicamente hemos venido a recogerlo para trasladarlo. Como el trabajo no está en la provincia de Oria, su madre se ha puesto nerviosa y se ha disgustado.

«Pero ¿por qué tantos policías? ¿Por qué tantos funcionarios? ¿Por qué las esposas?» La explicación del funcionario no es lógica, pero, tras un breve silencio, todos asienten, aceptándola. Salvo Xander. Abre la boca como si tuviera intención de hablar, pero me mira y la cierra.

La adrenalina que he liberado mientras intentaba alcanzar a Ky me abandona y comienzo a percatarme de algo horrible. «Dondequiera que se hayan llevado a Ky, es por mí. Por mi clasificación, por mi beso. Sea como fuere, es culpa mía.»

—Patrañas —dice Patrick Markham. Todos lo miran. Incluso en pijama, con la cara demacrada y delgada de tanto sufrir, todavía posee una discreta dignidad, algo que nadie puede arrebatarle. Se trata de una cualidad que solo he visto en otra persona. Aunque Patrick y Ky no tienen lazos de sangre, poseen la misma clase de fortaleza.

—Los funcionarios dijeron a Ky y a otros trabajadores —continúa mirándome— que les habían asignado un trabajo mejor. Pero, en realidad, los mandan a las provincias exteriores a combatir.

Me tambaleo como si me hubieran asestado un golpe y mi madre me sostiene.

Patrick sigue hablando.

—La guerra con el enemigo no va bien. Necesitan más soldados en el frente. Todos los habitantes originales han muerto. Todos. —Hace una pausa, habla como si lo hiciera para sí—. Debería haber sabido que se llevarían primero a los aberrantes. Debería haber sabido que Ky estaría en la lista… Creía que con lo que hemos sufrido… —Le tiembla la voz.

Aida lo mira furiosa, compasiva.

—Nosotros a veces lo olvidábamos. Pero él nunca lo hizo. Sabía que iba a pasar. ¿Has visto cómo ha luchado? ¿Has visto sus ojos cuando se lo han llevado? —Echa los brazos al cuello de Patrick y él la rodea con los suyos mientras sus sollozos resuenan en la fresca mañana—. Va a morir. Aquello es una sentencia de muerte. —Se separa y grita a los funcionarios—. ¡Va a morir!

Dos policías reaccionan con rapidez, sujetándoles las manos a la espalda y llevándoselos. Amordazan a Patrick para impedirle hablar, echándole la cabeza hacia atrás, y lo mismo hacen con Aida para acallar sus gritos. Jamás había visto ni sabido de policías que actuaran con tanta violencia. ¿No se dan cuenta de que comportándose así dan la razón a Patrick y a Aida?

Un automóvil aéreo aterriza cerca de nosotros y arroja más funcionarios. Los policías empujan a los Markham hacia él y Aida intenta coger a su marido de la mano. Sus dedos no se tocan por centímetros y se ve privada de ese contacto, la única cosa del mundo que podría reconfortarla ahora.

Cierro los ojos. Ojalá no oyera sus gritos resonándome en los oídos ni las palabras que sé que jamás olvidaré. «Va a morir.» Ojalá mi madre pudiera llevarme a casa, arroparme como hacía cuando era pequeña. Cuando veía anochecer al otro lado de mi ventana sin ninguna preocupación, cuando no sabía qué era querer ser libre.

—Disculpen.

Conozco esa voz. Es mi funcionaria, la del espacio verde. La acompaña un funcionario que lleva la insignia del nivel más alto del gobierno: tres estrellas doradas que brillan visiblemente bajo la farola encendida. Se hace el silencio.

—Por favor, saquen sus pastilleros —dice con amabilidad—. Cojan la pastilla roja.

Todos obedecemos. En el bolsillo, mis dedos se cierran alrededor del pequeño cilindro con sus tres pastillas. Azul, roja y verde. La vida, la muerte y el olvido siempre al alcance de mi mano.

—Quédense con la pastilla roja y entreguen sus pastilleros a la funcionaria Standler. —Señala a mi funcionaria, que lleva un recipiente cuadrado de plástico—. Poco después de que terminemos con esto, recibirán pastilleros nuevos con sus correspondientes pastillas.

Una vez más, obedecemos. Dejo mi pastillero metálico en el recipiente junto con los demás, pero no miro a la funcionaria a los ojos.

—Van a tener que tomarse la pastilla roja. La funcionaria Standler y yo nos aseguraremos de que así sea. No deben preocuparse por nada.

Los policías parecen multiplicarse. Patrullan por la calle para no dejar salir a las personas que se han quedado en sus casas y aislar a las diez o doce que estamos cerca de la parada del tren aéreo, las pocas que sabemos qué ha sucedido hoy en el distrito de los Arces y en todo el país. Supongo que otras escenas han transcurrido con menos contratiempos que esta; probablemente, ninguno de los otros aberrantes tiene padres o familiares en puestos tan importantes como para saber la verdad. Y ni tan siquiera Patrick Markham ha podido hacer nada para salvar a su hijo.

Y todo es culpa mía. No he jugado a ser dios ni a ser un ángel. He jugado a ser una funcionaria. Me he permitido creer que sabía qué era lo mejor y he cambiado la vida de alguien. No importa si los datos me respaldaban o no: al final, la decisión la he tomado yo. Y el beso…

No puedo permitirme pensar en el beso.

Miro la pastilla roja, minúscula en mi mano. Incluso aunque significase la muerte, creo que ahora me la tomaría de buen grado.

Pero, un momento. Se lo he prometido a Ky. He señalado el cielo y se lo he prometido. Y ahora, instantes después, ¿voy a darme por vencida?

Tiro la pastilla al suelo, intentando ser discreta. Por un segundo, la veo en la hierba, pequeña y roja, y recuerdo lo que dijo Ky sobre el color del nacimiento y la renovación. «Por un nuevo comienzo», me digo, y cambio mínimamente de postura para pisarla; la pastilla sangra bajo mis pies. Esto me recuerda la vez que vi la cara de Ky en la concurrida sala del centro recreativo y pisé el pastillero extraviado.

Salvo que ahora, cuando alzo la vista, no lo veo por ninguna parte.

Nadie ha obedecido la orden todavía. Aunque nos lo ha ordenado el funcionario de más rango que hemos visto nunca, llevamos años oyendo rumores sobre la pastilla roja.

—¿Alguien quiere empezar?

—Yo —responde mi madre adelantándose un paso.

—No —digo, pero una mirada de mi padre me acalla. Sé qué intenta decirme: «Lo hace por nosotros. Por ti». Y, por alguna razón, sabe que todo irá bien.

—Y yo —dice colocándose junto a ella. Juntos, mientras todos miramos, se tragan las pastillas. El funcionario les examina la boca y asiente brevemente.

—Las pastillas se disuelven en pocos segundos —nos explica—. Demasiado rápido para que intenten vomitarlas, pero, de cualquier modo, eso es innecesario. No les harán ningún daño. Solo les despejarán la mente.

«Solo les despejarán la mente.» Por supuesto. Ya sé por qué nos las vamos a tomar. Para olvidar lo que le ha sucedido a Ky, para olvidar que el enemigo está ganando la guerra en las provincias exteriores, que allí ya no queda ningún habitante original. Y ahora me doy cuenta de por qué no nos obligaron a tomarnos la pastilla roja cuando mataron al primer hijo de los Markham: porque necesitábamos recordar cuán peligrosos podían ser los anómalos. Cuán vulnerables seríamos nosotros si la Sociedad no los mantuviera a raya.

¿Soltaron a aquel anómalo a propósito? ¿Para recordárnoslo?

¿Qué nos dirán que le ha sucedido a Ky? ¿Qué historia nos creeremos en lugar de la verdadera? ¿Nos tomaremos la pastilla verde a continuación, para calmarnos después de olvidar?

«Ya no quiero estar calmada nunca más. Ya no quiero olvidar.»

Por mucho que me duela, tengo que aferrarme a la historia de Ky, también a las partes dolorosas.

Mi madre me mira y tengo miedo de verle los ojos vacíos o la expresión ausente y apática. Pero está como siempre. Y mi padre también.

Pronto, todos se ponen en fila con la pastilla roja en la mano, dispuestos a acabar de una vez con todo esto y retomar sus vidas. ¿Qué haré cuando descubran que me he deshecho de la mía? Miro la hierba que rodea mis pies, casi esperando ver un pedacito quemado y pelado, arrasado. Pero está exactamente igual que antes. Ni tan siquiera veo los fragmentos rojos en la hierba. Debo de haberlos triturado.

Bram parece aterrorizado pero excitado. Aún no tiene edad para llevar su propia pastilla roja, de manera que mi padre le da la que lleva de sobra.

Mi funcionaria también comienza a inspeccionarnos. Está cada vez más cerca, pero yo no puedo apartar los ojos primero de Bram y luego de Em cuando ella se toma la pastilla. Por un momento recuerdo mi sueño y el pánico me atenaza. Pero no sucede nada. Nada que yo vea, al menos.

Y entonces le toca a Xander. Me mira, me ve observándolo y la expresión que cruza su rostro es de profundo dolor. Quiero apartar la mirada, pero no lo hago. Lo veo asentir y alzar la pastilla roja hacia mí, casi como si brindara.

Antes de ver cómo se la toma, alguien se pone delante y me aísla de los demás. Es mi funcionaria.

—Déjame ver tu pastilla, por favor —dice.

—La llevo aquí. —Alargo la mano, pero no la abro.

Creo que casi la veo sonreír. Aunque sé que lleva pastillas de sobra (las he visto), no me ofrece ninguna.

Inspecciona brevemente la hierba a mis pies y vuelve a mirarme la cara. Levanto el brazo, finjo que me meto algo en la boca y trago con fuerza. Y ella pasa a la persona siguiente.

Aunque esto es lo que quiero, la odio. Quiere que recuerde lo que ha sucedido aquí. Lo que he hecho.

Capítulo 30

Cuando la oscuridad por fin se disipa, amanece un día anodino, caluroso, gris, un día sin dimensión ni profundidad.

Las casas que me rodean podrían ser el decorado de una proyección; podrían ser imágenes en una pantalla cinematográfica. Tengo la sensación de que, si me alejo demasiado, me tropezaré con un lienzo o atravesaré una pared de papel y saldré a una oscuridad vacía y al final de todo.

No sé por qué, pero ya no tengo miedo. En cambio, me siento aletargada, lo que es peor. ¿Por qué habría de importarme un planeta anodino poblado por personas anodinas? ¿A quién le importa un lugar en el que no hay ningún Ky?

Me doy cuenta de que esta es una de las razones por las que lo necesito. Porque, cuando estoy con él, siento.

Pero Ky no está. Yo he visto cómo sucedía.

Yo he hecho que sucediera.

«¿También tuvo que hacer esto Sísifo? ¿Parar un momento para concentrarse en mantenerse firme, en empujar la piedra solo lo suficiente para que no retrocediera y lo aplastase, antes de poder siquiera pensar en reanudar el ascenso?»

La pastilla roja ha surtido efecto casi de inmediato después de que los policías y los funcionarios nos hayan acompañado a casa. Los acontecimientos de las últimas doce horas se han borrado en las mentes de mi familia. Hace menos de una hora, ha llegado una remesa de pastilleros nuevos con una carta que explica que los nuestros eran defectuosos y han sido retirados esta misma mañana. El resto de mi familia acepta la explicación sin cuestionarla. Tiene otras cosas de que preocuparse.

Mi madre está confundida: ¿dónde puso su terminal portátil anoche cuando terminó con él? Bram no se acuerda de si acabó de escribir su trabajo en el calígrafo.

—Pues enciéndelo y compruébalo, cielo —dice mi madre aturdida. Mi padre también parece un poco ausente, pero no tan confuso. Creo que ya ha experimentado esto en su profesión, posiblemente muchas veces. Aunque la pastilla sigue haciéndole efecto, parece menos desconcertado por su desorientación.

Lo cual celebro, porque los funcionarios todavía no han terminado con nuestra familia.

—Mensaje privado para Molly Reyes —dice la voz robótica del terminal.

Mi madre alza la vista sorprendida.

—Voy a llegar tarde al trabajo —protesta, aunque quienquiera que le haya enviado el mensaje no pueda oírla. Tampoco la ve erguirse antes de dirigirse al terminal y ponerse los auriculares. La pantalla se oscurece y la imagen que aparece en ella solo es visible desde su posición exacta.

—¿Qué pasa ahora? —pregunta Bram—. ¿Me espero?

—No, vete a clase —dice mi padre—. No debes llegar tarde.

De camino a la puerta, mi hermano se lamenta.

—Siempre me lo pierdo todo. —Ojalá pudiera decirle que eso no es cierto. Aunque, por otro lado, ¿me gustaría que conservara el recuerdo de lo que ha sucedido esta mañana?

Algo me ocurre mientras lo veo salir de casa y las cosas vuelven a tornarse reales. Mi hermano es real. Yo soy real. Ky es real, y tengo que ponerme a buscarlo. ¡Ya!

—Voy a pasar la mañana en la ciudad —digo a mi padre.

—¿No os vais de excursión? —pregunta, y sacude la cabeza como si quisiera despejársela—. Perdona. Ya me acuerdo. Las actividades de este verano han terminado antes, ¿no? Por eso va Bram a clase en vez de a natación. Hoy estoy muy espesa. —No parece sorprendido y vuelvo a pensar en que no es la primera vez que le ocurre esto. También me acuerdo de que ha dejado que mi madre sea la primera en tomarse la pastilla; de algún modo, sabía que no iba a perjudicarle.

—Aún no nos han asignado ninguna otra actividad para sustituir las excursiones —explico—. Así que tengo tiempo de ir a la ciudad antes de que empiecen las clases. —Esto es un descuido, otro desliz en el bien engrasado engranaje de la Sociedad que demuestra que algo va mal en alguna parte.

Mi padre no responde. Se queda mirando a mi madre, que está pálida mientras mira el terminal.

—¿Molly? —dice. No se puede interrumpir un mensaje privado, pero él se acerca unos pasos. Y unos cuantos más.

Por último, cuando le pone la mano en el hombro, ella se aparta del terminal.

—Esto es culpa mía —dice, y, por primera vez en mi vida, no la veo mirar a mi padre, sino al infinito—. Nos trasladan a los territorios agrarios con carácter inmediato.

—¿Qué? —pregunta mi padre. Niega con la cabeza, mirando el terminal—. Eso es imposible. Presentaste tu informe. Dijiste la verdad.

—Supongo que no quieren que los que hemos visto los cultivos prohibidos continuemos en puestos importantes —dice mi madre—. Sabemos demasiado. Podríamos estar tentados de hacer lo mismo. Nos envían a los territorios agrarios, donde no tendremos ningún poder. Donde podrán vigilarnos y dejarnos exhaustos plantando lo que nos ordenen.

—Pero al menos —digo intentando consolarla— estaremos más cerca de los abuelos.

—No son los territorios agrarios de Oria —aclara ella—, sino los de otra provincia. Nos vamos mañana. —Su mirada vacía y aturdida se posa en mi padre y la veo comenzar de nuevo a sentir. Percibo entendimiento y emoción en su cara. Mientras la observo, siento una urgencia tan grande que no sé si voy a poder soportarla. «Tengo que averiguar dónde se han llevado a Ky antes de que nos marchemos.»

—Siempre he querido vivir en los territorios agrarios —dice mi padre, y mi madre apoya la cabeza en su hombro, demasiado cansada para llorar y demasiado abrumada para fingir que todo va bien.

—Pero yo he hecho lo que debía —susurra—. He hecho justo lo que me pidieron.

—Todo irá bien —nos dice mi padre en voz baja. Si me hubiera tomado la pastilla roja, quizá podría creerle.

En la calle, hay un automóvil aéreo oficial delante de la casa de los Markham. En las últimas semanas, los funcionarios han prestado demasiada atención a nuestro distrito.

Em sale corriendo de su casa sin árbol.

—¿Te has enterado? —pregunta entusiasmada—. Los funcionarios están recogiendo las cosas de los Markham. ¡Han transferido a Patrick al gobierno central! Qué gran honor. ¡Y es de nuestro distrito! —Frunce el entrecejo—. Qué lástima no haber podido despedirnos de Ky. Lo echaré de menos.

—Lo sé —digo. Se me encoge el corazón y vuelvo a detenerme bajo mi piedra, empujando para no ser aplastada por el peso de ser la única que sabe lo que de verdad ha sucedido esta mañana.

Con la excepción de unos cuantos funcionarios selectos. Y ni tan solo ellos saben lo que yo sé. Solo dos personas sabemos qué ha ocurrido realmente, que no me he tomado la pastilla roja. Mi funcionaria. Y yo.

—Tengo que irme —digo a Em, y sigo caminando hacia la parada del tren aéreo.

No me vuelvo para mirar la casa de los Markham. Patrick y Aida también se han ido para siempre. ¿Los han declarado aberrantes o les han procurado un retiro tranquilo lejos de aquí? ¿Han tomado también la pastilla roja? ¿Se pasean sorprendidos por su nueva casa, preguntándose qué le ha sucedido a su segundo hijo? También tendré que intentar encontrarlos, por Ky, pero, en este momento, debo encontrarlo a él. Solo se me ocurre un lugar en el que buscar información sobre dónde pueden haberlo enviado.

En el trayecto hasta el ayuntamiento, mantengo la cabeza gacha. Hay demasiados lugares que no puedo mirar: los asientos que solía ocupar Ky; el suelo del vagón donde ponía los pies y mantenía el equilibrio, dando siempre la impresión de que era fácil, natural. Me siento incapaz de mirar por las ventanillas, sabiendo que a lo mejor diviso la Loma en la que Ky y yo estuvimos ayer. Juntos. Cuando el tren se detiene para que suban más pasajeros y corre el aire, me pregunto si las telas rojas que Ky y yo dejamos allí ondean al viento. Señales de un nuevo comienzo, aunque no del que nosotros queríamos.

Por fin, oigo la voz que anuncia mi destino.

«Ayuntamiento.»

Mi idea no va a dar resultado. Lo sé en cuanto piso por segunda vez en mi vida la escalinata del ayuntamiento. Este no es el lugar rutilante que me abrió sus puertas, me invitó a vislumbrar mi futuro. A la luz del día, es un lugar con vigilantes armados, un lugar para hacer negocios, un lugar donde pasado y presente están bien guardados bajo llave. No me dejarán entrar e, incluso si lo hicieran, no me dirían nada.

Quizá no sepan que hay algo que decir. Incluso los funcionarios llevan pastillas rojas.

Doy media vuelta y, en la otra acera, veo una posibilidad y el corazón me da un vuelco. «Claro. ¿Por qué no se me ha ocurrido antes? El museo.»

El museo es largo, bajo, blanco, ciego. Incluso las ventanas son blancas, hechas de cristal esmerilado opaco para proteger las reliquias de la luz. Enfrente, el ayuntamiento tiene altos ventanales transparentes. El ayuntamiento lo ve todo. Aun así, el museo puede tener algo para mí detrás de sus ojos cerrados. La esperanza me insta a apretar el paso cuando cruzo la calle, me da fuerza cuando abro las enormes puertas blancas.

—Bienvenida —dice un conservador sentado a una mesa blanca redonda—. ¿Necesitas ayuda?

—Estoy dando una vuelta —respondo, intentando parecer relajada—. Hoy tengo más tiempo libre.

—Y has venido aquí —dice el conservador complacido, desconcertado—. Estupendo. A lo mejor quieres subir a la segunda planta. Algunas de nuestras mejores exposiciones están ahí.

No quiero llamar demasiado la atención, de modo que asiento y subo las escaleras, cuyo eco metálico me recuerda dolorosamente las pisadas de Ky en las escaleras de la estación. «No pienses en eso ahora. Mantén la calma. ¿Te acuerdas de la vez que viniste aquí de pequeña, antes de que Ky llegara al distrito? ¿En la época en que teníamos tiempo para pensar en el pasado, antes de ir al centro de segunda enseñanza donde lo único que importa es el futuro? ¿Te acuerdas de cuando entraste en el comedor del sótano con el resto de los alumnos, todos eufóricos porque ibais a comer en un sitio nuevo y distinto? ¿Te acuerdas de la cabeza rubia que destacaba entre el resto, de cómo fingía escuchar al conservador pero no paraba de hacer chistes que solo oías tú?»

Xander. Si lo dejo aquí, ¿me quedaré sin otro trozo más de mi corazón?

Por supuesto.

Un indicador señala la sala que alberga las reliquias y giro bruscamente a la derecha, con intención de ver la exposición. Con intención de ver dónde han colocado todo lo requisado. A lo mejor veo mi polvera, los gemelos de Xander, el reloj de Bram. Podría traerlo aquí por última vez antes de que nos marchemos a los territorios agrarios.

Me detengo en mitad de la sala cuando me percato de que ninguna de esas cosas está aquí.

Las otras vitrinas siguen atestadas de reliquias, pero la nueva exposición solo es una larga vitrina acristalada, grandiosa y vacía. Un cartel colocado en el centro, con palabras impresas muy distintas a la letra cursiva de Ky, reza: «Las nuevas reliquias se expondrán próximamente». Una luz lo ilumina desde arriba en su cavernosa vitrina vacía. El cartel podría durar eternamente en este entorno hermético e inmaculado. Como el retal del vestido que llevé en mi banquete.

Pero yo he roto el cristal; he regalado el verde; he tomado mi decisión. Ya me estoy muriendo sin Ky a mi lado y ahora debo asegurarme de que vivo para encontrarlo.

Me doy cuenta de que lo más probable es que nuestras reliquias no ocupen nunca esta vitrina. El cartel quizá sea lo único que llegue a exponerse en ella. No sé qué han hecho con ellas.

Ahora sé con certeza que no queda nada.

Bajo al sótano, donde se expone «La gloriosa historia de la provincia de Oria», donde quería ir desde el principio antes de que la posibilidad de ver lo que he perdido me distrajera de lo que busco.

Me quedo junto al cristal y miro el mapa de nuestra provincia con su ciudad, territorios agrarios y ríos mientras oigo unos pasos que se acercan por el suelo de mármol. Un hombrecillo uniformado se coloca a mi lado.

—¿Quieres que te explique más cosas sobre la historia de Oria? —pregunta.

Nuestros ojos se cruzan: los míos inquisitivos; los suyos perspicaces y brillantes.

Lo miro y lo sé: no voy a vender nuestro poema. Soy egoísta. Aparte del retal de seda, es lo único que he podido dar a Ky, y nosotros somos las dos últimas personas del mundo que lo conocemos. Incluso esto es un callejón sin salida, incluso esta última idea mía no va a dar resultado. Podría seguir la pista al poema, pero no ganaría nada con ello. Esto no es algo que pueda intercambiar; es algo que tengo que hacer.

—No, gracias —respondo, aunque querría saber la verdadera historia de este lugar que habito. Pero no creo que nadie la sepa ya.

Antes de irme, miro por última vez el mapa geográfico de nuestra Sociedad. En el centro, orondas y felices, están las siluetas grandes y redondeadas de las provincias. Y a su alrededor se encuentran todas las provincias exteriores, divididas por líneas, pero ninguna con nombre.

—Espere —digo.

El hombrecillo se da la vuelta y me mira esperanzado.

—¿Sabe alguien cómo se llaman las provincias exteriores?

Agita la mano sin el menor interés, ahora que sabe que no va a obtener nada provechoso de mí.

—Se llaman así —responde—. Provincias exteriores.

Las provincias exteriores, divididas, sin nombre, atraen mi mirada como un imán. El mapa está plagado de letras e información, por lo que es difícil distinguir todos los nombres. Los leo por encima, sin hacerlo realmente, sin saber qué busco.

De pronto, algo capta mi atención, un retazo de información se aloja en mi cerebro clasificador: río Sísifo. Fluye por algunas de las provincias occidentales y, a continuación, por dos de las provincias exteriores hasta perderse en el vacío de los otros países.

Ky debe de ser oriundo de una de esas dos provincias exteriores. Y, si ya asistió a un ataque cuando era pequeño, es probable que siga habiéndolos ahora. Me aproximo más al mapa para memorizar la ubicación de las dos provincias que podrían ser las suyas.

De nuevo, oigo pasos acercándose, y me doy la vuelta.

—¿Estás segura de que no puedo ayudarte en nada? —pregunta el hombrecillo.

«¡No quiero intercambiar nada!», casi exclamo, y entonces advierto que parece sincero.

Señalo el río Sísifo en el mapa, una hebra negra de esperanza que discurre por el papel.

—¿Sabe algo de este río?

Baja la voz.

—Oí algo sobre él una vez cuando era más joven. Hace mucho tiempo, el río se volvió tóxico en el último tramo y en sus orillas ya no pudo vivir nadie. Pero es todo lo que sé.

—Gracias —digo, porque ahora tengo una idea, ahora que he descubierto cómo mueren nuestros ancianos. ¿Acaso nuestra Sociedad pudo haber envenenado las aguas en su curso al país enemigo? Pero Ky y su familia no se envenenaron. Posiblemente vivían más arriba, en la más alta de las dos provincias por las que discurre el río.

—Solo es una historia —me advierte el hombrecillo. Ha debido de percibir la esperanza que me ha iluminado la cara.

—¿Acaso no lo es todo? —digo.

Salgo del museo y no miro atrás.

Mi funcionaria me espera en el espacio verde del museo. Vestida de blanco, sentada en un banco blanco, con un sol casi blanco detrás. Es demasiado para mis ojos; parpadeo.

Si los entorno, puedo fingir que es el espacio verde del centro recreativo, donde me encontré con mi funcionaria por primera vez. Puedo fingir que va a informarme de que hay un error con mi emparejamiento. Pero esta vez las cosas tomarán un rumbo distinto, seguirán otro camino, uno en el que Ky yo podremos estar juntos y ser felices.

Pero no existe tal camino, no aquí en Oria.

La funcionaria me indica que me siente a su lado. Me doy cuenta de que ha elegido un lugar extraño para vernos, justo delante del museo. Entonces recuerdo que es un lugar ideal, tranquilo y vacío. Ky tiene razón. Aquí nadie se interesa por el pasado.

El banco es de piedra maciza y está fresco por las horas que pasa a la sombra del museo. Apoyo la mano en la piedra después de sentarme, preguntándome si la han extraído de una cantera. Preguntándome quién tuvo que moverla.

Esta vez, hablo yo primero.

—Cometí un error. Tienen que traerlo de vuelta.

—Ya hemos hecho una excepción con Ky Markham. La mayoría de los aberrantes no tienen ni eso —dice la funcionaria—. Eres tú la que lo ha enviado lejos. Nos has dado la razón. Las personas que no se ciñen a los datos, que se dejan influir por las emociones, arruinan sus vidas.

—Esto lo han hecho ustedes —replico—. La clasificación fue idea suya.

—Pero la ejecutaste tú —dice—. A la perfección, podría añadir. Tú puedes estar disgustada; su familia puede estar destrozada, pero ha sido la decisión correcta, por lo que respecta a su capacidad. Tú sabías que era más de lo que fingía ser.

—Debería ser él quien decida si se va o se queda. No yo. Ni usted. Déjenle escoger.

—Si lo hiciéramos, se iría todo al traste —dice con paciencia—. ¿Por qué crees que podemos garantizar vidas tan largas? ¿Cómo crees que erradicamos el cáncer? El sistema de emparejamientos no deja nada al azar. Ni tan solo los genes.

—Ustedes nos garantizan una vida larga pero luego nos matan. Sé lo del veneno en la comida de personas como mi abuelo.

—También podemos garantizar una alta calidad de vida hasta el último suspiro. ¿Sabes cuántas personas infelices de cuántas sociedades infelices lo habrían dado casi todo por eso? Y el método para administrar el...

—Veneno.

—Veneno —repite sin inmutarse— es increíblemente humano. Pequeñas dosis en los alimentos preferidos del paciente.

—Así que comemos para morir.

La funcionaria quita importancia a mi preocupación.

—Todos comemos para morir, hagamos lo que hagamos. Tu problema es que no respetas el sistema ni lo que te ofrece, ni siquiera ahora.

Sus palabras casi me hacen reír. Advierte que tuerzo la boca y comienza a enumerar una lista de ejemplos en los que me he saltado las normas de la Sociedad en los dos últimos meses (y ni siquiera sabe el peor), sin hacer ninguna mención de años anteriores. Si tuviera forma de acceder a todos mis recuerdos, descubriría que son puros. Que mi intención era amoldarme, emparejarme y hacer bien las cosas. Que tenía verdadera fe.

Parte de esa fe sigue viva.

—De cualquier modo, ya era hora de poner fin a este pequeño experimento —añade, como si lo lamentara—. No disponemos de mano de obra para seguir concentrados en él. Y, por supuesto, tal como están las cosas...

—¿Qué experimento?

—El de Ky y tú.

—Ya lo sé —digo—. Sé que usted se lo contó. Y sé que fue un error mayor de lo que me hizo creer la primera vez que hablamos. De hecho, Ky entró en la clasificación de parejas.

—No fue un error —dice.

Y yo vuelvo a caer, justo cuando pensaba que había tocado fondo.

—Nosotros decidimos introducir a Ky como candidato —explica—. De vez en cuando, lo hacemos con un aberrante, solo para reunir más datos y estar atentos a las variaciones. El público general no lo sabe; no hay razón para que lo haga. Para ti, lo importante es saber que hemos supervisado el experimento desde el principio.

—Pero la probabilidad de que lo emparejaran conmigo...

—Es casi nula —conviene—. Así que ya ves por qué estábamos intrigados. Por qué te enseñamos la imagen de Ky para que te picara la curiosidad. Por qué nos aseguramos de que estuvierais en el mismo grupo de excursionismo y luego formarais pareja. Teníamos que continuar, al menos durante un tiempo.

Sonríe.

—Era tan fascinante… Podíamos controlar tantas variables… Hasta redujimos tus raciones para averiguar si eso te creaba más tensión, te hacía más proclive a abandonar. Pero no ha sido así. Naturalmente, no hemos sido crueles. Siempre has obtenido suficientes calorías. Y eres fuerte. Nunca te has tomado la pastilla verde.

—¿Qué importa eso?

—Te hace más interesante —responde—. Un sujeto de estudio fascinante, de hecho. Previsible, en el fondo, pero, aun así, tan poco corriente como para querer observarte. Habría sido interesante observaros hasta el final que he predicho. —Suspira, un suspiro de genuina tristeza—. Pensaba escribir un artículo sobre ello que, por supuesto, solo podrían leer algunos funcionarios escogidos. Habría sido una prueba sin precedentes de la validez del sistema de emparejamientos. Por eso no he querido que olvidaras lo que ha pasado esta mañana en la parada del tren aéreo. Todo mi trabajo habría sido en vano. Ahora, al menos, puedo verte tomar tu decisión final mientras aún sabes lo que ha pasado.

Estoy tan llena de ira que no me queda espacio ni para pensar ni para hablar. «Habría sido interesante observaros hasta el final que he predicho.»

Todo estaba planeado desde el principio. ¡Todo!

—Por desgracia, ahora me necesitan en otra parte. —Pasa la mano por su terminal portátil—. Sencillamente, no disponemos de tiempo para seguir supervisando la situación, así que no podemos prolongarlo más.

—¿Por qué me cuenta todo esto? —pregunto—. ¿Por qué quiere que sepa hasta el último detalle?

Parece sorprendida.

—Porque nos importas, Cassia. Exactamente en la misma medida en que nos importan todos nuestros ciudadanos. Como sujeto de un experimento, tienes derecho a saber qué ha pasado. Tienes derecho a tomar la decisión que sabemos que tomarás ahora en vez de seguir esperando.

Es tan gracioso, su empleo de la palabra «decisión», tan involuntariamente histérico, que me reiría si no creyera que iba a parecer que grito.

—¿Se lo ha contado a Xander?

Parece ofendida.

—Por supuesto que no. Él continúa siendo tu pareja. Para que el experimento estuviera controlado, él tenía que ignorarlo. No sabe nada de esto.

«Excepto lo que yo le dije», pienso, y me doy cuenta de que no lo sabe.

«Hay cosas que no sabe.» Cuando cobro conciencia de ello, es como si me hubieran devuelto algo. Saberlo aplaca mi ira y la convierte en algo puro y transparente. «Y una de las cosas sobre las que no sabe nada es el amor.»

—Pero con Ky fue distinto —continúa—. Se lo explicamos. Fingimos que le estábamos avisando, pero, por supuesto, esperábamos que fuera un acicate para que quisiera estar contigo. Y también funcionó. —Sonríe engreída, porque cree que tampoco conozco esta parte de la historia. Pero, por supuesto, la conozco.

—Así que nos vigilaban todo el tiempo —digo.

—No todo el tiempo —responde—. Os hemos vigilado lo suficiente para obtener una muestra representativa de cómo son vuestras interacciones. No hemos podido observarlas todas en la Loma, por ejemplo, ni tan solo en la primera colina. El instructor Carter seguía teniendo competencia en ese ámbito y no veía nuestra presencia con buenos ojos.

Espero a que lo pregunte; por algún motivo, sé que lo hará. Pese a creer que tiene una muestra representativa, hay una parte de ella que necesita saber más.

—¿Qué pasó entre Ky y tú? —pregunta.

No sabe lo del beso. Eso no ha sido lo que ha mandado a Ky a la guerra. Ese momento en la Loma continúa siendo nuestro, mío y suyo. ¡Nuestro! Nadie lo ha tocado salvo nosotros.

Esto será a lo que tendré que aferrarme de ahora en adelante. El beso, el poema y los «Te quiero» que nos escribimos y nos dijimos.

—Si me lo explicas, puedo ayudarte. Puedo recomendarte para un puesto de trabajo en la ciudad. Podrías quedarte aquí; no tendrías que irte a los territorios agrarios con tu familia. —Se inclina hacia mí—. Dime qué pasó.

Aparto la mirada. Pese a todo, la oferta es tentadora. Me asusta un poco marcharme de Oria; no quiero dejar a Xander y a Em. No quiero abandonar los lugares que albergan tantos recuerdos de mi abuelo. Y, por encima de todo, no quiero abandonar esta ciudad, ni tampoco mi distrito, porque en ellos es donde he encontrado y he querido a Ky.

Pero él ya no está. Tengo que encontrarlo en otra parte.

El dilema del prisionero. Dondequiera que esté, Ky no me ha traicionado y yo puedo hacer lo mismo por él. No me daré por vencida.

—No —digo con claridad.

—Ya imaginaba que dirías eso —observa, pero percibo decepción en su tono y, de pronto, me entran ganas de reír. Quiero preguntarle si alguna vez se aburre de tener siempre la razón. Pero creo saber cuál será su respuesta.

—Y dígame, ¿qué final ha predicho? —pregunto.

—¿Acaso importa? —responde sonriendo—. Va a pasar de todas formas. Pero, si quieres, te lo digo.

Me doy cuenta de que no necesito escucharlo; no necesito oír nada de lo que tiene que decir, ni ninguna de las predicciones que se cree capaz de hacer. Ella no sabe que Xander escondió la reliquia, que Ky sabe escribir, que mi abuelo me dio los poemas.

¿Qué más no sabe?

—Me ha dicho que todo esto estaba planeado —digo súbitamente de forma instintiva, como si quisiera asegurarme—. Que fueron ustedes los que introdujeron a Ky en la clasificación de parejas.

—Sí —responde—. Así es.

Esta vez la miro a los ojos cuando habla y es entonces cuando la veo. La levísima contracción muscular de su mandíbula, la vacilación apenas apreciable de su mirada, la falsedad casi imperceptible de su tono de voz. No tiene que mentir con frecuencia; nunca ha sido una aberrante, de manera que esto le cuesta, no ha adquirido tanta práctica. No sabe mantener las facciones imperturbables como hace Ky cuando juega y sabe qué tiene que hacer, si es mejor ganar o perder.

Y, aunque conoce las reglas del juego, no sabe qué cartas tiene.

«No sabe quién introdujo a Ky en la clasificación de parejas.»

«Si no lo hicieron los funcionarios, ¿quién fue?»

Vuelvo a mirarla.

Ella no lo sabe, y no está prestando atención a lo que dice. Si ya ha sucedido lo que parecía casi imposible, que me emparejaran con dos chicos que conozco, quizá vuelva a ocurrir.

Puedo encontrar a Ky.

Me levanto para marcharme. Me parece oler a lluvia, aunque no hay ni una sola nube en el cielo, y entonces me acuerdo de que aún me queda un trozo de la historia de Ky.

Capítulo 31

Xander está sentado en los escalones de mi casa.

Me resulta familiar verlo ahí en verano, y también su postura, con las piernas estiradas y los codos apoyados en un escalón. La sombra que proyecta es menor que él, una versión más oscura y compacta del Xander de carne y hueso.

Me observa mientras me aproximo por el camino y, cuando estoy cerca, aún veo dolor en sus ojos, una sombra detrás del azul.

Desearía que la pastilla roja le hubiera borrado más que las doce últimas horas. Que no recordara lo que le dije ni cuánto le dolió. Casi. Pero no del todo. Aunque decir la verdad ha sido doloroso para los dos, no veo de qué otro modo podría haber actuado con él. Era todo lo que podía darle, y él merecía saberlo.

—Te estaba esperando —dice—. Me he enterado de lo de tu familia.

—Estaba en la ciudad —le informo.

—Siéntate a mi lado —sugiere. Vacilo. ¿Lo dice de verdad? ¿Quiere que me siente a su lado, o me está ayudando a guardar las apariencias por si nos vigilan?

—¿Estás seguro? —pregunto.

—Sí —responde, y entonces lo sé con certeza. Está sufriendo. Yo también. Pienso que esto quizá forme parte de nuestra lucha por poder elegir. Decidir qué dolor sentimos.

No ha transcurrido mucho tiempo desde nuestro banquete, pero ahora somos distintos, desprovistos de nuestra ropa elegante, nuestras reliquias, nuestra fe en el sistema de emparejamientos. Me quedo de pie pensando en las muchas cosas que han cambiado. En lo poco que sabíamos.

—Siempre tengo que ser yo el que rompe el hielo, ¿no? —pregunta con un amago de sonrisa—. Al final, cuando discutimos, siempre ganas tú.

—Xander —digo, y me siento justo a su lado.

Él me rodea con el brazo, yo apoyo la cabeza en su hombro y él apoya la suya en la mía. Suspiro, tan hondo que casi me estremezco, por el alivio que siento. Por lo agradable que es que te abracen así. Nada de esto es por la Sociedad, siempre alerta. Esto es real, mío. Echaré muchísimo de menos a Xander.

Nos quedamos callados mientras miramos nuestra calle juntos por última vez. Quizá regrese, pero ya no volveré a vivir aquí. Cuando te reubican, no regresas salvo para hacer visitas. Las rupturas drásticas son las mejores. Y mi ruptura será la más drástica de todas, cuando parta en busca de Ky. Esa es la clase de infracción que nadie puede ignorar.

—Me he enterado de que os vais mañana —dice, y yo asiento, al mismo tiempo que le rozo la mejilla con la cabeza—. Tengo que decirte una cosa.

—¿Qué? —pregunto. Miro al frente y noto su hombro moviéndose bajo la camisa mientras cambia ligeramente de postura, pero no me separo de él. ¿Qué va a decirme? ¿Que no puede creer que lo haya traicionado? ¿Que ojalá lo hubieran emparejado con cualquier otra chica? Son cosas que merezco oír, pero no creo que vaya a decírmelas. No él.

—Me acuerdo de lo que ha pasado esta mañana —susurra—. Sé lo que le ha ocurrido a Ky.

—¿Cómo? —Me yergo y lo miro.

—Las pastillas rojas no me hacen efecto —me susurra al oído para que nadie más lo oiga. Mira calle abajo, hacia la casa de los Markham.

—¿Qué? —¿Cómo es posible que estos dos chicos tan distintos estén conectados de una forma tan honda e inesperada? A lo mejor lo estamos todos, pienso, y ya no sabemos percibirlo—. Explícate.

Xander sigue mirando la casita de postigos amarillos donde Ky vivía hasta hace unas horas. Donde Ky observaba y aprendía a sobrevivir. Xander le enseñó parte de eso sin saberlo. Y es posible que también él haya estado aprendiendo de Ky.

—Una vez, hace mucho tiempo, lo desafié a que se la tomara, —susurra—. Fue cuando llegó. Me mostraba amable, pero, en el fondo, tenía celos de él. Veía cómo lo mirabas.

—¿De veras? —No me acuerdo de nada, pero, de pronto, deseo que tenga razón. Deseo que una parte de mí se enamorara de Ky antes de que nadie me ordenara que lo hiciera.

—No es un recuerdo del que me sienta orgulloso —continúa—. Un día le pedí que fuera a nadar conmigo y, de camino, le dije que sabía lo de su reliquia. Lo sabía porque, una vez, a un distrito de aquí, volvía de llevar algo a un amigo y lo pillé utilizándola, intentando orientarse para volver a casa. Siempre tenía mucho cuidado.

Creo que fue la única vez que la sacó, pero lo hizo en mal momento. La vi.

Esta imagen casi me rompe el corazón; es otra faceta de Ky que no he visto nunca: extraviado. Arriesgándose. Por muy bien que lo conozca, por mucho que lo quiera, aún hay partes de él que desconozco. Es así con todos, incluso con Xander, a quien jamás podría haber imaginado siendo tan cruel.

—Lo desafié a que encontrara y robara dos pastillas rojas. Pensaba que sería imposible. Le dije que, si no me las llevaba a la piscina al día siguiente para demostrarme que era capaz de hacerlo, les contaría a todos lo de la brújula, la reliquia, y metería a Patrick en un lío.

—¿Qué hizo?

—Ya conoces a Ky. Jamás pondría en peligro a su tío. —Comienza a reírse. Estupefacta, cierro el puño de indignación. ¿Le parece gracioso? ¿Qué puede tener de cómica esta historia?

—Ky consiguió las pastillas. Y adivina a quién se las robó —añade riéndose todavía—. Adivina.

—No lo sé. Dímelo tú.

—A mis padres. —Deja de reírse—. En ese momento no fue gracioso, claro. Esa noche, mis padres tuvieron un gran disgusto porque les faltaban las pastillas rojas. Yo enseguida supe qué había pasado, pero, por supuesto, no podía decir nada. No podía contarles lo del desafío. —Baja la vista y me fijo en que tiene un sobre marrón grande en la mano. Me hace pensar en la historia de Ky. Ahora estoy oyendo otra parte—. Se armó una buena. Vinieron los funcionarios y toda la pesca. No sé si te acuerdas.

Niego con la cabeza. No lo recuerdo.

—Nos examinaron por si nos las habíamos tomado y, no sé cómo, supieron que no lo habíamos hecho. Y mis padres fueron bastante convincentes cuando dijeron que no sabían qué había pasado. Estaban muertos de miedo. Por fin, los funcionarios decidieron que mis padres debían de haber perdido las pastillas esa misma semana en la piscina y se habían descuidado no dándose cuenta antes. Nunca habían causado problemas, así que se libraron de la infracción. Solo los citaron.

—¿Ky hizo eso? ¿Les quitó las pastillas a tus padres?

—Sí. —Respira hondo—. Al día siguiente fui a su casa dispuesto a hacerlo picadillo. Estaba en el porche esperándome. Cuando llegué, me enseñó las dos pastillas rojas, a la vista de todos.

»Naturalmente, me asusté tanto que las cogí y le pregunté qué pretendía hacer. Fue entonces cuando me dijo que no se juega con la vida de los demás. —Parece avergonzado—. Y luego me dijo que, si yo quería, podíamos volver a empezar. Lo único que teníamos que hacer era tomarnos las pastillas rojas, una cada uno. Me prometió que no nos harían daño.

—Eso también es cruel —digo consternada, pero, para mi sorpresa, Xander discrepa.

—Sabía que las pastillas no le hacían efecto; no sé cómo, pero lo sabía. Creía que a mí me lo harían. Creía que yo no recordaría lo mal que me había portado y podría empezar de cero.

—¿Cuántas otras personas crees que hay paseándose por ahí, fingiendo que las pastillas les hacen efecto cuando no es verdad? —pregunto asombrada.

—Todas las que no quieren meterse en líos —responde. Me mira—. Por lo visto, tampoco te hacen efecto a ti.

—No es eso —digo, pero no quiero contárselo todo. Ya carga con el peso de suficientes secretos míos.

Me escruta un momento, pero, al ver que no digo nada más, continúa:

—Hablando de pastillas —dice—, tengo un regalo para ti. Un regalo de despedida. —Me da el sobre y susurra—: No lo abras aún. He metido algunas cosas para que te acuerdes del distrito, pero el verdadero regalo es un puñado de pastillas azules. Por si tienes que hacer otro viaje largo o algo parecido.

Sabe que voy a intentar encontrar a Ky. Y me está ayudando. Pese a todo, no me ha traicionado. Y también reparo en que, mientras corría calle abajo detrás de Ky, jamás me he preguntado si era él quien había desencadenado los acontecimientos. Sabía que no lo había hecho. Me ha sido leal. Es el dilema del prisionero. Este peligroso juego que debo jugar con Ky, y también con él. Pero lo que yo sé, y la funcionaria no sabe, es que todos haremos cuanto podamos para protegernos unos a otros.

—Oh, Xander. ¿Cómo las has conseguido?

—Tienen de sobra en la farmacia del centro médico —responde—. Estas iban a tirarlas. Están a punto de caducar, pero creo que seguirán surtiendo efecto durante unos meses más después de que caduquen.

—Aun así, los funcionarios las echarán de menos.

Se encoge de hombros.

—Sí. Tendré cuidado, y también deberías tenerlo tú. Siento no haber podido traerte comida de verdad.

—No me puedo creer que estés haciendo todo esto por mí…
—digo.

Traga saliva.

—No solo por ti, sino por todos nosotros.

Ahora todo cobra sentido. Si pudiéramos cambiar las cosas, con el tiempo… quizá podríamos elegir todos.

—Gracias, Xander —digo. Pienso en que quizá tengo una posibilidad de encontrar a Ky, gracias a su brújula y a las pastillas de Xander, y me doy cunta de que, en muchos aspectos, Xander es quien ha hecho posible que quiera a Ky.

—Ky pensaba que a lo mejor podías enseñarme a utilizar la reliquia —añado—. Ahora sé por qué. ¿La reconociste el día que te la di?

—Me pareció hacerlo. Pero había pasado mucho tiempo, y cumplí mi promesa de no abrirla.

—Pero sabes utilizarla.

—Deduje los principios básicos de lo que era después de verla. Hice a Ky alguna que otra pregunta sobre su funcionamiento.

—Podría ayudarme a encontrarlo.

—Aunque pudiera enseñarte, ¿por qué iba a hacerlo? —Y ya no puede seguir disimulando; la amargura y la ira se mezclan con su dolor—. ¿Para que puedas irte y ser feliz con él? ¿En qué lugar me deja eso? ¿Qué me deja eso?

—No hables así —le ruego—. Me has dado las pastillas azules para que pueda encontrarlo, ¿no? Si yo no estoy y logramos cambiar las cosas, quizá puedas elegir a alguien también tú.

—Yo ya lo hice —dice mirándome.

No sé qué decir.

—Entonces, ¿tengo que desear el fin del mundo que conozco? —pregunta, con un deje de su habitual buen humor.

—No el fin del mundo, sino el principio de uno mejor —digo, y también tengo miedo. ¿Es eso lo que realmente deseamos?—. Un mundo en el que podamos recuperar a Ky.

—Ky —dice, y hay tristeza en su voz—. A veces parece que lo único que he hecho es ayudarte a estar lista para otra persona.

No sé qué decir, cómo explicarle que está equivocado, que yo también lo estaba hace un momento cuando he pensado lo mismo. Porque sí, él nos ha ayudado a Ky y a mí, una y otra vez. Pero ¿cómo puedo explicarle que él también es una de las razones por la que quiero un mundo nuevo? ¿Que es importante para mí? ¿Que lo quiero?

—Puedo enseñarte —dice por fin—. Te enviaré las instrucciones en un mensaje por el terminal.

—Pero podrá leerlas cualquiera.

—Haré que parezca una carta de amor. A fin de cuentas, seguimos emparejados. Y fingir se me da bien. —Baja la voz—: Cassia… si pudiéramos elegir, ¿me habrías elegido a mí en algún momento?

Me sorprende que tenga que preguntármelo. Y entonces me doy cuenta de que no sabe que hubo un momento en que sí lo elegí. Cuando vi su cara en la pantalla seguida de la de Ky, quise lo seguro, lo conocido, lo esperado. Quise lo bueno, lo amable y lo bello. Quise a Xander.

—Por supuesto —respondo.

Nos miramos y nos echamos a reír. No podemos parar. Nos reímos tanto que se nos saltan las lágrimas y él se separa de mí, inclinándose hacia delante para coger aire.

—Aún podríamos terminar juntos —dice—. Después de todo esto.

—Así es —convengo.

—Entonces, ¿por qué hacer nada?

Me pongo seria. He tardado todo este tiempo en comprender qué quiso decir mi abuelo. Por qué no quiso que conservaran su muestra de tejido; por qué rechazó la oportunidad de vivir eternamente según las condiciones de otras personas.

—Porque se trata de tomar nuestras propias decisiones —respondo—. Esa es la cuestión, ¿no? Ahora, esto es más importante que nosotros.

Me mira.

—Lo sé. —Para Xander quizá lo haya sido siempre; dado que lleva años viendo más, sabiendo más. Como Ky.

—¿Cuántas veces? —le susurro.

Mueve la cabeza confundido.

—¿Cuántas veces nos hemos tomado la pastilla el resto y no nos acordamos? —pregunto.

—Una, que yo sepa —responde—. No la utilizan mucho con los ciudadanos. Estaba seguro de que nos obligarían a tomarla después de que muriera el hijo de los Markham, pero no lo hicieron. Pero, un día, estoy bastante seguro de que la tomó todo el distrito.

—¿Yo también?

—No lo sé con certeza —responde—. No te vi. No sé.

—¿Qué pasó?

Niega con la cabeza.

—No voy a explicártelo —susurra.

No insisto. Yo no se lo he contado todo (no le he hablado del beso en la Loma ni del poema) y no puedo pedirle que haga lo que no he hecho yo. Es un equilibrio difícil, decir la verdad: cuánta parte desvelar, cuánta reservarse, qué verdades herirán pero no destruirán, cuáles lastimarán demasiado para curarse.

De manera que, en vez de eso, señalo el sobre.

—¿Qué has metido? ¿Además de las pastillas?

Se encoge de hombros.

—No mucho. Básicamente, intentaba esconder las pastillas. Un par de neorrosas, como las que plantamos. No durarán mucho. He impreso uno de los Cien Cuadros, ese sobre el que hiciste un trabajo hace un montón de tiempo. Tampoco durará mucho. —Tiene razón. El papel de los terminales siempre se deteriora enseguida. Me mira triste—. Tendrás que utilizarlo todo en los dos próximos meses.

—Gracias —digo—. Yo no tengo nada para ti. Esta mañana ha pasado todo tan deprisa… —Me quedo callada, porque he dedicado todo el tiempo que tenía a Ky. He vuelto a elegirlo, antes que a él.

—No pasa nada —dice—. Pero quizá… podrías…

Me mira a los ojos fijamente, y sé lo que quiere. Un beso. Pese a saber lo de Ky. Él y yo seguimos conectados; esto continúa siendo una despedida. Ya sé que el beso sería dulce. Sería a lo que él se aferraría, como yo me aferro al de Ky.

Pero eso es algo que no creo que pueda darle.

—Xander…

—Está bien —dice, y se levanta. Yo también lo hago y él me estrecha entre sus brazos, cálidos, protectores y agradables como siempre.

Seguimos abrazándonos con fuerza.

Luego se separa y echa a andar por el camino, sin decir nada más. No se vuelve. Pero yo lo observo mientras se aleja. Lo dejo de hacerlo hasta que entra en su casa.

El viaje a nuestro nuevo hogar es bastante sencillo: coger el tren aéreo hasta el centro de la ciudad y hacer transbordo a un tren aéreo de larga distancia cuyo destino son los territorios agrarios de la provincia de Keya. Casi todos nuestros objetos personales caben en la maletita que cada uno llevamos; las pocas cosas que no nos enviarán más adelante.

Cuando nos dirigimos los cuatro a la parada del tren aéreo, vecinos y amigos salen a despedirnos y a desearnos buen viaje. Saben que nos han reubicado, pero desconocen la razón; no se considera cortés preguntarlo. Cuando llegamos al final de la calle, vemos que han colocado un cartel nuevo: «Distrito de los Jardines». Sin los árboles y sin el nombre, el distrito de los Arces ya es historia. Es como si nunca hubiera existido. Los Markham ya no están. Y nosotros nos vamos. El resto seguirá viviendo aquí, en el distrito de los Jardines. Ya han plantado más neorrosas en todos los parterres.

La rapidez con que ha desaparecido Ky, con que lo han hecho los Markham, con la que lo haremos todos, me hiela la sangre. Es como si no hubiéramos existido. Y, de pronto, recuerdo que, cuando era pequeña, hubo una época en que me gustaba ver cómo llegaba el tren a nuestro distrito de la Piedra y teníamos caminos hasta casa hechos de losas.

«Esto ya ha pasado.»

Este distrito no deja de cambiar de nombre. ¿Qué otras cosas perniciosas acechan bajo su superficie? ¿Qué hemos enterrado bajo nuestras piedras, árboles, flores y casas? La vez de la que Xander no quiere hablar, en la que todos tomamos la pastilla roja, ¿qué sucedió? Cuando otras personas se marcharon, ¿adónde fueron en realidad?

Ellas no sabían escribir su nombre, pero yo sé escribir el mío y volveré a hacerlo en algún lugar donde perdurará para siempre. Encontraré a Ky, y luego encontraré ese lugar.

Una vez dentro del tren de larga distancia, mi madre y Bram se quedan dormidos, exhaustos por la emoción y el esfuerzo del viaje.

Me parece extraño, con todo lo que ha sucedido, que haya sido la obediencia de mi madre la causa de que nos hayan reubicado. Sabía demasiado y lo admitió en aquel informe. No podía hacer otra cosa.

El trayecto es largo y hay otros pasajeros. No soldados como Ky. Ellos tienen sus propios trenes. Pero hay familias cansadas que se parecen mucho a la nuestra, un grupo de solteros que se ríen y conversan animadamente sobre sus trabajos y, en el último vagón, varias hileras de chicas de una edad parecida a la mía que son trabajadoras itinerantes. Las observo con interés: son chicas que no han conseguido un puesto de trabajo permanente y se desplazan dondequiera que las necesiten por un tiempo. Algunas parecen tristes y marchitas, decepcionadas. Otras miran por la ventanilla con interés. Me sorprendo observándolas más de lo debido. Se supone que no somos entrometidos. Y tengo que concentrarme en encontrar a Ky. Ahora dispongo de material: las pastillas azules, la reliquia llamada brújula, la ubicación del río Sísifo, los recuerdos de un abuelo que no entró dócil.

Mi padre advierte que estoy observando a las chicas. Mientras mi madre y Bram duermen, dice en voz baja:

—No recuerdo lo que pasó ayer. Pero sé que los Markham se han marchado del distrito y creo que eso te ha hecho daño.

Intento cambiar de tema. Miro a mi madre.

—¿Por qué no le han dado una pastilla roja? De esa forma, no habríamos tenido que irnos.

—¿Una pastilla roja? —me pregunta sorprendido—. Solo son para circunstancias extremas. Esta no lo es. —Luego, para mi asombro, continúa. Me habla como a una adulta; más que eso, como a un igual—. Soy un clasificador nato, Cassia —dice—. Toda la información indica que algo va mal. La forma en que requisaron las reliquias. Los viajes de tu madre a otros arboretos. Mi vacío de memoria del día de ayer. Algo pasa. Están perdiendo la guerra y no sé contra quién es, si es contra personas de aquí o de fuera. Pero hay señales de que esto se hunde.

Asiento. Ky me dijo prácticamente lo mismo.

Mi padre continúa.

—Y también me he fijado en otras cosas. Creo que estás enamorada de Ky Markham. Creo que quieres encontrarlo, donde sea que haya ido. —Traga saliva.

Lanzo una mirada a mi madre. Tiene los ojos abiertos y me mira con amor y comprensión, y me doy cuenta de que sabe lo mismo que mi padre. Sabe lo que quiero. Lo sabe y, aunque no destruiría una muestra de tejido ni querría a nadie más que no fuera su pareja, continúa queriéndonos, aunque hayamos hecho esas cosas.

Mi padre siempre se ha saltado las normas por sus seres queridos, de igual modo que mi madre las ha obedecido por el mismo motivo. Esa quizá sea otra razón más por la que son una pareja perfecta. Puedo confiar en su amor. Y me parece algo muy importante en lo que confiar, algo muy importante con lo que contar, no importa lo que suceda.

—No podemos darte la vida que quieres —dice mi padre con los ojos llorosos. Mira a mi madre y ella asiente para que continúe—. Ojalá pudiéramos. Pero sí podemos ayudarte dándote la posibilidad de decidir cuál es la vida quieres.

Cierro los ojos y pido fortaleza a los ángeles, a Ky y al abuelo. Luego los abro y miro a mi padre.

—¿Cómo?

Capítulo 32

Tengo las manos hundidas en la tierra; el cuerpo cansado, pero no permitiré que este trabajo me arrebate mis pensamientos. Porque eso es lo que quieren los funcionarios: obreros que trabajan pero no piensan.

«No entres dócil.»

De manera que lucho. Lucho del único modo que sé, pensando en Ky, aunque el dolor de su ausencia sea tan lacerante que apenas lo soporto. Planto las semillas y las cubro de tierra. ¿Crecerán hacia el sol? ¿Saldrá algo mal y jamás asomarán la cabeza, jamás se convertirán en nada y solo se pudrirán? Pienso en él, pienso en él, pienso en él.

Pienso en mi familia. En Bram. En mis padres. Todo esto me ha enseñado algo sobre el amor, sobre el amor que siento por Ky, por Xander, y sobre el amor que mis padres, Bram y yo nos tenemos. Cuando llegamos a nuestro nuevo hogar, mis padres solicitaron un traslado de tres meses para mí porque daba muestras de rebelión. Los funcionarios de nuestro pueblo consultaron mis datos; estos constataron la afirmación de mis padres. Mi padre mencionó el campo de trabajo que tenía en mente: agricultura intensiva, sembrar un cultivo experimental de invierno en una provincia occidental por la

346

que discurre el río Sísifo. Él, Xander y mi madre me mantienen informada de todo lo que averiguan sobre el posible paradero de Ky. Aquí me hallo más cerca de él. Lo siento.

Pienso en Xander. Podríamos haber sido felices, lo sé, y eso quizá sea lo más duro. Podría haber cogido su mano, cálida y fuerte, y podríamos haber tenido lo que tienen mis padres. Y habría sido hermoso. Lo habría sido.

No llevamos cadenas. No tenemos adónde ir. Nos extenúan con trabajo; no nos pegan ni nos lastiman. Solo quieren cansarnos.

Y estoy cansada.

Cuando pienso en que puedo terminar rindiéndome, recuerdo la última parte de la historia que Ky me dio, la parte que por fin leí antes de que abandonáramos nuestro hogar para siempre:

«Cassia», escribió en la parte de arriba, en letras que eran esbeltas, claras y audaces, que se rizaban y fluían y convertían mi nombre en algo hermoso, en algo más que una palabra. Una declaración, un pedazo de canción, un fragmento de arte, creado por sus manos.

Solo había un Ky dibujado en la servilleta. Sonriendo. Una sonrisa en la que pude ver tanto a la persona que fue como a la persona en la que se había convertido. Volvía a tener las manos vacías y abiertas, alargadas hacia mí.

Cassia:
Ahora sé qué vida mía es la real, pase lo que pase. Es la vida contigo.
Por algún motivo, saber que incluso una sola persona conoce mi historia lo cambia todo. Quizá sea como dice el poema. Quizá esta sea mi forma de no partir dócil.
Te quiero.

También tuve que quemar esa parte de la historia, pero abracé el calor de ese «Te quiero», como el color rojo, como un nuevo comienzo.

Si no conociera los retazos de la historia de Ky ni las palabras de mis poemas, quizá me rendiría. Pero pienso en mis palabras, en las pastillas y la brújula que tengo escondidas, y en mi familia y Xander, que me envían mensajes al terminal del campo de trabajo diciéndome que siguen buscando, que continúan ayudándome.

A veces, al mirar las pálidas semillas que esparzo en la negra tierra, me acuerdo de cuando imaginé que podía volar la noche de mi banquete. La negrura que queda atrás no me preocupa; ni tampoco las estrellas que me aguardan. Pienso en que la mejor manera de volar quizá sea con las manos llenas de tierra para no olvidar nunca de dónde venimos y cuán duro puede ser a veces andar.

Y también me miro las manos, que se mueven en una trayectoria de mi invención, mis propias palabras. Es difícil, y todavía no se me da bien. Las escribo en la tierra que siembro y luego las piso, cavo agujeros en ellas, echo semillas para ver si crecerán. Robo un trozo de madera chamuscada de una de las hogueras y escribo en una servilleta. Después, en otra hoguera, rozo las llamas con ella y las palabras mueren. Polvo y cenizas.

Mis palabras son siempre efímeras. Tengo que destruirlas antes de que alguien las vea.

Pero las recuerdo todas. Por alguna razón, el acto de escribirlas me ayuda a recordarlas. Con cada palabra que escribo, estoy un poco más cerca de hallar las correctas. Y cuando vea de nuevo a Ky, lo cual sé que sucederá, le susurraré al oído las palabras que he escrito. Y estas dejarán de ser polvo cenizas y cobrarán vida.

Agradecimientos

Mi más sincera gratitud y agradecimiento a:

Scott, mi marido, que no solo hace que escribir sea posible, sino también probable; mis tres hijos, que lo hacen todo apasionante: te quiero, te quiero, te quiero; mis padres, Robert y Arlene Braithwaite; mi hermano, Nic; y mis hermanas, Elaine y Hope, que leen cada palabra, cada vez (y, en el caso de Elaine, un sinfín de veces); mis amigos lectores y escritores, cuyas opiniones y aliento son imprescindibles; Alec Shane, quien hizo un maratón con este libro pese a ser cinturón negro cuarto dan, no corredor de fondo; Jodi Reamer, que es brillante y pragmática (¡y divertida!), la persona capaz de hacer realidad los sueños de todo escritor; Julie Strauss-Gabel, una mujer de una gentileza y un genio sin par, que mejora cada página; y el maravilloso equipo de Penguin, que creyó en mí y puso sus múltiples talentos al servicio de esta historia, incluidos, entre otros, Theresa Evangelista, Lauri Hornik, Rosanne Lauer, Linda McCarthy, Shanta Newlin, Irene Vandervoort, Don Weisberg y Lisa Yoskowitz.